微微满河星

方小姚 著

江苏凤凰文艺出版社

图书在版编目（CIP）数据

微微满河星 / 方小姚著. — 南京：江苏凤凰文艺出版社，2019.5
ISBN 978-7-5594-3160-8

Ⅰ.①微… Ⅱ.①方… Ⅲ.①长篇小说－中国－当代 Ⅳ.①I247.5

中国版本图书馆CIP数据核字(2018)第059130号

书　　　名	微微满河星
著　　　者	方小姚
选 题 策 划	朵　爷
责 任 编 辑	张　倩　王　青
文 字 编 辑	张美丽
出 版 发 行	江苏凤凰文艺出版社
出版社地址	南京市中央路165号，邮编：210009
出版社网址	http://www.jswenyi.com
印　　　刷	湖南凌宇纸品有限公司
开　　　本	880×1230毫米 1/32
字　　　数	263千字
印　　　张	9
版　　　次	2019年5月第1版，2019年5月第1次印刷
标 准 书 号	ISBN 978-7-5594-3160-8
定　　　价	38.00元

（江苏凤凰文艺版图书凡印刷、装订错误可随时向承印厂调换）

目录 CONTENTS

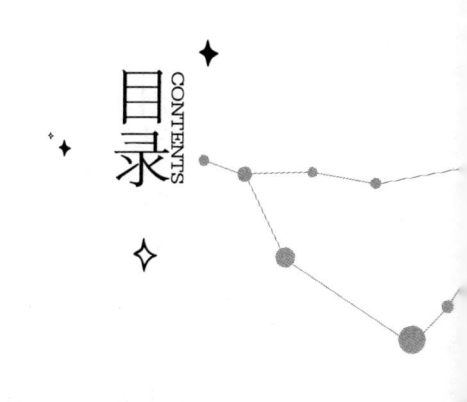

第一章 "他说是你老公。" 001

第二章 他的菟丝花 022

第三章 超新星 036

第四章 富士山约好的誓 048

第五章 高原上吹过的风 069

第六章 天才乐手与走音王 087

第七章 两个人的秘密花园 102

第八章 归来仍是少年 116

第九章 这些都是我为你写的歌 129

第十章 独占欲 142

目录 CONTENTS

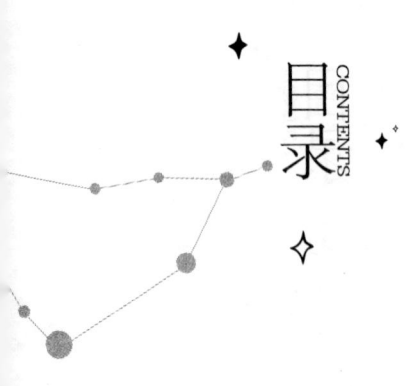

- 第十一章　蔷薇与吉他　161
- 第十二章　断不开的弦　175
- 第十三章　喜欢与你有关的一切　188
- 第十四章　乐队新成员　201
- 第十五章　锋芒乍现　210
- 第十六章　海的女王　229
- 第十七章　捕风捉影　241
- 第十八章　吸引力法则　257
- 尾声　遇见更好的自己　277

第一章
"他说是你老公"

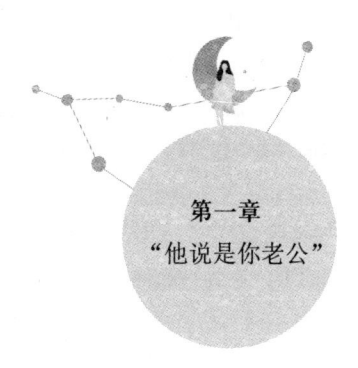

一夜醒来,气温骤降。

占薇轻手轻脚地出了寝室,绕过西头的操场,来到第一教学楼旁边的小面包屋。气温刚刚好,她随意罩了件居家帽衫,齐肩的黑色鬈发从耳际垂下,松松软软的,皮肤大概因为白的缘故,映着清晨的阳光,显得细嫩而干净。

她一双眼睛灵巧、可爱,乌溜溜的瞳仁透过玻璃看进去,盯着里面五花八门的糕点,对食物的热爱溢于言表。

年轻的老板娘已经认得她了,笑眯眯地说:"有刚出的培根奶酪面包呢。"

"那就要这个吧。"占薇的嘴角一弯,"哦,对了,还要一个羊角面包和一个蜂窝蛋糕。"

拿好室友们的"口粮",占薇开始往回走。路上经过学校的宣传栏,隔得老远,占薇就看到了那张惹人注目的巨幅海报。

是A大校学生会主办的讲座。一个学期一期,每次都会请一到两位在年轻人中很有影响力的名人嘉宾。

这次讲座的主角有两位。左边的是叶雪城,穿着端庄得体的西装,英俊温和的脸上带着淡淡的笑容,透着一股只可远观的距离感。占薇看了看旁边用夸张的字体印着的"科技达人"字句,觉得有点好笑。

但是她的目光一转，落到旁边穿着黑色礼服、宛如女神般高贵的"投资女神"占菲身上时，却一点也笑不出来了。

连做个讲座都能碰上，这俩人的缘分还真是不一般。

上午第三、四节都有课。占薇坐在后排，心情也说不上好，只是脑海里总不自觉地闪现那幅海报。课间休息的时候，她尝试拨了手机通信录里的第一个电话。

响了几声，那边没有人接。

前排的女生恰好谈起了讲座的事，说到兴起的时候，回头问："占薇，今天下午的讲座你会去吗？"

"不去。"

"我听说占菲是你姐，不捧场？"女生笑眯眯地说，"她可是我的女神呢。"

占薇认真地想了想，当年占菲从哈佛毕业回国，就职于某投行，一出手便协助完成了好几个大项目，的确因为"独立自强"的女性人设，在网络上火了一阵。

她一笑，也不知道该接什么话。结果那女生却不依不饶："对了对了，向你打听个八卦。"

转着的笔从右手滑落，掉在桌子上，占薇将笔拾起，握在手里，"什么八卦？"

"就是你姐占菲……真的跟叶雪城是那种关系吗？"

占薇愣愣地，没有说话。

女生似乎也意识到自己有些唐突，语气有点犹豫："据说他们是青梅竹马，就是那种关系，对不对？不然学校为什么能一次把他们都请来？"

另一个女生也凑上来，"你作为知情人士，给我们透露一下内幕呗！"

占薇轻轻呼了口气，"想听内幕？"

两个女生眼巴巴地望着她。

"内幕就是……我也不知道。"

离上课还有五分钟，占薇离开座位，准备去洗手间。

脑海里想起同学的问话，浮躁的情绪又涌上来。她拿出一直安安静静的手机——屏幕上很干净，什么新提示也没有，显然刚刚自己打的电话没有对那人造成一点影响。犹豫了一会儿,她又拨通了他的号码。

这次直接是"您拨打的电话暂时无法接通"了。

占薇挂断电话,准备起身。结果她刚站稳,手一滑,手机扑通一声掉进了坑里。

她瞪着躺在液体里的手机,一时陷入了两难的境地。

捡还是不捡,这是个问题。

正犹豫着,隔间外传来了细碎的脚步声,似乎进来了好几个人。

"纱纱,你真的认识叶雪城?"

"是以前住在同一个小区的哥哥,"说话的是隔壁班的周纱纱,"正好我大伯最近在跟他的公司谈合作,家里有来往。"

"你们家太厉害了!"

周纱纱没应声。

"对了,占薇也认识他吗?"

旁边有一个声音插进来:"无语了,你没事提那个'假清高'干什么?"

"我只是听说,占薇的姐姐和叶雪城是青梅竹马。"

空气沉默了几秒,接着传来化妆盒重重合上的声音。周纱纱讥笑道:"反正占薇一家人就是那样,谁名气大就巴结谁,往自己脸上贴金。你看看占薇是什么货色,不就知道了?"

"啊?那岂不是……"

几个女生正聊着天,隔间传来哗啦啦的冲水声,接着聊天的内容被推门的响声打断了。

周纱纱被吓了一跳,愣了愣,才看到她们正谈论的主角从里面走出来,脸上却是和刚才的动静不相称的平和。

空气突然安静了下来。

占薇走到洗手台边,"请让一让。"

她洗完手,关上龙头,抬起头朝旁边的人扯了扯嘴角,然后在几个女生错愕的目光里,低声哼着歌,走出了洗手间。

下午没课,占薇去图书阅览室,途中路过国际学术报告厅。现在正是很多专业课上课的时间,但会场却很热闹,连门口都黑压压地挤着一群人。

里面好像说起了什么有趣的事情,观众席爆发出一阵笑声。

门口的电子显示屏上,放的是早晨在宣传栏里见过的海报。她看了一眼上面的人,明明和他只有一墙之隔,却突然觉得对方很遥远。

回到寝室已经是下午四点了,寝室长兼班长程乐之正在发短信,一看到占薇,就咋咋呼呼地跑过来。

"啊,你一下午跑哪儿去了?讲座上都没看见你的人。"

占薇将书包放在椅子上,"我去图书馆了。"

"死丫头,打你好几个电话也不接。"

"有事吗?"占薇回头问,"我手机掉厕所里了。"

"噗!"程乐之本来还有些不满,一听这话,忍不住笑了,"后来呢?"

"想了很久,还是用水冲掉了。"

"你早该换手机了!"

占薇有些恍神,想起手机还是刚上大学的时候,那个人送给自己的礼物。转眼间,自己都大三了。

是啊,早该换了。

"对了,今天的讲座你们都去了吗?"

"去了啊,"正坐在上铺绣十字绣的阿真道,"去的人超多。"

占薇回忆路过报告厅时的场景,那么热烈的氛围,自己在外面就感受到了。

"不过可惜啊,男主角叶雪城没来。"

占薇有点意外。

"听说还在国外,没能赶回来。"

"是吗?"

"很多女生都是为了他才去的。后来讲座进行到一半的时候,不少人就离开了,失之交臂的男神!"

占薇笑了笑。她正消化着听到的信息,结果程乐之拍了拍她,将她从冥想中拉出来。

"和你商量个正事,今晚和计算机系的联谊,你一定要去。"

占薇侧头,"说过不去的,你又不是不知道,我有男朋友。"

程乐之的表情很严肃,"你这人思想怎么这么龌龊呢?"

啥?

"联谊的'谊',是友谊的'谊'。谁说谈了恋爱,连朋友都不能交了?"程乐之的目光咄咄逼人,"而且你说了八百年的男朋友,我们连个影子都没见过,再这么下去,大家都觉得你人格有问题了。"

占薇被她说得语塞。

"跟你说实话,你不去也得去。不然以后上课我记考勤的时候,你就等着吧。"

占薇刚开口想说什么,乐之接了个电话,便风风火火地出门了,只留下占薇和阿真面面相觑。

阿真说:"估计老大是想让你去撑场面吧。"

"撑场面?"

"嗯。对了,没跟你说,"阿真放下了手里的针线,"半个月前,我们金融系一班和二班,不是和理工大联谊了吗?隔壁班那几个长得不错的都去了,结果她们被一群男生捧着,我们这边却被冷落了。理工大还有人说,怎么都是一个专业的,长相差这么大。所以老大可生气了。"

"所以啊,小薇薇,你这次要给我们报仇啊!"

说起来也有些奇怪,金融系一共四个班,人员分配非常奇怪,一班盛产学霸和恐龙,二班盛产美女和风云人物。占薇虽在学霸云集的一班,却是个例外。

最后占薇还是去参加了联谊会,不过仇却没报成。一群人包了家比较偏僻的清吧,稍微布置了一番会场。占薇整个晚上就安安静静地待在角落里,看着台上的人献宝。途中有一两个男生来搭讪,她只是礼貌而疏远地回应着,一副对交朋友提不起兴趣的样子。

反正热热闹闹、风风火火的还是二班周纱纱那群人。

占薇觉得没意思,提前回了寝室。她晚上也睡得不好,第二天上课的时候,还迷迷糊糊的。

旁边的阿真趁着课间休息去楼下的店里买奶茶了,占薇拿着她的课本,整理刚才因为走神漏掉的笔记。她正埋头抄写着,突然听到身后有女生在叫自己。

"占薇——"

占薇回过头,一脸不在状态。

"有人找你。"

她往窗外看了看,什么也没看到。却看见旁边几个女生聚在一起,一副骚动不安的样子,于是顺口问:"谁啊?"

"他说,他是你老公。"

八卦好像飞来的炸弹,顿时在周围掀起热浪。旁边听到这话的同学齐齐回过头来,正儿八经地探究地看着她。

占薇的表情一滞,然后尴尬一笑,走了出去。

走廊上,西装笔挺的男人正站在一侧。大概因为气场过于强大,路过的同学都会不自觉地多看几眼。没多久,终于有人将眼前这张温和、帅气的脸,和昨天讲座的宣传海报联系了起来。

是昨天下午缺席讲座的主角叶雪城。

期待了很久也没有见到的人,竟然在这个不起眼的走廊被"意外"地撞见了!这时连隔壁教室的人都蠢蠢欲动起来。

占薇走出门,看到那个人时,微微一愣。

他转过身,清冷的目光扫过来,空气里有什么变得不一样了。占薇还没来得及收拾好情绪里的意外,就听见站在两米开外的人问——

"听说你昨天去联谊了?"

她的心里像是有鼓槌重重落下。再看面前的人,清亮的眼睛里泛着冷森森的光,嘴唇微抿着,很薄的唇,透着凉薄的味道。

她想着应该怎么跟面前的人解释,顿了顿才意识到——自己参加联谊的事,他怎么会知道?

她的目光里带了点惊愕,刚准备开口,便被对方打断了。

"昨天给你打电话,为什么不接?"

是埋怨的语气,可应该生气的人是她才对。

"之前我也给你打过电话……"

"那时候飞机刚起飞。"叶雪城说,"后来下了机,我看到了提示,立马给你拨了回来。"

"哦。"

"这就是你一晚上不接我电话的理由?"

占薇一愣,"啊,不是……"

他黯淡的目光落在她的身上。

占薇说道:"我的手机丢了。"

叶雪城的头一歪,阳光从左边照来,在他英俊的脸上泛起了柔和的光。

占薇补充道:"掉厕所里了。"

叶雪城冷厉的眼神终于缓和了一些,几不可察地翘了翘嘴角,"跟你说过多少遍了,上厕所不要玩手机。"

"手机丢了,为什么没说一声?"

"我借朋友的手机发了朋友圈。"

"你知道我从来不看那些东西。"

一番话下来,两人的交流又进入了死胡同。

占薇盯着他胸前的第二颗纽扣发呆,脑海里想着一些不着边际的事情。教室里的同学热切地往这边望着,试图追踪后续剧情。她已经算不清跟面前的人见过多少面、说过多少话了,甚至,他们还那样亲近过。只是这一刻,莫名其妙地,富余的体温就随着血流充斥在大脑周围。她的心跳得有点快。

她听见他问:"你什么时候下课?"

"五点。"

"下课后打我电话,一起吃个饭。"

"哦,好。"

回到教室,占薇深深地吸了口气,准备接受好奇心的洗礼。

首先是老大程乐之面色不善地凑了过来,"死丫头,刚才那个是你老公?!"

占薇被她逼视着,有点紧张。

"你藏得也太深了吧!"程乐之愤愤然,"什么时候瞒着我们大家结婚了?嗯?"

"其实不是……"

"难怪前几天我们好不容易才抢到讲座门票,你却摆出一张高贵冷艳的脸。死丫头,你真的气死我了!你知道为了几张门票,我找学生会的人说了多少好话吗?早知道两个主角你都认识,就靠你走后门了,省得看那些家伙的臭脸。"

占薇张了张口,还没来得及发声,就被一旁的阿真打断了。

"老大，别生气嘛！"她笑嘻嘻地把奶茶递到占薇手里，"所以，叶雪城就是你说的那位很可怕、很可怕的男朋友？"

当初为了省去不少麻烦，占薇说自己有"男朋友"，几个小伙伴纷纷让她请吃饭，却被占薇以"对方是个很可怕的人"推掉了。

不过，当时用了这么多个"可怕"吗？

占薇不记得了。

"啊！"阿真痛心疾首地感慨，"我为什么没有遇到这么'可怕'的男朋友？如果我能拥有那张脸，就算'可怕'一万倍，我也愿意去承受啊。"

这边讨论得太热闹，刚才不小心被八卦波及的围观群众也不由得竖起了耳朵。

有个女生转过头来，犹疑地问："占薇，你真的结婚了啊？"

虽然现在大学生已经可以结婚了，可大家真的亲眼见到时——而且是和那种不可思议的人结婚——还是感到很新奇。

占薇并不习惯成为这种话题的中心，心里有点郁闷。

"没有啦。"

傍晚老师宣布下课，占薇借阿真的手机给叶雪城打了个电话，然后匆匆奔赴他所在的德训楼。

她到了约好的位置时，他还没有出现。占薇一边等着，一边无聊地东张西望。头顶上是一棵很高很大的银杏树，看上去像是活了很多年。树冠渐渐染上了秋意，金色的叶子纷纷落下来，在地上铺了薄薄的一层。踩在上面，沙沙作响。

风里夹杂着熟悉的男声。

她向脚步声传来的方向望去，看到叶雪城正从德训楼里走出来，身边还站了一个人。占薇有轻度近视，看了好久才惊讶地发现，那人竟然是自己班的辅导员张老师。

一瞬间，她心里的情绪搅在一起，乱七八糟的。

张老师走到她的跟前，笑呵呵地说："占薇啊，张老师不是老古板。有不错的缘分时，早点把人生大事定下来，也未尝不是好事，你没必要瞒着老师和同学。"

这样的开场白让她有些措手不及。占薇疑惑地看了看叶雪城，也不知道他跟自己的辅导员聊了什么。

夕阳将银杏的叶子照得鲜亮。

叶雪城只是礼貌地一笑,"老师,今天下午打扰了。"

"没事,都是应该的。"张老师的态度和蔼,临了又转过头来,嘱咐占薇,"另一半这么优秀,你啊,自己各方面也要继续努力。"

"嗯。"她点点头。

后来两人一起往西边的停车场走去。气氛安安静静的,也许是半个月没见过,竟感觉身边的人已经生疏了起来。

叶雪城看起来有点不高兴。于是占薇问他:"张老师跟你聊了什么?"

"没聊什么。"

骗人!

她想了想,"对了,今天在教室外面,你为什么跟同学说,你是我老公?"

他面无表情,"我没有。"

占薇不解。

傍晚的阳光从树叶的缝隙中穿过来,稀稀落落地落在他的脸上。他神情肃穆,看上去不像是在说谎。

"可传话的同学说,是我老公找我。"

"你同学听错了,"叶雪城道,"我说的是'准老公'。"

"是吗?"占薇低声抱怨,"你干吗说得那么让人容易误会?大家都以为我结婚了,害得我解释了好半天。"

叶雪城幽幽的目光盯着前方,"这有什么区别?"

嗯?占薇愣住了。

叶雪城没有再说话,空气好像也随着他的静默沉了下来。头顶的树梢上响过几声鸟扇动翅膀的声音,还伴随着几声清脆而稀疏的啼鸣。

身边的人脚步顿了顿,转过头来,深不见底的眼睛俯视着她。

"被人误会我是你老公,让你这么困扰?"

一贯平和的语气,此时却变得没有好气。

占薇一愣,还没来得及说话,身边的人就大步朝前走去。她小跑着赶上他的步子,在心里暗自感叹着,生气了,肯定是生气了!

虽然她自己也不知道,他到底在气什么。

西餐厅的角落里,占薇和叶雪城面对面地坐着,四周充斥着低气压。渐渐地,有提琴声响起。声线缓和、柔软,是巴赫的《G弦上的咏叹调》。

面对平日最爱的乳酪蛋糕,占薇一点儿也提不起兴致。

服务生拿走菜单后,面前的人就一直没有说话,这更加肯定了占薇之前关于他生气了的猜测。

是因为昨天的联谊吗?

占薇犹豫了一会儿,还是决定打破僵局。

"对了,昨天……"

叶雪城垂着眼帘,面不改色地切着牛排,仿佛她的话对他没造成任何影响。

她依旧鼓足勇气,"昨天的联谊,不是你想的那样。"

他没有看她,修长的手指拿着叉,将切好的牛排送进嘴里。

占薇又有点泄气了,索性闭上了嘴。

"然后呢?"他突然问。

原来他在听。

"乐之老大说是专业间的活动,不是你认为的那种。"

"占薇——"叶雪城抬起眼睛,突然很认真地叫着她的全名,吓了她一跳。

"嗯?"

"我也上过大学,"他的语气很冷淡,"知道联谊是怎么回事。"

"真的不是你想的那样。"占薇慌忙解释,"我只是去充人数的,整个晚上和那边的人都没说几句话。你不信,可以打电话问乐之和阿真。"

叶雪城停下了手里的动作。

"所以,你别生气了,好不好?"

声音柔柔的,听上去十分无辜,又好像很懂得戳人软肋。

他只是扬了扬嘴角,"我没有生气。"

接着,声音一顿——

"不过我想让你解释一下,上个月学校晚上十一点查寝三次,你两次都不在,这是怎么回事?"

占薇压根就没想到他会提起这件事,整个人都很震惊。

"我刚才问了你们的辅导员,是他告诉我的。"

"所以你上个月三号和十号晚上去哪里了?"

空气被冻住了几秒,然后占薇缓了口气,才低声开口:"哦,你说的那两天晚上啊,我去阿真家里睡了。"

他不动声色地打量着她。

"阿真家不是离学校很近嘛,经常邀我去做客。她妈妈做的清蒸鲈鱼超好吃。"

对面的那张脸还是毫无表情,锐利的目光直直地射过来,像是要从她的表情和语气里发现破绽似的。

也不知道这个答案有没有让叶雪城满意,只是很久以后,他才不咸不淡地回道:"是吗?"

一顿晚饭吃下来,算不上愉快,也算不上不愉快。占薇迷迷糊糊地从餐厅出来后,就被叶雪城送到寝室楼下。临下车时,他叫住了她。

"还有事吗?"她有点疑惑。

"这个给你。"

昏黄的路灯光从车窗外透过来。占薇模模糊糊地认出叶雪城手里的,是五张演唱会的门票。

"是Jefferson的演唱会?"占薇拿过来,意外又惊喜,"你怎么会有这个?"

"上次听你提过。"

占薇想了想,那已经是两个月以前的事了。当时她给阿真打电话,对方向她抱怨买不到歌神演唱会的门票,叶雪城恰好在身边。

她拿票凑近看了看,竟然是第一排的VIP席。

"你简直太神奇了!"

要知道,早在Jefferson演唱会门票开始发售的时候,就连最差的席位都抢不到了,网上的黄牛票甚至炒出了天价。

这都离发售日多久了?

占薇此时显然完全被兴奋冲昏了头脑,"你是怎么做到的?"

叶雪城因为她激动的反应,有些忍俊不禁。

他并没有回答她,而是想了想,声音里带点愉悦说道:"这周我都在本市,你周六看完演唱会,可以去我家。"

占薇这才从喜悦中渐渐清醒过来,想起眼前的人是个商人,而且是最精明的那种。

精明的商人,从来都不做亏本的生意。

"演唱会散场的时候应该比较晚,到时候我派人去接你。"

占薇点点头,"嗯。"

第二天早上,叶雪城的助理钟泽来到学校,给占薇送来了新手机。

钟助理将东西递到她的手上,"卡已经补办好了,叶先生还帮你下载了需要的程序。对了,他让我告诉你,锁屏密码还是之前的那个。"

占薇拿出手机,是某品牌的最新款,银白色,和叶雪城的那台是情侣机。占薇解锁了屏幕,想了想,给那个人发了条消息:"谢谢你。"

过了会儿,那边回复道:"这次别再掉厕所里了。"

占薇笑了笑。

送手机的这一幕,被隔壁班的周纱纱撞见了。她盯着占薇离去的方向,好一会儿没说话。没过多久,身边的好朋友才发现了异样,随着她的目光转过去,恰好看见占薇转身进了教室。

"对了,纱纱,"朋友有点犹豫,"他们说占薇和叶雪城是那种关系……"

周纱纱冷笑了一声。

"之前不是传叶雪城和她姐是青梅竹马吗?听上去真乱!"

其实周纱纱也对此感到意外。

"占薇本来就不干净。"

"啊?"

"用脚趾头想想都知道,肯定是姐姐的好事被妹妹截和了。"周纱纱一脸不屑,"洪凌集团你们听过没有?占薇之前一直想巴结那个老板的二儿子,最后没成。她和叶雪城的事我不清楚,但估计是广撒网吧,总会有人上钩的。"

"她平时不是挺端着的吗?"

"会装而已,"周纱纱看起来面有愠色,顿了顿,却突然笑了,"不过有什么用,她的好日子也不长了!"

旁边的女生回头,疑惑地看着她。

"像占薇这样的,除长得能看之外,有什么优点?还不是花瓶一个。叶雪城跟她在一起,估计是各取所需。听说几年前,他的事业刚起步,占家帮了他不少忙。现在占家的情况很不好。"周纱纱冷哼道,"如果占家破产了,叶雪城就算是为了避开这个累赘,也一定会把她甩掉。"

"真的吗?"

周纱纱抱着胸,"等着吧。"

转眼到了演唱会的下午,全寝室集体出动,早早地在体育场外候着。平时神龙见首不见尾的室友聂熙也来了。她穿着黑色夹克,留着帅气的短发,左耳的七颗耳钉闪着光。她低头看了眼手表,"林希真,你哥是怎么回事?还不来?"

阿真把刚买好的奶油泡芙收到口袋里,"刚刚给他打电话了,路上堵车,就快了!就快了!"

"真是的,都快要入场了。"

四人一起在检票口准备排长队。占薇听到手机响了,掏出一看,发现是叶雪城的短信:"临散场的时候告诉我一声。"

她双手捏着手机,认真打字:"不用,我自己打车回去就好。"

那边没再回复。

占薇收好手机,抬起头。已经是九月底了,晚风有些凉。体育场前面有个宽大的广场,灯光虽然不明亮,可四周实在是热闹。推着车卖零食的,吆喝着买玩具的,还有手里拉着一大串氢气球的商贩……这是她第一次在夜里感受这样的人气。

她看着一群在很远的地方玩轮滑的小孩出神,突然有个人闯进了她的视野——是个和自己年纪相仿的男生。灯光落在他的身上,泛着温柔的光。他的眼神清澈,上身穿了件浅灰色的衬衫,书包随意地挎着,满满的学生气。

男生定定地看了占薇几秒,直到被凭空插进来的声音打断:"哥,你总算来了!"

是阿真的哥哥林俊宴。

"抱歉,公司临时有点事,来晚了!"林俊宴比占薇他们高一届,正在自己家的公司实习。当初占薇刚进大学的时候,他偶尔会被阿真叫来,帮忙修修电脑,换个灯泡。女生们礼尚往来地回请他吃饭,渐渐就变得很熟了。

"你现在这么努力,让人很不习惯呀!感觉都已经快把当初两个月减三十斤的魄力拿出来了。"

真是哪壶不开提哪壶。

"不过我却很开心,"阿真笑眯眯地说,"这样一来,我就可以安心地做个米虫,以后靠你养我了。"

林俊宴没有表情,"想得美。"

刚认识的时候,林俊宴还是个微胖界的人,后来不知是怎么回事,一个寒假过完,整个人就瘦得脱胎换骨。他本来就很高,长得也不赖,加上家境优越,很快就成了系里颇受欢迎的男生之一。

阿真那时候总是嘲笑哥哥:"唉,少男怀春,当然要减肥啦。爱情的力量果然是伟大的。"

可是过了两年,他身边还没有疑似的恋爱对象出现。

林俊宴跟在队尾,随口问道:"对了,票这么抢手,你们是怎么买到的?"

阿真兴高采烈地说:"你猜!"

……

"因为我们占薇有个超级伟大、超级万能的男朋友!"

林俊宴愣了愣,没再说话。旁边的聂熙扫了他一眼,脸上的表情微妙,却只微微一笑。

好不容易进了场,一行人需要从舞台旁的位置绕到前排去。结果冤家路窄,遇见了和朋友在一起的周纱纱。

阿真看到她们挤在偏僻的角落里,幸灾乐祸地打招呼:"你们也来了,坐在这儿呀?"

周纱纱大概心情不太好,沉着个脸,没作声。

从来看热闹不嫌事大的聂熙插话道:"这么偏的位置?等会儿估计连台上的人都看不到,还不如窝在家里看视频呢。"

"就是啊!"阿真附和。

周纱纱的朋友忍不住搭腔:"位置再好又怎么样?还不是为了听歌?我们喜欢歌神,又不是来看他的脸。"

"不好意思,"一旁的程乐之笑了,"我们坐的是第一排,传说中的VIP专座。虽然喜欢歌神不是因为他的脸,但如果有互动,我们能摸摸大明星的小手也不错啊!"

周纱纱坐在一旁,面色铁青。

占薇看得一愣一愣的,等找到座位才开口:"你们真是……"

"我看不惯那个女人很久了。平时就阴阳怪气,笑起来假惺惺,真以为自己是宇宙交际花了。一天到晚都在装,上次在学生会还阴我!哦,还有,入学的时候,就因为在论坛的比美帖里被你压了一头,就到处说你的闲话。"平时脾气就有些火爆的程乐之义愤填膺地说道。

占薇憋着笑。

事实上,对于周纱纱这个人,占薇还真没有多在意,只是觉得这个女生精力比较旺盛,今天操心这位,明天操心那位。占薇连自己的事都顾不过来呢。

自己的事——

想到这里,占薇的脑海里又莫名浮现出了那晚的事,还有叶雪城在车里跟她说"去我家"时面无表情的脸。

唉,她又有点郁闷了!

演唱会的气氛一直很嗨,其间歌神 Jefferson 走到台前跟歌迷互动,阿真还真的蹭到了对方的小手。她尖叫了好几声,激动狂热的情绪一直持续到演唱会结束。

散场的时候已经近十一点了。一群人出了体育场,随着熙熙攘攘的人流往外走。夜空很黑,隐约可以看见城市上空笼罩着一层淡淡的橙光。

占薇的手机突然响了,里边传来叶雪城的声音,"散了?"

"嗯。"

"在哪儿?"

"不用让人来接了。这么晚,也挺麻烦司机的。"

"在哪?"

"真的不用。"

那边直接挂断了电话。

没想到的是,马路边挤满了人。公交车来了一辆又一辆,站台上还是人满为患。离站台十米开外,还密密麻麻地站着大群等着打车回家的歌迷。

演唱会刚散场,交通显然一时间很成问题。

程乐之提议:"反正在这里也不知道要等多久,我们往前走一个街区再打车吧,或许会好点。"

一群人沿着深夜的街道往前走。到了下一个路口,四周渐渐变得冷清起来。

夜风越来越凉了。

占薇抱着胸,瑟缩着。一旁的聂熙不住地跺脚,高跟鞋的声音在空旷的马路上一声一声地回荡着。过了会儿,她有点不耐烦了。"怎么回事,一辆车都没有?我先抽根烟。"

虽然对此已经见怪不怪了,阿真还是在一旁说道:"熙熙,吸烟有害健康。"

聂熙吐了个烟圈,"闭嘴,老娘冷,得见个明火。"

街道安静得一个路人都没有。

眼看打车无望,一行人开始考虑要不要折回体育馆。突然间,不远处传来汽车的轰鸣。一辆黑色的车朝这边驶来,明亮的远光灯闪了闪。

占薇眯眼看了看,认出了熟悉的车和车牌号,有些意外。

车缓缓地停在路边。

小伙伴们面面相觑,一脸茫然。阿真只觉得车有点拉风,轻轻戳了戳哥哥,"那是什么车啊?你认识吗?"

林俊宴没回她。

在大家安静的间隙里,车门突然打开,一个熟悉的身影从里面走了下来。

阿真眯了眯眼,看清对面高挺清俊的男人,欣喜道:"原来是救兵!"

是叶雪城。

隔着夜色,他的表情让人捉摸不透,可强大的气场依然排山倒海地迎面扑来。

他幽深的目光越过了占薇,扫了眼她身后的人,"你的朋友?"

"嗯。" 占薇点点头。

"先上车。"

占薇在副驾上坐好,听旁边的人说"安全带",连忙老老实实地把安全带扣上。

在后排,程乐之和阿真已经坐定。聂熙深吸一口烟,随手在一旁的垃圾桶上摁灭。她刚准备进车,便看见身旁踌躇的林俊宴。

"你——"

林俊宴没理她,却走上前来,敲了敲占薇旁边的车窗。

占薇探出脸,"先挤一挤吧,后面很宽敞,坐四个人没问题。乐之的家就在这附近。"

"算了,"林俊宴低着头,拉了拉嘴角,"你们先走,我自己想办法。"

占薇想了想,"或者……"

叶雪城从后视镜里扫了眼后排已经坐好的聂熙,没等身边的人说完,便直接发动了汽车。

等到把好朋友各自送回家,已经近十二点了。

叶雪城将车掉头,往反方向开。车里没有放音乐,右边的窗户开了条小缝,隐隐有吹进来的风声。四周太安静了,让占薇有些莫名的紧张。

她在脑海里寻找可能的话题。

"对了,你怎么知道我们在那里?"还好想到了一件事。

"手机定位。"

占薇很疑惑。

身边的人简单地解释道:"我在你的手机里安装了定位程序。"

她愣了愣,低头看了眼放在腿上的手机。手机被送过来的那天,她发现里面除了以前常用的功能,确实多了几个没见过的英文程序。当时她大概是有别的事,也没来得及一一探究。没想到……

"你别多想,"叶雪城随口解释,"我担心你的手机丢了,找起来比较方便。"

是吗?占薇没再接话。

过了很长时间,他又问:"刚才那些都是什么人?"

占薇还沉浸在之前的话题里,没回过神来。

他补充道:"就是今天和你在一起的那些人。"

"哦，她们是我的室友。"

"你室友里有男生？"是平和的语气，但带了点奇怪的笑意。

占薇解释道："你说林俊宴吗？他是阿真的哥哥。"

叶雪城侧头瞄了她一眼，转动方向盘，朝靠近城中心公园的别墅区驶去。顿了顿，又轻描淡写地问："他喜欢你？"

"啊？"这个问题把占薇惊到了。

身边的人仍然面不改色地重复："他喜欢你？"

"没、没有吧？"

叶雪城没再继续这个话题，又问："那个抽烟的女生是谁？"

"聂熙。怎么了？"

"没怎么，"叶雪城的目光映着夜色，"以后离这两个人远一点。"

"为、为什么？"

他点到为止，"怕把你带坏了。"

"哦。"

到家已经是深夜了，占薇和叶雪城打了声招呼，回了楼上的房间。自从她和他订婚后，他便在二楼收拾出一间屋子，在这边过夜时，会让她在自己的房间睡。

事实上，从今晚见到叶雪城的那刻开始，占薇的心弦便紧绷着，直到在浴室里泡了个澡，情绪才放松了一些。

占薇拿毛巾擦干头发，重重地躺在床上，身体舒展地摆成个大字。

关灯后，她翻了个身，突然回忆起刚才叶雪城在车上的话。这是他和她的朋友们第一次照面，可他似乎并不喜欢他们，这让她有点头疼。

她正神游着，隐隐约约突然听到外面有动静。占薇屏气凝神，感到走廊上有脚步声在靠近。

那声音停在了门口，这让她的心像是被什么悬了起来。过了好几秒后，门把手转动的声音传来。

很轻的"吱呀"一声，门被打开了。

占薇睁开眼，朦胧的月光从落地窗照进来，卧室里的一切都是模模糊糊的。她不知道会发生什么，连呼吸都变得小心翼翼的，逼仄的胸腔内，心跳变得好快，正一声一声地被放大。

还是装睡吧,她想,索性再次闭上了眼睛。

脚步声越来越近,一直到了跟前。一开始,这声音还是从容的,似乎不想给她带来打扰。可等那声音到了跟前,占薇只感觉床垫被什么一压,就沉沉地陷了下去。她还来不及反应,一双冰凉的手就捧过她的脸,手指穿过她的发,紧接着,唇就被热切地锁住了。

是男人的唇。

最开始碰上去时是冷的,摩挲的力度算不上温柔,来来回回舐舔了一番,才渐渐散发出些热度。慢慢地,有湿软的东西窜入了她的唇齿间,耳边充斥着男人粗重的呼吸声。

占薇整个人被亲得迷迷糊糊的。朦胧间,他冰凉的手从她的睡衣下摆探进来,然后落在她的腰际,随后有了往上走的趋势。

她一惊,试图推开他。

"等等!"

"嗯?"

"你答应过我,至少等我满二十岁……"

面前的人没有声响,但是侵略的吻变得柔缓了。占薇紧张得背挺得直直的,渐渐地,她感到他不安分的手停下了动作。

过了几秒,旁边的人在她的身旁躺下,从侧面紧紧地将她抱住。她的背贴着他的前胸,两人之间没留一点缝隙。体温焐在里面,发酵出让人不安的燥热。

可他的手还是凉的。

好一阵后,占薇的心跳才开始放慢了。

她被他刚才的举动吓到了,呼吸了几口,试图平复心绪,"你……不回房间睡觉?"

"睡不着。"

他的声音有些低沉。占薇听了,心情复杂,"失眠还很严重吗?"

"嗯。"

"后来看医生了没有?"

"看了,没用。"叶雪城闭着眼睛,"已经有十多天没睡过好觉了。"

占薇知道叶雪城有非常严重的失眠症,有点心疼。

空气安静了好一会儿,他低哑的声音从耳后传来。

"占薇,说话!"

她有些不解,"说什么?"

"不知道。"他轻声道,"听到你的声音,我就会感觉好一点。"

这话叶雪城跟她说过好几次,她一直没有当真。

"嗯。你不会觉得吵吗?"

"不会。"他闭着眼睛,头埋在她的颈窝里,"或者你唱歌给我听,就像以前那样。"

以前啊!

占薇抬眼看着窗外,脑海里突然浮现出那段模模糊糊的时光。真的是很久以前的事了。自从他们订婚后,谁也没有再提过,她几乎以为他忘记了。

她沉默了一会儿,轻轻唱了起来。女声柔软的声线,带着些微的沙哑,像暗夜飘来的栀子花香。

"See the pyramids around the Nile,

Watch the sunrise on a tropic isle,

Just remember, darling, all the while,

You belong to me

……"

这一晚,占薇不知道自己是什么时候睡着的。朦胧间,她做了个梦。

梦里,她回到了第一次向他告白的那天。

是在一棵银杏树下吧?整个巨大的树冠都是金色的,地上密密麻麻地铺着落叶,散成并不完美的圆。阳光照下来,将站在面前的叶雪城染上了一层柔和的光。

那时的占薇,眼睛里只有他。

她全身的血都往脸上涌,只觉得自己的心都快要跳出来了——说还是不说?

占薇稳住心神,下了决心。

"叶雪城,"她一鼓作气,"我喜欢你。"

说完头低了下来,她不敢看他的表情。

"喜欢你……"

喜欢很久很久了。

"你喜欢我吗?"

叶雪城没说话。这让占薇的心有些不安。她抬头,迎上了他深不见底的眼睛。

他问她:"你只是个小丫头,谁会喜欢你?"

所以,是不喜欢?

占薇皱了皱眉,试图翻身,却被某个力量钳制住了。她从这个不愉快的梦里醒来。睁开眼睛,恰好看见梦里拒绝过自己的人的睡脸。他的手搭在她的腰上,力道很沉。

所以刚才的一切,只是个梦吧?

还好只是个梦。

第二章
他的菟丝花

　　清晨,看天色像是要下雨。叶雪城送占薇回学校,将车停在教学楼旁边,侧头看着坐在身边的占薇。发动机渐渐熄火,密闭的空间里变得安静下来。

　　占薇被盯得不自在,"怎、怎么了?"

　　叶雪城伸出手,在占薇锁骨旁的皮肤上触了触,"前两天碰到你爸,他想让我们回家吃个饭,一家人聚一聚。"

　　占薇听着,琢磨着"一家人"三个字。一家人,那就意味着姐姐占菲也会在。

　　她点点头,"知道了。"

　　"周六下午我来接你,到时候电话联系。"

　　"好,"占薇回道,"我先走了。"

　　叶雪城点头,"在学校要听话。"

　　占薇没吱声。

　　中午回了寝室,她站在镜子前,留意到早晨被叶雪城手指触过的地方有一枚粉色的吻痕。占薇想起临别时他不苟言笑的脸,又想起最后那句"要听话",微微一怔。

　　也许,就是因为她比较"听话",他才会和她在一起吧?

　　回学校的第一天,学院就发出了期中考试安排。闲散的学生像混入捕食者的沙丁鱼群,顿时忙碌而混乱起来。

周末两天，占薇看书看得头疼。中途和叶雪城联系过一次，才知道他去了香港。她后来无意间翻朋友圈，看见姐姐占菲发了张维多利亚港的夜景照片。她想了想，在下面点了个赞。

隐隐约约地，好像总有什么将那两个人联系在一起。

离考试的日子越来越近。

聂熙完全没受影响，和朋友赴某小岛露营去了，寝室里只剩下三个人。这天，因为专业考试，教学楼被封锁了，占薇和阿真几个约在附近的咖啡厅复习。

对面的程乐之已经开始在写往届的试卷。阿真坐在一旁，打开书本，大剌剌地展示着"第一章"的标题。占薇看她低头刷手机时一脸乐滋滋的模样，终于意识到，有人比自己的心态还乐观。

她又翻了几页书，实在有种无力感。关于学习，她一直都不太喜欢。

正头疼着，突然听到阿真兴奋的声音。

"喂喂喂，你们快看这个！"

占薇扬起脸，一副在知识的海洋里即将溺水的表情。

阿真将手机递过来，"大新闻，大新闻。"

屏幕上是某新闻平台发表的长微博，标题是："新一轮人机PK：人工智能或将改变医疗格局。"

微博报道了A大附属医院举办的"蓝光杯"影像阅片大赛。在这场比赛中，A大附属医院最优秀的影像科医生们，将与Titan公司自主研发的机器人Healer对战。比赛的结果，会按照X线和CT的阅片速度以及准确度等来评定。

图文编辑对此事兴奋不已。他提出：如果在未来的某一天，治病救人都可以用人工智能取代，那还有什么是机器不能做到的？

末尾附上Titan公司CEO的简介，短短几句话，勾勒出了对方的人生履历。照片里，年轻又自信的男人站在讲台上，温和的眉目中透着俊朗，眼睛微微眯着，闪着睿智的光，带着点距离感。

是叶雪城。

阿真显然还没有从激动中回过神来，"小薇薇，你这个神奇的男朋友，到底是从哪里拐来的？"

旁边的程乐之拿过手机，目光扫到最后几行时，被呛了一下。她一字一句地读道："本科A大，麻省理工学院硕士，毕业回国后创立了Titan。传说中的专注黑科技一百年的行业老大……"

占薇看着面前两人的反应，感到好笑又无奈。

"作为班上成绩倒数的学渣，有这样的大神做男朋友，是什么感想？"

"只考过一次倒数好吗？"占薇对朋友揭自己的短表示不满。

"总之是学渣就对了！来来来，快来谈感想！"

占薇认真想了想。

如果一定要说的话，应该是……自卑吧？

按照占薇在学习上的天赋，远够不上A大的标准。在那段懵懵懂懂的时光里，她最后的爆发源于一张照片。

那是叶雪城去波士顿的第二年，两人已经很长一段时间没联络了。某个午后，占薇在姐姐的朋友圈里看到了他。大概受异国生活的影响，叶雪城瘦了些，下巴带着泛青的胡茬，锐利而张扬的目光变得有些沉敛。他正和十来个中国人站在一起，围着摆满美食的圆桌，庆祝即将到来的新年。

与他隔了一人站着的，是姐姐占菲。

占薇在那一刻，突然意识到一件很可怕的事。

喜欢的人在麻省理工，而他的暧昧对象在哈佛。她如果还不努力，是不是有点对不起自己这颗蠢蠢欲动的少女心？

等再长大一些，占薇听过一句话：

"什么是对的爱情？

"那大概就是，不惧未来，无悔过去，以及想要为那个人变成更好的自己。"

对占薇来说，叶雪城不一定是对的人。但至少在很长的一段时间里，他给她带来了生机勃勃的爱。

就这样，在忙乱的备考中等来了周六。

叶雪城很早便联系她，两人约在校园外的小广场见面。阳光正盛，广场稀稀落落地散布着行人。提前到达的占薇，在喷水池旁的长椅上坐下，无聊地东张西望。

离她不远，有几个年轻的妈妈带着小孩晒太阳。

占薇正坐着发呆,突然一个小男孩朝她跑过来。对方看起来两三岁的模样,白白嫩嫩的,乌溜溜的眼睛盯着占薇转。

"你好呀!"她笑眯眯地朝他打招呼。

小男孩同她对视了一会儿,终于鼓起勇气,将手里握着的粉色水果糖递到她的手上。

占薇弯下腰,朝他温柔地笑。

"谢谢"。

这一刻,她如沐春风,情绪也彻底放松下来。男孩跌跌撞撞地向妈妈跑去,她别开视线,看见了一旁的叶雪城。

占薇一愣,他站在这里多久了?

上了车,占薇规规矩矩地坐着,盯着窗外的树。她想起叶雪城刚才的眼神,莫名地有些不安。

车行到一半,他突然问:"你很喜欢孩子?"

占薇老实回答:"还好吧。"

"如果喜欢,等你毕业了,我们生一个。"

这话让占薇呛了一下。

叶雪城察觉到了她微妙的反应,"想晚一点?"

问题的重点不是这个,而是……

占薇鼓足勇气,终于将那个在心上盘旋很久的疑问说了出来:"叶雪城——"

"嗯?"

"我们……真的要结婚吗?"

陡然间,气氛变了调。

男人嘴角的弧度渐渐消失,过了一会儿,声音冷了下来。他不答反问——

"不然呢?"

直到站在占薇家的门口,叶雪城都没再和她说话。

他板着脸,深黑的眼眸里闪着冷光,一副她和他无关的样子。占薇看着他目不斜视的表情,有点担心两人间这种奇怪的气氛,等会儿会不会引起家长的疑惑。她正胡思乱想着，面前的门突然被打开了，是家里的帮佣赵阿姨。

大概只用了零点几秒的间隙吧，叶雪城的脸上就露出了很合时宜的浅笑，右手搭上了占薇的肩——简直比变脸还快。

母亲韩汐在一楼的客厅里等着，旁边的小桌上放着切好的水果和早上新鲜出炉的甜点。看到占薇和叶雪城进来，她热情地招呼两人坐下。

"雪城，最近忙不忙？听说你这几个月经常飞国外？"

"还好。"叶雪城礼貌地一笑，"已经习惯了。"

"占薇没给你添麻烦吧？"

叶雪城幽幽地扫了眼看似唯唯诺诺的小女人，没说话。

韩汐察觉到了不和谐的端倪，笑着打圆场："我自己的女儿自己最清楚，看着没什么脾气，其实拧着呢。就是没长大的小姑娘，你多担待她一点。"

年过四十的韩汐，曾是歌坛非常有名的歌手，十几年前一度在娱乐圈非常活跃。她长得漂亮又有唱功，性格清高，得罪过不少圈内人。后来嫁到占家，处在大家族复杂的关系中，性格被慢慢打磨，才日渐少了脾性。

聊了几句后，母亲开始在一旁热情地向叶雪城嘘寒问暖。对于作为长辈的母亲这样向叶雪城示好，占薇有些不是滋味。她插话道："妈，爸呢？"

"他在书房，等会儿就下来。"

占薇点头。

母亲又笑，"你姐姐占菲今天也要过来，正在路上。"

"哦。"

没过多久，父亲占则明下来打了个照面，就把叶雪城叫到了书房，似乎是要商谈公事。

占薇看着叶雪城走上楼梯，心绪复杂。她脑海中胡思乱想的开场白，却被母亲打断："薇薇，告诉妈妈，最近和叶雪城怎么样？"

"还好吧。"就那样。

韩汐听出了女儿的敷衍，叹了口气，"现在是你爸公司最关键的时刻，需要他帮忙的地方不少。你要懂事，别随便和他闹脾气。知不知道？"

占薇没说话。

"其实有些事情，妈妈比你看得明白。叶雪城对你挺不错的，也为你做了很多男人做不到的事。女人要学聪明一点，知道自己应该知道的就够了。那些不应该知道的，就当它们不存在，这样自己会比较快乐。"

占薇抬起头来，清亮的眼睛看着母亲，嘴巴紧闭着。

韩汐问："妈妈说得不对吗？"

那一刻的占薇特别想问"那你快乐吗？"可她最终还是把话憋了回去。

占薇很清楚，这世界上最疼爱自己的人，就是母亲。可如果让母亲在她和父亲中选一个，母亲选的一定是父亲占则明。

当年占则明第一任妻子过世后，很长时间没有再娶。后来他在一次商业聚会上，邂逅了歌唱事业正起步的韩汐。两人相互吸引，但到了谈婚论嫁时，韩汐却因为歌手的身份，一直被占家拒之门外。直到她怀孕，且检查出是个男婴，占家的长辈才松了口，答应让她嫁入占家。

最后生下来的孩子是占薇，而非期待中的男孩，占家的长辈对韩汐失望至极。很长一段时间，韩汐在占家受尽委屈，可她咬咬牙，这么多年还是忍过来了。

她之所以能忍，靠的是她对父亲的爱。

从占薇被生下来的那刻，韩汐便希望女儿不要重复自己被人看低的命运。她竭尽所能，给女儿最好的，只是为了让女儿成为真正的公主，真正的大家闺秀。

可事与愿违，无论占薇怎样努力，她都比不上父亲和前妻生的女儿占菲。

占菲比占薇大六岁，她们虽是同父异母的姐妹，性格却是两个极端。占薇从小温和无害，腼腆内向，随和好相处；占菲则外向乖张，极富主见和个性，对于自己讨厌的东西，一点儿也容不下。

很不幸的是，占薇便是她"讨厌的东西"。

妹妹被生下来后，占菲就给占薇取了各种外号，"烦人精""讨厌鬼""丑八怪"等。还联合院子里的同龄人，嘲笑和孤立妹妹，让她成为落单的小孩。

看见女儿被这样对待，韩汐心里有想法。可自己作为继母，身份本来就很微妙，加上丈夫实在心疼占菲，所以一直找不到合适的解决办法。还好占薇从小懵懵懂懂、没心没肺，宽容又不记仇，才健健康康地成长至今。等到长大了一点，姐姐占菲懂得了收敛，不再做那些任性又故意刁难占薇的事，姐妹俩才渐渐变得融洽起来。

占菲到家的时候，已经是傍晚了。她留着笔直的齐胸长发，低头换鞋时，将柔顺的头发往后拨了拨，露出大半边精致的巴掌脸。大概是从小练习跳舞的缘故，她整个人看上去十分挺拔，因此常被人夸"气质美女"。

是占薇去开的门。她看着面前的人，叫了声"姐姐"。

占菲对她扯了扯嘴角，脸上露出敷衍的笑意。

饭桌上并没有展开什么热烈的话题，除了父亲占则明开始时问了叶雪城几句Titan公司的新项目，大部分时间里，气氛都沉默着。

占薇的脑海里正想着别的东西，突然听旁边的叶雪城低声道："怎么一点肉都不吃？"

她疑惑地抬头，见叶雪城兀自夹了块糯米排骨，放到她的碗里。

"吃的全是素菜，难怪这么瘦！"

"我……"

"在学校里也没好好吃饭？"叶雪城数落得流畅自然，就像教育家里不听话的妹妹似的。

占薇盯着碗里的排骨，感觉到胃里的饱胀感，拒绝了他的好意，"我吃不下。"

"你先吃几块，吃不完再夹给我。"

"哦。"

母亲韩汐见未来女婿这么关心女儿，格外满意，"雪城说得对，占薇就是太挑食了。以后我们不在她的身边，你得帮我们看着她。"

叶雪城一笑，"妈，您放心。"

韩汐转过头，"占薇啊，自己在学校要多注意。如果太瘦了，以后生小孩会很辛苦的。"

占薇小口啃着排骨上的肉，心里有点郁闷，这都哪跟哪呀？

对面的占菲从始至终冷着脸，没有说话。

吃完晚饭后，占薇上楼去找以前用过的笔记。过了二十来分钟，终于收拾出满满当当一书包东西。她路过起居室的偏厅往回走，不小心看到叶雪城和姐姐占菲在里面。

叶雪城正面朝着落地窗接电话。他回过头，才发现过来喝水的占菲，于是礼貌性地报以微笑,然后迈步准备离开。

占菲突然叫住他。

"你真是越来越绝情了——"

叶雪城的脚步顿住。

"上次在香港,约你出来喝个咖啡,怎么理都不理?"

"没什么好聊的。"

占菲哼了一声,"以前你可不是这个态度。"

叶雪城没说话。

占菲叹了口气,"没想到我们的叶大少爷,竟然会装好男人了。"

"刚刚在饭桌上那么体贴,差点连我都信了。"

"还有别的事吗?"叶雪城打断了她,冰冷的语气让占菲一愣。

他在对方错愕的间隙里,淡淡地扔下一句,"没事我先走了",便转身离开。

回叶雪城家的路上,占薇想起刚才的画面,有点头疼。

姐姐和叶雪城聊天的时候,她在外面站了一会儿,并没有故意偷听。可姐姐说到约喝咖啡时,她还没来得及理清脑袋里的思绪,抬头便看见叶雪城从里面走了出来。

竟然被撞了个正着。

车里的空气闷闷的,两个人都没有说话。

过了一会儿,他才开口:"刚才的事,你别多想。"

"嗯。"占薇点头。

方向盘转动着,驶进了闹市区,隐隐约约透进来一些嘈杂,气氛变得不再那么压抑。

占薇斟酌了一会儿,"之前爸爸把你叫到书房,谈了什么事?"

叶雪城没接话。

"又是借钱吗?"

这段时间,父亲公司的情况不好,占薇也听到了一些风声。她想了想又问:"他找你借了多少?"

听她的语气是认真的,叶雪城轻轻一哂:"怎么?你要帮他还?"

占薇两手紧紧地交握在一起,"那你也得先告诉我,看我有没有可能还上。"

叶雪城笑了笑,报了个数字。占薇听后,一声不吭。叶雪城倒是一脸轻松,"你放心,我们已经订婚了,现在你家有事,我不会不管。"

占薇仍然不声不响。

"那些钱,我原本也没打算让他还。"

她应该跟他说声谢谢吗?

有点说不出口。

他继续道:"反正以后都是一家人,不是吗?"

占薇愣了愣,也不知道对方是不是在嘲笑她。她正出神,手机响了起来,屏幕上闪烁着聂熙的名字。

"喂?"

那边叽里咕噜说了一大通,信息量很大。占薇"嗯嗯哦哦"地应着,等对方说完才说:"我知道了,可以。"

等她挂上电话,叶雪城幽深的目光扫了她一眼。

"聂熙?"

他突然这样问,让她有点意外。大概是刚才接电话时,屏幕上的来电显示被他看到了。

"嗯。"

"那个抽烟的女生?"

"是。"

他的语气依旧轻描淡写的,"不是说让你和她少来往吗?"

占薇以为他那晚只是随口一提,没想到他竟然是认真的。她也不和他争辩,也许叶雪城自然有他的理由,也许成功的人容易有自信的偏执。他很少被人说服。

"是学校的事,下个星期的志愿者活动,她问我要不要一起报名。"

叶雪城盯着前面的路,没有接话。

晚上,一直以来睡眠很好的占薇难得地失眠了。

她想了很多。想起叶雪城说毕业后生小孩的事,想起他和姐姐占菲在晚餐后的对话,又想起父亲借钱的事,他说以后是一家人时的表情。占薇很茫然，对她而言，叶雪城一直是那个仿佛触手可及，却又飘忽不定的存在。

占薇翻了个身，朦朦胧胧地，她听到了熟悉的脚步声。

叶雪城进屋时步子很轻。他走到床前顿了顿，然后紧贴着她的身体躺下。月光照在她裸露的手臂和肩膀上，反射出冬日初雪一样纯洁的光。大概是见身前的人呼吸平稳，他轻手轻脚地，不想吵醒她。他低下头来，一点一点、小心翼翼地亲吻着她的肩膀和手臂。

明明是温柔而不带有情欲的动作，占薇却觉得很痒，挠得心里七上八下，于是微微侧身。

"还没睡？"

"有点睡不着。"

大概是感觉有点难得，叶雪城低低地笑了笑。占薇睁眼看向眼前的黑暗，月光在墙上画出斑驳的树影，随着微风轻轻地晃动着。渐渐地，她感觉到他的手圈在她的腰上，力道有点沉，却是冷的。

叶雪城让她说话。

说什么呢——

"之前讲座的事，怎么不提前说一声？"

"本来想给你一个惊喜。"

可占薇想起他和姐姐出现在同一张海报上的情景，一点也不觉得惊喜。

他仿佛知道她在纠结什么，解释道："你们学校找我的时候，另一位嘉宾还没定下来，我也不知道最后找的是占菲。"

"哦。"

"怎么？吃醋了？"

"没有。"

"是吗？"

好吧，其实有点。

叶雪城将她往怀里按了按，胸口是热的，隐隐灼着她的背。他的体型比她大一些，正好能完全将她包裹住。比起他的脸和说的话，他怀里的体温更让她有安全感。

可占薇还是忍不住胡思乱想起来。占菲说他装好男人，他有什么需要装的？自己又有什么值得他去装呢？

如果有，答案只有一个。

占薇似乎想了很久，才轻声问道："叶雪城，你喜欢我姐姐吗？"

叶雪城的动作一僵，语气淡了下来，"不喜欢。"

"从来都没喜欢过吗？"

"从来都没有。"

有时候，回答得快，就显得果断；可太快了，又显得敷衍。占薇不知道叶雪城这速度属于"快"，还是"太快"，心里的很多疑问，让她几乎脱口而出："那之前在波士顿的时候，你为什么会向她求婚？"

他静默着。

"是我们订婚之后，姐姐告诉我的。"

几秒间，心绪却是百转千回。

耳边的气息变得不稳，呼吸也在加快。可他还是平淡的三个字："喝醉了。"

敷衍却无法反驳的答案。

平时的占薇很好糊弄，可不知为什么，今天她却较上了劲儿，"不是常说酒后吐真言吗？"

"会不会你喝醉了，说的才是心里话？"

叶雪城安静许久，突然冷笑一声，"你今天先问我是不是要结婚，又在这里跟我绕圈子，想说什么呢？"

"要来翻旧账？"

"那好，我来跟你算一算。"

叶雪城伸手，用力将占薇的肩膀掰过来，让她翻了个身，正脸对着自己。明明两人的距离不到二十厘米，甚至可以感受到彼此温暖的气息，说出来的话却一点也不温暖。

"想翻旧账没问题，我们还是来聊聊你和那个凌寒……"

他的话还没说完，一个抱枕飞来，刮过了他的下巴。力道不重，却昭示着扔的人有多生气——占薇很少直接动手。

可叶雪城岂是轻易服软的人，"你心虚什么？"

占薇从床上坐起来，软软的声音里带着怒意，"叶雪城，你出去！"

叶雪城不紧不慢地起身，将床头灯打开，暖黄色的光落在对峙的两人身上。占薇的脸上既有愤怒,又有委屈。

他只是笑,"这是我的家,我为什么要出去?"

占薇盯着他嚣张的脸看了一会儿,什么都没说,骨碌碌地下了床,拎着个枕头,气呼呼地离开了卧室。

这晚,叶雪城经历了两年来最严重的一次失眠。

到了凌晨三点半,他依然仰躺在属于占薇的床上,脑海里了无睡意。纯棉的被子薄薄的,散发着淡淡的清香,是水果混合着茉莉的味道,闻起来甜而不腻,让人难以形容。这气息一直困扰着他,夜晚不知不觉过了大半。

窗外有凉风吹进来,凌晨的空气又降了几度。他想起占薇出门时的场景,她只穿了件吊带,肩膀和手都露在外面,连外套都没披一件。

他皱着眉,终于从床上坐起来。

打开走廊上的廊灯,浅黄色的墙被渲染上了暖色调。叶雪城先是下了楼,客厅里的沙发上空荡荡的,什么都没有。他想了想,又走到隔壁房间的藤椅前望了一眼,才折回楼上。

他开始一间房一间房地找。

次卧、客房,就连他的房间都看过了。深夜里,木质地板上响起断断续续的脚步声。随着时间延长,他的心情一点一点往下沉。这一刻他突然有些后悔,却不知道是后悔买了这么空旷的屋子,还是后悔之前情绪激动时说过的话。

最后,他停在书房的门口。

门是虚掩着的,里面一片安静。叶雪城推开门,借着白森森的月光,看见了那个躺在软榻上的人。她背对着门,小吊带遮盖着大半边背部,让人能辨出那轮廓分明的蝴蝶骨。下摆刚好遮住了大腿的上部,纤长的肢体赤裸裸地露在外面。大概是因为冷,睡梦中,她微微蜷缩着,试图将身体抱成一团。

像一只无处可归的小猫。

叶雪城走近,碰了碰她的脸,一片冰凉。他用双手扶着她的腰,把她打横抱起来。

即便是抱在怀里,好像也没什么分量。呼吸也是轻轻的,柔软光滑的皮肤在他的身上摩擦着。随着他的脚步,一下一下,生出了暧昧的热度,像是磨在他的心上。

他走到卧室门口时,怀里的人动了动,似乎是醒了过来,声音软糯糯的:"干吗?"

"回房间睡觉。"

"我不要,放我下来!"

半梦半醒间,她还在和他置气呢。

叶雪城没搭理她,径直走进了她的房间,将她轻轻地放在床上。他躺下来抱着她的时候,她迷迷糊糊地挣扎了几下,不过没什么力气,很快便又睡着了。

叶雪城看了她一会儿,面前的人平稳地呼吸着。女生清甜的香气袭来,混着渐冷的夜色,有冰镇的橘子水味。

他闭上眼睛,将头埋在了她的颈窝里,脸贴着她柔软的鬓发,不知不觉也睡了过去。

第二天早晨,占薇睁开眼睛时,叶雪城已经醒了。她翻了个身,背对着他。

身后的人却恬不知耻地抱过来,"还在生气?"

占薇没吱声。

"怎么跟小孩子一样,"他轻轻拍了拍她的腰,"有没有听过一句话,夫妻没有隔夜仇。"

占薇微微皱起眉头——谁跟他是夫妻了。

他却好像知道她在想什么,"至于你昨天问的要不要结婚之类的话,是不是问得有点傻?"

"订婚和结婚是一个意思。如果不是你没到适婚年龄,我们早把事情办了。"

见占薇没说话,叶雪城笑了笑。

"对了,"他话题一转,"你以前不是一直很喜欢Derrick?他最近来中国开演奏会,就在我们市。"

占薇听到这话,感到很意外。

Derrick是国际著名的钢琴演奏者,也是占薇从开始学钢琴起,就非常喜欢的音乐家。听到这个名字,她原本沉郁的心情被打破了,翻了个身,转过脸来望着叶雪城，竟然连自己还在生他的气的事都忘了。

叶雪城见目的达到，继续道:"演奏会就在明天，到时候我陪你一起去。"

面前的人眼神渐渐放松，让他的心情极佳。

"主办方是一个认识的朋友，我已经跟他联系好了。表演完，主办方会和 Derrick 吃饭，我预订了两个席位。"

占薇有些不敢置信，也就是说，她可以跟她少年时期的偶像共进晚餐？

这一刻她脸上流露出来的，是真真切切的高兴。他不禁弯了弯嘴角。女人这种生物，说不好哄，其实也挺好哄的。

比如说现在。只要满足她们的小心愿，好像前尘往事都可以不计较了。

在这次小小的博弈中，叶雪城胜利了。他正沉浸在愉悦中时，却听见面前的人犹豫一番后道："不过，我明天有事，不能去。"

叶雪城看着她，脑海里也不知道在琢磨什么。空气安静了好一会儿。

"怎么？还在生昨晚的气？"

"没有。是真的有事，很早以前就计划好的。"

他顿了顿，问："什么事？"

"几个朋友约好要去阿真家，给她过生日。"

"她一辈子的生日有那么多，也不缺这一个，有什么好去的？"

占薇被他这话噎了一下，"可是真的是很早以前就说好的。"

叶雪城微微低头，看到面前的人仰着脸，认认真真地望着自己。

她的眼睛很大，眼眸深黑，看上去水灵灵的，像孩子的眼睛一样。

他有点不高兴，可看到这双眼睛时，却生气不起来。

"晚上结束后还过来吗？"

占薇知道，叶雪城是问她回不回他家。

"也不知道玩到多晚，可能直接在阿真家里睡了吧。"

叶雪城抿着嘴没说话。过了会儿，占薇朝他靠近了些，轻轻抓着他的手臂，低低地道："不过，还是谢谢你。"

他暗暗叹了口气。

唉，算了。

第三章
超新星

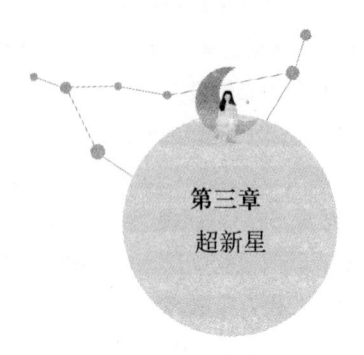

事实上,这不是占薇第一次对叶雪城撒谎。她确实有事,却不是因为朋友的生日。

下午三点,占薇回到寝室收拾东西,然后背着鼓鼓囊囊的书包准备出门。到了寝室楼下,看见头顶的太阳一片大好,金黄色的光线晃得眼睛都睁不开。她挪了挪,站在一旁的树荫底下。

没过多久,一辆帕萨特向她驶来。车身是黑色的,看上去有些旧。直到慢慢停在她的身前,司机才缓缓探出头来。

聂熙扬着脸笑得恣意,问她:"走不走?"

"什么时候换的车?"

"上个月,买的二手车。"聂熙转动方向盘,一边查看路况,"之前那辆太破了。"

占薇上车后,巡视了一圈,车后座上摆着那把常年跟着聂熙的电吉他。

她没接话,在心里嘀咕,其实这辆也没比之前的好多少。

不过车里面倒是被收拾得干净整洁,什么装饰都没有,简简单单的。

"他们都到了吗?"

"已经排练上了,就等我们俩。"

车开了十来分钟,绕到了离学校五个街区的西柳巷,停在了一家名为 Super Nova 的酒吧前。

Super Nova 的位置并不算热闹。她们到的时候已是傍晚,周围的低层建筑看起来有些年份了，夕阳从街道的尽头照过来，粉红色的光落在酒吧白色斑驳的墙上，漫着岁月的沧桑感。门面是装饰过的，透着一股后现代重金属味，牌子上用夸张的字体绘着酒吧的名字。

Super Nova，超新星。

是一颗恒星在消亡之前最后的爆发。它所散发的光芒，几乎可以照亮整个银河系。

进了屋，一楼的空间并不大，角落里有个吧台，后面的酒柜上摆满了各式各样、五颜六色的酒。大概是因为还没到营业时间，只有一盏黄色的壁灯孤零零地亮着，周围稀稀落落地散布着餐桌。

屋子尽头有一条通向地下的长楼梯，下面隐约地透出一些光亮。占薇跟着聂熙，鞋踩在木质地板上，发出错落有致的回声。

拐了个弯，面前是间宽敞的屋子，头顶的白炽灯被悉数打开，将整个空间照得通透明亮。屋里有一个不大的舞台，正中间竖着立式麦克风和键盘，角落放着配备齐全的架子鼓。

昏暗的光线里坐了个男人。那人察觉到了这边的动静，用略显沙哑的声音朝更里头吼了一嗓子："聂熙和占薇来了——"

过了几秒，大概是见里面毫无动静，他放下贝斯，径直将一旁的小门踢开，走了进去。

很快屋子里响起了另一个声音："两个丫头来这么晚，不想干了？！"

"打鼓的呢？"

"林俊宴说他晚半个小时到。"

中气十足的男声骂骂咧咧："现在的年轻人没一个靠谱的！"

占薇和聂熙四目相对，交换了个无奈的眼神。没过多久，舞台旁边的小门里走出来一个高大的男人，是这家酒吧的老板豺哥。

豺哥比占薇年长七岁，穿着白色的T恤衫，手臂上都有夸张的文身，头发略长，一股脑地扎在后面。他走过来的时候，张嘴打了个哈欠，似乎刚起床。

"看什么看？还不快点排练！"

等刚才拿着贝斯的阿勤一出来，一行人就拿着谱子排练起来。其实这是一支不能再简单的酒吧乐队，乐器算不上高档，场地算不上开阔。但是因为所有人对音乐的热爱,一直坚持了下来。

占薇是大二那年知道这支乐队的。

那时她跟叶雪城订婚不足半年。有一天家人在一起聚餐时,母亲突然无意中说:"这青梅竹马的感情呀最难得,雪城这么聪明有本事,以后我们占薇有福气了。"

占薇坐在一旁,害羞地红着脸。

韩汐又朝对面的占菲道:"菲菲年纪也不小了,要赶紧找一个。女人事业再好,最后也是要嫁人的。"

话原本没有恶意,却触动了占菲敏感的神经,她脸上的表情一时间很微妙。饭后姐妹俩坐在沙发上消食,占菲突然对占薇开口道:"对了,有件事还得告诉你,不然你以后被人卖了都不知道。"

占薇不解地看着她。

"那时候我和叶雪城不是一起在波士顿上学吗?"

所以呢?

"就在我回国前不久,"面前的人顿了顿,脸上露出了笑意,"他向我求过婚。"

猝不及防的信息,让占薇彻底蒙了。

占菲一副趾高气扬的样子,"不过被我拒绝了。"

慢慢地,有强烈的情绪漫上来,腐蚀着心脏,胸口闷闷地疼。

第二天回到学校,寝室里空荡荡的。室友们都出去了,占薇终于没忍住,趴在书桌上大哭了一场。

已经不记得有多久没有这样撕心裂肺地哭过了。小时候被其他小孩欺负的时候她没有哭,知道叶雪城不喜欢自己时没有哭,就连他跑去姐姐所在的城市留学,她也没有哭。她其实很少流泪,可这一刻眼泪却怎么都停不下来。

不知过了多久,寝室的光线变得暗了些,眼泪慢慢止住了。占薇有点渴,于是起身去倒水喝,一转头,便看见正打量着自己的聂熙。

聂熙嘴角一翘,"来说说,什么事让我们的薇薇这么伤心?"

"没什么。"

聂熙又问:"被男人甩了?"

占薇无言。

"让你哭成这样,他怎么下得了手?"

占薇并不想将这个话题展开,"你能不能当作没看见?"

"如果我说不能呢?"

占薇沉默地去饮水机旁接水,水撞击着杯底,静谧的空间里有闷闷的回响。

"喂——"许久后,聂熙看着她,眼睛里闪着奇妙的光,"需不需要……姐姐我带你去散散心?"

后来,聂熙带着占薇去了 Super Nova。

那是占薇第一次观看乐队表演。聂熙抱着电吉他站在舞台上,对着麦克风轻声开唱。一曲完毕后,她笑了笑,凑近麦克风,"今天我请来了一位特别的朋友。"

"是我的室友,她也很喜欢音乐,所以我想给她个惊喜,让她上台来感受一下专业乐队的现场卡拉OK。来,我们给点掌声!"

没等占薇回过神来,周围便响起了起哄声。

这哪里是惊喜?分明是惊吓好吗?

见占薇没什么动静,聂熙继续煽风点火:"我的朋友有点害羞,再多给她一点鼓励吧!"

说完,聂熙从舞台上一跃而下,拉着占薇穿过吵闹的人群,走到了前面。占薇的声音低低的:"太突然了,一点心理准备都没有——"

"不用心理准备。"聂熙笑,"不是说带你散心的吗?正好唱唱歌,释放一下情绪。有这么多人陪你,负能量很快就消耗掉了。"

"……"

"你别管唱得怎么样,发泄了就行,反正也没人认识。"

占薇还是有些犹豫。

"快点,大家都等你呢!想唱什么歌?"

"苏打绿的《小情歌》吧。"

没等占薇准备,聂熙回头打了声招呼,键盘手比了个OK的手势,随即音乐响了起来。

占薇呼了口气,强烈的心跳逐渐被琴声掩盖。她凑近话筒,稍稍犹豫后,终于开口——

"这是一首简单的小情歌,唱着人们心肠的曲折……"

她的声音和本人看上去一样柔软。声线化成五线谱,像微风吹起丝绸的质感扑面而来,温柔得不像话。

原本嘈杂的空间,一点一点变得安静。

她闭上眼睛,抒发着心底的情绪。

"你知道,就算大雨让这座城市颠倒,我会给你怀抱;

受不了,看见你背影来到;

写下我,度秒如年难捱的离骚。

……"

年轻的少女亭亭玉立,美丽又深情,让人移不开眼睛。

隔天,占薇在教室外的走廊上偶遇聂熙。对方笑着问:"昨天唱得那么用力,在想男人?"

占薇顿了顿,才回道:"嗯。"

"害你哭的那个?"

她没说话。

"是喜欢的人?"

沉默了一会儿,占薇点头,"是啊,喜欢得不行。"

空气安静了几秒。

聂熙拍了拍她的肩,"先把你男人放一放,跟你商量个事。"

占薇疑惑。

"是我们乐队其他两个托我问你的。"聂熙一顿,"你想不想加入我们的乐队,我们缺人。"

"嗯?"

聂熙一笑,左耳上的耳钉闪了闪,"缺个主唱。"

就这样,占薇稀里糊涂地加入了乐队。经过一段时间的磨合,她渐渐适应了这个主唱的新身份。那时候她才知道,乐队之前的主唱在被唱片公司相中后,带着鼓手离开了,很多平时捧场的女粉丝不来了,酒吧生意一度处于低谷。酒吧老板兼乐队队长豺哥坚持追逐原创摇滚梦,并亲自操刀,创作了好些自认为"满意"的作品。

唱了几回,占薇实在忍不住了。

"豺哥,可以不唱你的歌吗?"

豺哥面色不善地抬眼,左脸的疤痕愈显狰狞,"怎么了?"

"……有点难听。"

男人瞬间便蔫毛了,见乐队的其他成员憋着笑,面子有些挂不住,"嫌我的歌难听,你们倒是给我写首试试?!"

没想到一周后,占薇真找出了以前写的东西。大家看着满满当当的一个大厚本子,有些震惊。其中最惊讶的,要数豺哥了。

占薇解释道:"很早以前就开始写了,像写日记似的。"

所有开心的、不开心的情绪,统统被发泄了出来——只是表达方式不同而已。

豺哥试了两首,发现旋律意外地不错。他不情不愿地说:"既然你这么想展示自我,就勉为其难,给你一个机会吧。"

从那以后,乐队开始向专业乐队靠拢,也渐渐吸引了不少热爱原创音乐的发烧友。让豺哥没想到的是,原本他一直坚持的摇滚梦,却不小心被占薇带偏了,好好的一名摇滚热血青年,因为轻快活泼的旋律,竟然有了小清新的少女感。

他安慰自己,音乐如果能带给人享受,无论哪种形式,都算殊途同归。

酒吧生意有了起色,甚至火过了前主唱还在的时候。连续两个月的周日晚上,地下室人员爆满,挤得水泄不通。见到此情此景,豺哥下定决心,将酒吧扩建,并以最快的速度装修了一番。

算上散味儿,酒吧歇业了一个多月,这是装修后的第一次表演。

乐队表演开场前的一个小时,占薇在 Super Nova 的休息室里小心地描眼线。突然门被推开,豺哥高大的身影映入眼帘,后面跟着没有表情的林俊宴。

豺哥见到占薇,吹了声口哨。

这次开业表演,豺哥要求占薇穿得喜庆一点,图个好彩头。这让占薇有点郁闷。她的衣服大部分都是素色的,以往表演时的装束也是清清爽爽的。最后她在衣柜里翻翻捡捡好半天,才终于找到了一条橙红色的短裙。裙摆刚过膝盖,像雨后的花瓣,无袖,两条系带绕到脖子后面,露出小半边背。这样的风格对她来说,有些张扬了。

然而豹哥盯着面前的窈窕美人,嘴角挂着意味不明的笑。

如果说之前,占薇只是含苞待放的小蔷薇,那么此刻,她俨然已汲取了足够的养分,准备在暗夜的花园里艳压群芳。

"完美。"他赞叹道。

"有吗?"占薇一点也没感觉美,反而感觉很奇怪。

豹哥指了指身旁的林俊宴,"不信你看他。"

林俊宴不作声,一脸关我什么事的表情。

"你好看得让他的脸都红了。"

林俊宴的脸上确实染了绯红。他轻咳了一声,扔了句"这里面太热了",便转身往大厅的另一头走去。

演出时间到了,地下室的顶灯暗了下来。舞台上,键盘手和主音吉他手已就位,阿勤正在对怀里的贝斯做最后的调整。角落的架子鼓后面,林俊宴左手握着鼓棒,口里含了支棒棒糖。

突然间,一束亮黄的追光打到舞台的正中间,穿着橙红色连衣裙的占薇,在黑暗的底色中凸显出来。

还是那松松软软的及肩自然卷,头发被绾在耳后。灯光将她白皙的小脸衬托得十分明丽,唇齿微张,眼角带着娇俏可爱的弧度。

这一瞬间给人的惊艳,像蔷薇花骨朵突然绽放,香气逼人。

人群安静了一两秒,爆发出此起彼伏的尖叫声。

占薇朝立式麦克风走近,轻轻呼了口气。尽管上台表演了不知多少次,每一次的开场,都是初恋般紧张而激动的心情。

"我看到今天现场有很多熟面孔,看来在我们休息的这个月里,大家并没有抛弃我们。"

底下又是一阵欢呼。

她笑道:"我们也准备兑现之前的承诺,带来几首新歌。下面是第一首,歌名叫《时间线》。"

舞台上的灯光暗了下来,沸腾的人声慢慢地安静,只剩下音乐在键盘上淙淙流动的声音。隐隐约约,有电吉他的旋律穿插在其中,节奏一点一点变得强烈。

最后响起来的,是温柔而极富磁性的女声——

"听说,

你藏了他的照片,

偷偷地放在枕边,

梦里嘴角有腼腆。

……"

晚上十点,开完会的叶雪城坐在办公室翻着手机,左手有一下没一下地轻敲桌面。

他想起两个小时前,助理钟泽给自己打的电话。

"叶先生,我刚才问了我们公司的那位实习生,她说占小姐那位叫林希真的朋友上个月已经过了生日,而且没听说她们有聚会和活动。"

是意料之外的答案。

叶雪城闭上眼,脑海里浮现出早晨的画面。占薇窝在他的怀里,用孩子一样的眼睛望着他,软糯糯地说——

"真的是很早以前就约好的。"

"可能直接在阿真家里睡吧。"

"不过,还是谢谢你。"

她的眼神清澈明亮,能让人一眼望到底。没想到就是这样一双美丽的眼睛,说谎的时候连眼皮都不眨一下。

他靠在皮椅里,试图联系起所有的蛛丝马迹,过了一会儿,他按下了一个号码。

响了好几声,电话才被接通,"你好,林宅。请问你是?"

"我是叶雪城,林希真小姐在吗?"

对面传来一番动静,似乎是电话掉在地上。

"啊,你好,我就是。"过了一会儿,那边的人终于理顺了气,"请问有什么事吗?"

"很抱歉这么晚打扰你。我听占薇说她今天住在你家,刚才想起一件很重要的事需要向她交代,麻烦你让她接个电话。"

"占薇啊,她刚进去洗澡,如果有急事的话,我可以帮忙转告一句。"

"不用麻烦,我二十分钟后再打过来。"没等对面的人回应,叶雪城便挂断了电话。

表演中途,林俊宴去休息室喝水,掏出手机后,却看到有三个未接来电,是妹妹林希真在两分钟前打的。

自己在酒吧表演的事,妹妹是知道的,很少会在这时候打扰。他想了想,回拨过去。

电话刚接通,便听见那头传来焦急的声音:"你们再不理我,我就要直接杀过去了!占薇呢?占薇在哪儿,你让她接电话!"

林俊宴对妹妹这不知收敛的个性感到无奈,"怎么了?"

"她男朋友!"那边的人声音激动,"她男朋友打电话到家里来查岗了,说有重要的事找她,二十分钟后会再打电话过来。不对不对,现在只有十七分钟了。你问问她怎么办!"

林俊宴皱着眉,挂了电话。

回到大厅时,看到占薇坐在角落里跟聂熙聊天。林俊宴找到她,把阿真说的事复述了一遍。即便光线昏暗,他还是感到她的脸在瞬间发生了微妙的变化。

明明她前一刻还放松又惬意,现在整个人却突然紧张起来,如坐针毡。

占薇的心扑通扑通跳着。叶雪城为什么会打电话去阿真家,他察觉到了什么吗?

她想了想,朝豺哥小跑过去,"豺哥,我得先走了,家里有急事。"

"怎么了?本来还想再唱几首作为客人的福利。"

"下次吧,"占薇道,"事情太突然,真的很抱歉。"

没等豺哥发话,她便匆匆穿过人群,进了休息室。

已经快十月底了,天气微寒。占薇来不及换衣服,只是随手捎上书包,便从酒吧的后门离开了。

酒吧紧邻空旷的街道,她一路小跑着,留意着过往的车辆。风吹过时,扬起裙摆,她一连打了两个喷嚏,手指和脚趾都冻得发麻,她也没有心思在意。跑了好几步,她回头看了一眼,身后一片寂静。

阿真的家在附近不远处。她默默计算着,等车肯定来不及了,还是尽力跑回去快一些。

手机显示离约定的时间只剩下十二分钟。

下一秒有鸣笛声传来,一束明黄色的光朝她照过来。占薇转过身,待适应了光线,才看清骑着一台小电动的林俊宴。

架子鼓手、林俊宴、小电动,对占薇而言,这原本是毫不相干的三个词。

车上的人说道:"上车。"

占薇坐在林俊宴的后座上,空间很窄,两人难免有肢体碰触。

林俊宴道:"开车了。"

"嗯。"占薇点头,手用力攀着小电动座位的边角。

身前的人侧头看了她一眼,"抓稳了?"

"抓稳了。"

小电动在这深夜的街道上飞驰起来。两人抄了条偏僻的近路,周围是黑黢黢的房屋,一点人气也没有。深不见底的黑暗里,只有明黄色的车灯指引着他们通向前方。

也不知道是因为黑暗,还是叶雪城的查岗电话,占薇的心跳得好快。期间路过了一个洼地,车颠簸了一下。占薇没抓稳,脸碰到了男生坚实的后背。他还穿着刚才演出时的T恤衫,纯棉的,干净又柔软。

"对不起。"占薇有点抱歉,前面的人却并没回应。

路上花了九分钟,算上换鞋的时间,一共是十二分钟,不多不少。

家里的座机准时响起来。依旧是阿真接的电话,"哦哦,占薇啊……"阿真看了眼几米开外的好友和哥哥,"她已经洗完澡了,我去叫她接电话。"

说完,朝占薇眨了眨眼。

占薇走近,拿起听筒,"你找我有什么事?"

对面的人沉默了一两秒,不答反问:"怎么这么喘?"

"嗯?"占薇一愣,这才意识到自己的胸口还在剧烈地起伏着。她努力平复了一下呼吸,装作不经意地答,"听说你打来电话,我跑下楼的,过一会儿就好了。"

"哦。"

所以——

"阿真说你有重要的事,是什么?"

"是这样，"叶雪城顿了顿，"Titan可能会为医用机器人举办一个发布会，你要不要和我一起出席？"

占薇感到意外，以前她从未跟叶雪城一起参加过公开活动。

"马上就要决定吗？"

"你想一想，明天上午告诉我。"

挂上电话，占薇整个人都软了下来，不禁长长地舒了口气。林希真过来拍拍她的背，顺便理了理她额边的碎发。

"唉，你不会是穿着这身赶回来的吧？"

占薇没说话。林希真又看了眼站在一旁穿着短袖的林俊宴，唠唠叨叨："这样肯定会感冒的，等等，我去给你们泡杯蜂蜜水。"

阿真转身进了厨房，客厅里只剩下林俊宴和占薇两个人。占薇调整着呼吸，笑了笑，对林俊宴道："刚才真是谢谢你。"

"不用，"林俊宴朝她走近，"正好我准备回家，顺路。"

他在一旁的软榻上坐下，斟酌着用词："其实……你不用这样。找个安静点的地方，用手机给那个人拨过去，也可以。"

占薇摇摇头，"不行。"

"为什么？"

"他没有打我的电话，而是直接联系阿真，肯定是有什么让他察觉到不对劲了。"占薇吐了口气，"我男朋友是个非常细致谨慎的人，如果我在酒吧给他拨回去，会让他起疑心的。他试探起来，到时候我会很被动。"

身边的人没说话，清冽的目光看了她一会儿，下结论道："你很怕他。"

是陈述句。

占薇一愣，过了会儿才反应过来，自己正在跟闺蜜的哥哥谈论感情问题。她笑，"还好，只是不想惹麻烦。"

冲了个澡后，占薇在阿真的房里睡下了。两个小伙伴挤在一张床上，时不时会蹭到对方光滑的小腿。穿着裙子在大街上跑了一路，占薇感觉自己着凉了，喉咙里很干，像被什么灼烧着。

她拿起枕头，"阿真，我可能真的感冒了，要么我去沙发上睡吧！"阿真的房间里，还摆了张软沙发。

"干吗？"

"怕传染给你了。"

阿真翻了个身,一本正经地说:"你也太小看我了吧!我林希真没什么优点,唯一的优点就是身体好。哼哼,就凭你那小身子骨儿,想传染我?"

占薇听到她要宝的语气,不禁笑起来。她爬起身,将枕头放在了阿真的脚边,"那我们一人睡一头。"

占薇说完几句话,觉得渴得厉害,于是又对那头道:"我得去喝几口水。"

"正好,我也渴了。"阿真打开床头的台灯,指了指摆在一旁的卡通水杯,"你顺便帮我捎一杯回来吧。"

占薇穿上拖鞋,"要冷的还是热的?"

"热的,热的。"

出了阿真的房间,占薇轻手轻脚地下了楼。已经近十二点,厨房的灯还亮着。占薇看见林俊宴站在冰箱前面拿饮料,他一回头,占薇恰好看清他身上浅灰色的横条纹睡衣,竟然跟自己的这件是情侣款。

这样奇妙的撞衫,让气氛变得微微的尴尬与暧昧。占薇指了指一旁的饮水机,"我来喝水。"

林俊宴靠着餐桌,拧开手里的冰饮料,无声地望着她,仰头灌下几口。

占薇给阿真的杯子接了热水,又兑了些凉的,用手摸摸杯子,暖和的温度刚刚好。她抬头,刚好撞上林俊宴的视线,她的身体一滞,有一点被吓到了。

林俊宴的目光深沉,依然不说话。

占薇轻声开口,打破了奇怪的宁静,"我先上去了,晚安。"

他过了几秒,才回道:"嗯,晚安。"

第四章
富士山约好的誓

其实占薇和林俊宴,一开始并不算很熟。

刚上大学那会儿,寝室几个女生发现,阿真的哥哥竟然是大家的直系学长,瞬间有种找到组织的激动感。从生活上到学业上,每次碰到问题,都免不了请教一番。一群人出来吃过几次饭,占薇和林俊宴都在,但两人几乎没什么交流。

直到大二上学期,阿真从家里的楼梯上摔了下来,右腿骨折,打了很厚的石膏,行动不方便。占薇足足帮她带了两个月的饭。

食堂离寝室有一段不小的距离,中途会路过林俊宴所在的男寝楼。有一次,两人在食堂碰上,林俊宴才知道妹妹每次都大大咧咧地麻烦别人这种事。

"她有点不懂事,你别放在心上。"他这样说。

占薇笑了笑,"没关系,打个饭而已,又没多麻烦。"

阿真平时在家里被宠惯了,对食物很挑剔,饭后一定要买很多不同的水果。占薇也挑食,非但没有介意,反而有种惺惺相惜的感觉。

后来每次从食堂出来,都会碰到站在门口的林俊宴,提着阿真事先要求的水果等在那里。

男生也不急着把水果交给妹妹的室友,而是拿过对方手里的饭盒,陪着她走一段,一直到寝室楼下。

在占薇眼里，林俊宴的身份是好朋友的哥哥加优秀的学长。两人一路上谈谈学业的事，偶尔会聊聊阿真，气氛也不尴尬，转眼就到了该道别的时候。有几次被同一专业的同学碰见了，还以为两人在谈恋爱。

阿真很仗义地站出来，帮自己的哥哥和朋友解释："他们根本就不是那种关系好吗？都是因为要给我打饭和买水果，才碰上的。"

同学本来觉得阿真的神经有点大条，在心里笑了笑，明白了，原来妹妹是红娘。

看到打探八卦的路人一脸狐疑的神色，阿真又道："他们之间真的是清白的，占薇有男朋友。"

……

终于堵住了大家的嘴。

后来，也不知道聂熙是怎么把林俊宴拉进乐队的。占薇这才知道，他从高中就开始玩架子鼓。

早晨的风微微带着凉意，林俊宴要去公司实习，顺便开车送阿真和占薇去学校。

两个女生坐在后排，阿真叽叽喳喳地说着昨天接到叶雪城电话的经过："那边的人说是占薇男朋友的时候，吓得我连电话都掉地上了。"阿真回忆起着当时的场景，小心脏还扑通扑通地跳，"听到他让占薇接电话，我那个着急啊，一直在想该怎么办，该怎么办。后来灵机一动，就说——"她咳了咳，装作一副一本正经的语气，"不好意思，您打得不太是时候，占薇她正在洗澡。"

占薇知道她在演，憋着笑。

"结果你猜怎么着——"阿真鼓起腮帮子，"那边的人说了句二十分钟后打电话，'啪'地就把电话挂断了，凶得要命。我当时就替占薇捏了把汗，如果二十分钟后她没接到这个电话，说不定会被家暴，后果简直不堪设想。"

占薇已经听不下去了，"阿真，我才发现，有个职业特别适合你……"

"什么，什么？"阿真一脸兴奋地望着她，"中情局的特工吗？"

"不是，"占薇说，"我感觉你特别适合去写小说。"

坐在前排的林俊宴从头到尾都没有表情。

正是早晨快上课的时间,通往教学楼的那条大路上有不少学生,开车不太方便。于是林俊宴在中途拐弯的地方,将两人放下了车。

道别后,占薇走在阿真身旁,脑海里突然回忆起昨夜空旷安静的街道上,林俊宴开着小电动向自己驶过来的场景。

她问阿真:"你哥骑电动车?"

"是啊,"阿真转过头来,没心没肺地看着她,"你说的是那台白色的小绵羊吧?是我哥高二时买的,都骑了很多很多年了,一直没换过。"

占薇听着。

"唉,我哥其实是个特别长情的人呢,连个破破烂烂的小电动车都骑这么久。"阿真叹了口气,"咦,你怎么突然问起这个?"

占薇笑了笑,"没什么,就是昨天突然看到了,觉得有点反差萌。"

"哈哈哈,反差萌。"阿真大笑起来,"你竟然说他骑小电动有反差萌。笑死我了,不行不行,待会儿我要把这事告诉我哥。"

……

睡了一夜,占薇的嗓子好了一点,却觉得浑身都不舒服,回了寝室一量体温,才知道自己发烧了,三十八点二度。

也不算多严重的事,不过还是给叶雪城打了个电话。

"你昨天说的发布会,我可能去不了了。"

"为什么?"

"我好像感冒了,还有点发热。"

"怎么这么不注意?"光是从声音里,都能想象出他皱着眉头责问的表情。

占薇有点心虚,没说话。

"中午我过来。"

"不用了,只是小感冒而已。"

"到时候打你电话。"

十二点多的样子,叶雪城还真的特地过来了,略显张扬的黑色慕尚停在女生寝室楼下,引起不少来往的行人注目。占薇一抬眼便看到了熟悉的车,小跑着钻了进去。

叶雪城看着她,"这么急干什么?"

能说他开这么骚气的车来,让她有点不好意思吗?

"感冒好点了吗?"

"没什么感觉,就是发烧。"昨天晚上的事情让占薇心有余悸,她不敢直视他的眼睛,胸口还是闷闷的——也许是骗人后的愧疚感在作祟吧。

尽管只是感冒这种小打小闹的毛病,叶雪城还是带占薇去了 A 大旁的私立医院,看了医生。

坐在对面的是个长者,胡子花白。他拿着听诊器听了听占薇的背部,又检查了一下喉咙,然后抚了抚架在鼻梁上的眼镜,龙飞凤舞地落笔。

"年轻人嘛,偶尔感冒不是多大的事,回去多喝点热水就好了。"

叶雪城问:"医生,开药吗?"

"不需要。"

"可是她发烧了。"

"发烧又怎么样?放心吧,能扛过去。"医生看了看叶雪城,又转过头对占薇笑了笑,"是你哥哥吧?挺关心你啊。"

占薇没接话,叶雪城一脸不悦,"我是她老公。"

老医生盯着面前满满学生气、粉黛未施的占薇瞧了一会儿,又看看西装笔挺、俨然成功人士装扮的叶雪城,愣了愣,点头,"嗯,老公。老公好,老公也不错。"

最后在叶雪城的反复要求下,医生给占薇开了一些感冒药,另外还准备了一盒退烧药。

两个人出了医院,再次回到车上,叶雪城道:"今晚你去我那里,半夜有事我好管你。"

"可是,我明天还要上课。"

"请假。"他转动着方向盘,将车开出停车场。

"不要,本来成绩就不怎么样,再多请假几次,就真的没救了。"

叶雪城听了这话,也不知道想起了什么,微微扬起嘴角,"怎么?你还有学习方面的偶像包袱?"

占薇感受到来自学神的嘲讽,默默低下脑袋。

叶雪城笑了,"或者,明天早上我送你回来也可以。"

占薇想了一会儿,摇摇头,"还是算了,真不用麻烦。我平时基本上不感冒，就算生病了，也好得挺快的。"

叶雪城没再说话。

占薇看着车外发起了呆。想起自己感冒的缘由，又想起了刚才叶雪城那副真心关切她的样子，她的胸口闷闷的，好不容易止住的愧疚感又沸腾起来。

虽然她在某些事情上一直骗他，可她真的不太适合干坏事。

两人去附近的餐厅吃完饭，叶雪城送她回到寝室楼下。临别的时候，占薇突然想起今天下午是Titan研发的机器人参加阅片比赛的日子，踌躇了一会儿，开口道："下午的比赛，祝你好运。"

"没别的表示？"他侧过头来，看着她。

"嗯？"

没等占薇回过神，他便朝她侧身，醇厚的男性气息覆盖过来。手指从后面穿过了她的发丝，他只是微微吻了吻她的唇，轻轻地，像风过水无痕。

渐渐地，他的脸退开一些，"先借你的好运用一用。"

占薇无言，等心情稍微平复下来后才嘟囔着，"可别把感冒病毒也一起借走了。"

他低低一笑，"借走了也没关系。"

晚上八点，占薇坐在书桌前打开了电脑，查找关于"蓝光杯"阅片大赛的新闻。

点开搜索页面，第一版全是关于Titan公司CEO叶雪城的背景。她随意打开一则新闻，才在密密麻麻的字里行间，找到了自己想关注的信息。

新闻里大致提到，今天下午的影像阅片大赛，Titan公司的医用机器人Healer以速度和准确度上绝对的优势，战胜了参赛的众医生，杀进了决赛。最后的对手是A大附属医院的前主任，也是上一届的全国主委——一位阅片经验非常丰富的老专家。一场鏖战，人和机器打成了平手。

最后大赛委员会宣布，Healer和老主任成了"蓝光杯"比赛并列第一名。

这样的比赛结果，让人工智能在医疗领域中的应用获得了热议，也让人们将目光焦距在了Titan这家成立不过两年多一点，却飞速发展的公司身上。

寝室里除了聂熙，其他两人都在。程乐之正伏在书桌前做习题，阿真开着电脑，似乎在看视频。

过了一会儿，占薇听到斜对面传来激动的声音："啊，你们快过来看！"

"怎么啦？"程乐之放下笔，无奈地转头看着这位一惊一乍的室友。

"有超级大新闻！"

先是程乐之凑了过去，往屏幕上望了几眼。她见占薇没动静，道："占薇，上面在采访你男朋友呢。"

占薇有些意外，起身走了过来，看见视频右上角赫然显示着某卫视的标志。叶雪城和女主持站在中央，背景有些嘈杂，应该是比赛结束后没多久，两人站在场地外边。

几个问答后，话题从正儿八经的技术讨论延伸到了花边新闻。

漂亮的女主持含笑看着他，"网友们都说Titan公司这个名字很有野心呢。叶先生，你自己怎么看？"

叶雪城的嘴角扬起来，眼睛里的光芒闪了闪，"有野心吗？公司的名字不是我取的。"

女主持道："可这个公司不是您创立的吗？"

"是，不过名字是我未婚妻取的。"

女主持脸上瞬间流露出惊讶之情，关注点已经从Titan本身转移到叶雪城的个人感情问题上。而寝室里的程乐之和阿真则是默契地回过头来，看着站在后面不声不响的占薇。

"你取的？"程乐之扶了扶黑框眼镜。

"是、是啊。"

有什么问题吗？

程乐之一副不敢置信的表情，"你竟然能想出这么霸气侧漏的名字。"

……

记得当时叶雪城正在日本参加某个国际会议，会后一群人去附近的富士山旅游。叶雪城便在山脚下给占薇打了电话。

无意间说起未来公司的名字，叶雪城问占薇有什么想法。那时她刚准备做一套英文试卷，视线落在面前一篇希腊神话的阅读理解题上。她随口问道："你觉得……Titan这个名字怎么样？"

Titan，泰坦，是希腊神话里的远古巨人。

叶雪城琢磨了一会儿，肯定地说："嗯，就叫Titan吧。"

占薇并没有将这事放在心上，哪想到当年在高一英语试卷里看到的单词，真成了叶雪城公司的名字。

Titan公司的机器人获胜那晚，占薇很激动，辗转反侧到一点也没睡着。这导致的后果是，第二天早晨醒来，她的感冒变得严重了，嗓子又痛了起来，还有点轻微的咳嗽。

她强撑着上了两节课，整个人都是晕晕乎乎的，不知不觉间，喉咙里的火向全身蔓延开来，怎么都感觉不对劲。

阿真发现了占薇的异常，问她要不要去校医院看看。占薇摇头，"昨天已经看过医生了，寝室里还有药呢。"

中午测了次体温，三十八点五度，吃了一粒退烧药，她回到床上躺了一会儿。一觉醒来，体温已经蹿到了三十八点七度了，下午的课看来是真的没法去了。

占薇让程乐之帮忙请了个假，一个人在寝室待着。她也不知道迷迷糊糊睡了多久，睡得天昏地暗，中途她做了很多个梦，直到这一切被门外渐渐放大的敲门声打乱。

她睁开眼睛时，头痛欲裂。她强忍着全身传来的酸胀感，走到门边有气无力地问："谁啊？"

"是我。"

突如其来的刺激让她清醒了一点，她不敢置信地打开门，果然迎来了叶雪城那张让人看不出情绪的脸。

被人带走前，占薇给室友们留了张字条："我可能要回家住几天，有事电话联系。"

所谓的回家，是回叶雪城的家。

她在车上睡着了，连什么时候被叶雪城抱回房间的都不知道。等那人轻手轻脚将自己放下离开，占薇朦朦胧胧地睁了次眼，房间里黑黢黢的，窗帘被拉得很严实，一点光线都没透进来。被窝里却有很清新的香气，暖烘烘的。

占薇翻了个身，睡梦里溢出了微甜的满足感。

到了七八点,她被叶雪城叫醒了一次。床头暖黄色的灯开着,矮柜上放着他带来的食物:一碗清淡的鱼片粥,一小碗花生汤,旁边还放了杯棕黄色的、像凉茶一样的东西。隐约间,空气里飘着淡淡的苦味。

占薇问他:"那是什么?"

"是朋友介绍的中药方子,据说对感冒很有效。"

占薇感到很意外,在她的眼里,叶雪城似乎从来不信那些无法用科学和逻辑解释的事。

她又问:"很苦吗?"

"有一点。"

占薇乖顺地把药喝了下去,不过因为没有食欲,粥和汤只动了几口。

等再睡一觉醒来,药起了作用,整个人有种脱胎换骨般的舒适感,嗓子的干疼也减轻了很多。她伸手摸了摸床头的手机,已经凌晨三点了。叶雪城睡在她左边,眼睛紧闭着。两人的距离很近,她可以听到他起伏有致的呼吸声。

占薇翻了个身,尽可能让自己带有病毒的气息离他远一点。

谁知身后的人根本没睡着。他感觉到她的动静,伸手在她的额头上探了探,"嗯,不发烧了。"

"应该吧。"占薇也跟着用手背在自己的额头上贴了会儿,是不热了。

"烧成那样也不吭一声,之前还说自己身体好,每次感冒都好得很快!"

她好像是说过这话来着。

她正胡思乱想着,身后的叶雪城又靠近了一些。他忽然低下头来,温热的唇落在她的背上、肩上,来回吻着。温柔的动作中带着缱绻和依恋,可象征着男性阳刚的胡须蹭在她的皮肤上,生硬又粗糙,让人感觉一点也不舒服。

"疼。"

叶雪城一点点吻着她,没说话。

"你的胡子……有点扎人。"

"就是得扎一扎你。"

"干吗?"

只听叶雪城沉沉的声音从黑暗里传来:"我问你,你什么时候学会骗人了,嗯?"

占薇的大脑有瞬间宕机。回忆起那天晚上叶雪城的那个试探电话,心跳加速了一些。可她仍旧试图保持冷静,"我什么时候骗过你?"

大概是因为这让人不太满意的嘴硬,叶雪城的唇又重重地摩挲了几下。

"不承认?"

"真挺疼的,"占薇抗议,"你至少得告诉我是什么事吧?"

他稍稍放开她,头靠在她的耳边,"我去问过了,你那个叫阿真的朋友,生日在上个月。"

……

"你那天其实还在生我的气?"

占薇没说话。

"因为不想跟我待在一起,连偶像的音乐会都不去,所以随便扯了个谎?"

占薇轻轻地吐了口气,转过身来,透过朦胧的光线看向面前的人。

"我没有骗你,那天真的是阿真生日。"

叶雪城沉默了。

"那天……是她的农历生日。"

"是吗?"

占薇较真地拿出自己的手机,翻出日历,在里面找到阿真出生当天的信息,摆在叶雪城面前,"你看,她出生这天对应的农历日期是九月十七日。"

她在手机上又敲了一会儿,页面回到了前几天。

"就是上个星期日。"

叶雪城沉默着,一双黑色的眸子散着荧荧的光,一闪一闪,晃得占薇有点紧张。过了一会儿,他才低低笑道:"这么说,是我错怪你了?"

占薇没说话。

他朝她抱了过来,揉了揉她头顶软软的鬓发,"好了,我的错,别生气!"

叶雪城微微侧着身,闭上了眼睛。他的额头抵着占薇的后脑勺,手轻轻压在了她的腰上,眉头舒展。

占薇一直忍着没动,胸口还有重重的心事压着。骗自己喜欢的人,到底是什么体验?

对于自己来说,这感觉不太妙就对了。

直到早晨六点,窗户的缝隙里透出微茫的光线,她的眼皮才因为沉甸甸的困意合上了。

再次睁开眼睛的时候,屋里还是暗沉沉一片,窗帘拉得比之前更严实了。占薇感觉脑袋里晕晕乎乎的,大概是睡了很久的缘故。她摸索着拿起手机,上面有一条来自叶雪城的信息。他问她醒来了没有,发送时间是三小时前。

她回复道:"醒了。"

过了十来分钟,那边打来了电话:"好点了?"

还是那个听起来温和清润,却几乎不带感情的声音。

"好很多了。"占薇道,"嗓子也不疼了。"

"这几天你别急着回去上课,先把病养好,过了这个周末再说。"

"可是……"占薇想起那本将自己折磨得痛不欲生的《计量经济学》,"周四还有考试。"

"复习资料带来了?"

"嗯。"

"就这样,考试那天我送你去学校。"

挂上电话,占薇在床上赖了好一会儿,才趿拉着拖鞋把窗帘拉开。金色的阳光呼啦一下涌进了卧室,外头那棵樟树仍是郁郁葱葱的,枝头有零星的光点在跳跃。她迎着外面吹来的微风,满足地伸了个懒腰,感觉瞬间又充满了元气。

占薇感觉自己全好了,她在杂物间找出了很久没骑的自行车,去了趟附近的超市买了不少东西。回来时,自行车左右两边的把手上各挂了一个硕大的塑料袋,看上去有些滑稽。途径一个小坡时,占薇推着自行车走,白色的路是笔直的,两边是各式各样低矮的小房子。各家院子里种着参差不齐的树,经过秋意的渲染,五颜六色,一片阳光繁盛的样子。

天气很好,一点也不燥热,空气里有徐徐的风吹来,心情也莫名其妙变得好了一点。

快到家的时候,聂熙突然打来了电话。

"你来不来 Super Nova？"那边的人说，"我们几个都在。"

"都在？"占薇有点意外，这并不是乐队的排练时间。

"豺哥发话了，上次开业表演非常成功，消费突破了历史纪录，准备约我们几个庆功呢。晚上请所有人一起吃饭，五点半在酒吧集合，你快点赶过来。"

占薇想了想，"我可能去不了。"

"怎么了？"

"这两天感冒了，还在我男朋友这儿。"

"就是那个不知道你在酒吧唱歌的男朋友？"

不然还有哪个。

"我说啊，你这事迟早得向他摊牌。"

"再说吧。"占薇笑了笑，"你们好好玩，周末见。"

占薇正准备挂电话，那边似乎突然想起了什么，连忙叫住她："喂喂喂，还有个事——"

"嗯？"

"你看到网上的视频没有？"

占薇感到疑惑，"什么视频？"

"那天晚上你唱《时间线》的时候，被人偷偷录下来了。"

占薇一愣。

没过多久，聂熙给她发来了一个微博链接。因为酒吧表演时不许拍照和录像，拍摄视频的人就把镜头压得很低，舞台中间那双白皙的腿和红色的裙摆在眼前晃来晃去，声音倒是听得很清楚。在脑海里回响了无数次的旋律，第一次以这样特别的方式听到，占薇感觉很奇妙。

视频配的文字是：真的好听到爆啊！

底下评论的关注点却并不统一：

"美腿，美腿。"

"你倒是给我们来张正脸啊？！"

"全程都在看腿的点赞。"

"这歌的原唱是谁？从来没听过，真的挺好听的。"

"楼上的别瞎猜了，活了二十多年，我明白了一个道理，歌唱得好的通常长得丑，不然为什么只露下半身。"

"求原唱，有谁知道？"

占薇将评论翻了好几页，渐渐地，心里产生的满足感将之前对叶雪城的愧疚感冲散了。她想起他平时很少逛微博，且录像里的声音已经发生了细微的变化，终于松了口气。

他总不至于凭借一双腿，就把她给认出来吧？

占薇看了两个小时的书，又在厨房忙碌了一会儿。近五点的时候，她给叶雪城打去电话。那边的人开门见山，"我还有半个小时就到家，有事？"

"我打电话就是想问问你，回来吃饭吗？"

叶雪城听着。

"我做了饭。"占薇有些没底气，"但是……不知道好不好吃。"

叶雪城到家后，看着桌上的三菜一汤没有说话。海带排骨汤、黄焖鱼块、土豆炖排骨、清炒空心菜，还冒着热气。虽然只是简单的搭配，看上去却十分顺眼，让人隐隐涌起了食欲。

他动着筷子，问："你什么时候学会做饭了？"

"想试一试，反正以后也得学。"占薇的声音低低的，见面前的人将筷子伸向土豆，忙道，"哦哦，对了。吃这个时候注意一下，有几块煳了，如果碰到煳了的，就直接扔掉吧。"

叶雪城勾了勾唇，将食物送进嘴里品尝了一番，"味道很不错。"

"是吗？"

占薇看着面前的人享受美食的模样，也跟着微微笑起来。细细一想，这是他们第一次单独在家里吃饭。

空气里安安静静的，弥漫着久违的温馨。

占薇有一句没一句地说着："这个鱼是我之前跟阿真妈妈学的，她真的超会做鱼。"

叶雪城问："是你经常去过夜的那位朋友？"

"嗯。"占薇点头。

"上次跟你一起看演唱会的那个男生是她哥哥？"

占薇有点意外，"你说林俊宴吗？怎么了？"

面前的人沉默了几秒，才道："你以后少去他家。"

她见他嘴角的笑意消失了,问道:"为什么?"

"不为什么。"叶雪城道,"我不喜欢。"

占薇有些疑惑,如果她没记错,那晚叶雪城和对方只是匆匆照了个面,连话都没说过。

"不喜欢也有理由吧?"占薇道,"其实俊宴他人挺好的。"

叶雪城筷子一顿,抬眼看她,"俊宴?"

占薇被他这冷漠的目光看得有点胆怯,终于意识到这样的称呼过于亲昵,弱弱地解释:"我们寝室的人都这么叫。"

"他不像好人。"

占薇看叶雪城一副不容辩驳的模样,也不和他争论,"嗯嗯"地应着。突然间,她意识到乐队的其他四个人,已经有两个被叶雪城否定掉了。不知道他看到扎着辫子、两手都是文身的豺哥会是什么反应。

吃完晚饭,叶雪城在厨房里洗碗,占薇清理着旁边桌子上的战利品,然后把酸奶和水果放进冰箱里。

"给你买了酸奶,是原味的。"

叶雪城将盘子放在自来水底下冲洗着,"我平时都是在公司吃早饭。"

"又不一定要早上吃。"

"你不是之前消化不太好吗?吃酸奶有用的。"

叶雪城没吱声,见占薇还在往冰箱里一件一件地放,忍不住问:"你到底买了多少东西?"

"没多少,冰箱太空了。"占薇笑,将樱桃用保鲜盒装好,"这个我已经洗过了,应该到明天都不会坏。"

"还有鲜奶和鲜榨橙汁,哦,你喝的时候别忘了看保质期。"

"全麦吐司只有一小袋,我还准备了点可以直接夹在里面的火鸡腿肉,味道挺不错的。如果平时犯懒了,可以将就一下,可千万不要什么都不吃。"

叶雪城收拾好洗过的碟子,转过身看着占薇,双手抱着胸。

他的眼神很深,让人一眼望不到底。占薇被他直勾勾地盯着,有点不好意思起来,"干吗?"

"为什么?"

"啊?"

叶雪城深黑色的眼眸沉沉地看着她,"做错事了?"

"什么?"

"以前你做错事的时候,会对我特别好。"

被戳中了要害的占薇脸一热,却还是努力维持着镇定的样子,心虚地解释:"不是都说你工作起来很拼,不太注意身体吗?感觉你一点都不会照顾自己。"

"你这人怎么这样,好心没好报。"

叶雪城看着她,没说话。

"还有,我什么时候对你不好了?"

叶雪城看到她一副快要生气的样子,低低地笑了笑。想起刚刚她说的那句"不会照顾自己",怎么感觉这话应该是他来说才对。

转眼到了考试那天,占薇醒得晚了些,被叶雪城一路踩着油门送到了学校。她赶到教室门口的时候,计量经济学的老师正在发试卷。占薇插空钻了进去,找了个位置坐好,拿出书包里的东西。

考试一共是九十分钟,题目写下来,感觉不好不坏。走出教室的时候,所有人都终于稍稍松了口气。

占薇跟叶雪城约好,晚点儿会回他那里,但得先去寝室收拾东西。她拐了个弯,刚准备下楼梯,却突然听到有人叫她。回过头来,意外地看见了恰好在隔壁教室上课的林俊宴。

男生穿了件套头衫,轻松潇洒的打扮,平静的脸上是永远让人猜不透的表情。

正是下课时间,走廊上人来人往。

占薇问他:"有事?"

林俊宴走近,将手里的一个小袋子递到她手里。

占薇有些疑惑,低下头往里面探了几眼,袋子里装了大大小小的纸盒。她拿出一个端详了几秒,才发现上面写着"酚麻美敏"几个字。

林俊宴简单地做了解释:"昨天才知道你感冒了。我也有错,周日那天晚上确实挺冷的,也没注意你穿那么少地坐在车上。"

所以为了这个特地给自己送药?占薇眯眼笑起来,"你也太自责了,这根本不关你的事。"

男生道:"我听阿真说,你前天发烧很严重。"

"现在已经全好了,所以,"占薇把装着药的袋子递回去,"真的不需要了。谢谢你。"

林俊宴并没有接,"你留着吧。"

占薇看着他。

他又补充:"我平时不感冒。"

占薇提着林俊宴送的感冒药回到寝室,脑袋里还有些迷糊。阿真正坐在书桌前面整理小东西,看见占薇手里提着的袋子,一脸兴奋地跑过来,"哇,就知道你有良心,从家里回来,还给我们带了好吃的!"

占薇有些无语,自己已经很喜欢吃了,结果阿真对吃的喜爱程度却更深,真是名副其实的吃货。

面前的人乐呵呵地往袋子里望了望,"里面是什么呀?"

"是药……"

阿真眨了眨眼。

"你哥给我的。"

阿真定定地看了她一会儿,终于露出恍然大悟的表情,"原来是这样!"

占薇对她这种夸张的反应已经习惯了,"怎样啊?"

"怪不得他昨天给我打了个电话,特地问你感冒的事呢。"阿真笑,"原来是想给妹妹的朋友送温暖。"

……

"你有没有觉得,我哥其实是个超级暖男?"

"还好吧。"占薇想了想林俊宴这个人,似乎一直都是温和沉静的学长。可一旦跟暖男这个词联系在一起,感觉真的有点怪怪的。

阿真见占薇不置可否,想要说服她:"我跟你讲,我哥真的好暖,他还会做饭。"

占薇走到书桌前,将药盒收进抽屉里,"是吗?"

"真的。上个暑假我爸妈出国游,家里就是我哥在做饭,两个星期,竟然把我喂胖了五斤。"

占薇在心里默默吐槽,那是因为你比较能吃吧。

"你不是经常夸我妈做饭好吃吗?"阿真眉飞色舞地说,"我个人认为,我哥的厨艺胜过我妈。"

"这么夸张？"

阿真很用力地点点头，"所以啊，以后谁当我大嫂，肯定特别幸福。"

占薇看着阿真俨然自家哥哥忠实小迷妹的模样，忍不住笑起来。

下午没课，叶雪城过来接占薇一起吃饭。走到半路，Titan 的副总程行知打来电话，让叶雪城回公司签一份临时方案。

叶雪城将车掉了个头，对身边的人说："我得过去一趟，可能要花点时间。"

占薇规规矩矩地坐着，"嗯，好。"

这是占薇第一次跟着叶雪城去他的公司。Titan 的总部位于城东的商业中心，三十七层的灰蓝色建筑矗立在高楼群中，巨大的"Titan"标牌发出亮白色的光，望过去时，一眼就能攫住所有的视线，霸气而醒目地存在着。

对于 Titan，占薇一直抱着特别的心情。因为它，她和叶雪城的关系好像变得亲近了一点。

进了大门，有漂亮的前台迎上来，礼貌又客气地招呼道："叶总。"

叶雪城点点头，带着占薇径直往左边的专用电梯走去。待两人消失在视线中，前台小姐们终于忍不住那颗躁动的心，开始八卦起来。

"刚才跟着叶总的女生是谁？"

"看上去挺小，不会是叶总的新女朋友吧？"

"女朋友？叶总不是去年就订婚了吗？"

"订婚了又怎么样？像他这样的青年才俊，外面有多少女人盯着。"

"可惜了，那女生倒是长得真漂亮。"

占薇跟着叶雪城上了三十六楼。出电梯后，绕过了一排排密密麻麻的格子间。大概是午休时间的关系，办公室空荡荡的，零星坐着几个还在加班的员工。阳光从南边的落地窗晒进来，将整个空间照得通透明亮。

听到脚步声，有人抬起头来，发现是叶雪城后，忙站起来。

"叶总好。"

"嗯。"叶雪城目不斜视地走了过去。

过了几秒，员工又将目光落在紧紧跟着的占薇身上。

她被人注视得有些不好意思,回了个微笑,低着头,飞快地追上叶雪城的脚步。

穿过格子间,最后来到叶雪城的办公室。里面很宽敞,落地窗前是一张很大的红木书桌,旁边放了两架书柜。窗帘是浅褐色的,低调又厚重,角落里还有一张真皮沙发和一台小冰箱。

占薇站在充满了他气息的空间里,有些不知所措。

那边的人说:"你坐一会儿,如果饿了,冰箱里有吃的。"

"哦。"占薇乖顺地坐在沙发上,看到他拿起电话,给人拨了过去。

"行知,我在办公室,你过来吧。"

占薇感觉"行知"两个字很耳熟,正想着,肚子轻轻叫了一声,应该是饿了。

她打开了一旁的冰箱,目光绕过水果和面包,落在了角落里的酸奶上。是昨天给叶雪城买的那种瓶装酸奶。她拿出一罐,准备先用来填肚子。

打开酸奶后,占薇习惯性地用舌尖舔了舔瓶盖。她正小心翼翼地品尝着,突然听到办公桌那边的人发出低低的笑声。

占薇抬头,看见叶雪城的目光正落向这边。

"干吗?"

他没说话,扬着嘴角摇了摇头,又低下头继续看文件。

几分钟后,办公室的门被推开,一个风风火火的身影走了进来,直奔叶雪城的办公桌,将一沓材料放在他面前的桌子上。

是个和叶雪城年纪相仿的男人,头发很短,戴着黑框眼镜。占薇想,这应该就是刚才的那位"行知"了。

程行知不客气地自己拉了张椅子坐下,"我的大少爷,你不是传说中的劳模吗?怎么突然有雅兴跑出去吃饭了?工厂为了催方案,已经给我打了几十个电话了,再搞不定,那边的张总估计杀我的心都有了。"

叶雪城倒是一脸淡定,"我很快。"

知道两人在谈重要的事,占薇不声不响的,没发出一点动静。她看着叶雪城翻动着纸张,目光快速地在上面移动着。转眼间,一沓厚厚的材料已经读了过半。

他看东西真的很迅速。她想起在上高中的时候,某个下午两人待在一块,他花了两个小时看完了《全球通史》,事后还能将里面的一些细节津津乐道地讲给她。

他一直都很聪明,比她认识的所有人都要聪明。

占薇出神地望着伏案的叶雪城,时间突然变得很安静。

无所事事的程行知在等叶雪城签字的间隙,往周围望了几眼,这才惊讶地发现角落的沙发上,还不声不响地坐着一个女人。

他眯着眼仔细打量了女人几秒,渐渐地,脸上露出不可置信的表情。

"小嫂子——"

占薇差点起了鸡皮疙瘩。

小嫂子?

空气安静了一会儿。

然后程行知朝占薇热情地迎上来,俨然忘记了前几分钟自己还在喷着火跟叶雪城谈公事。

"是占薇小嫂子吧?久仰大名,久仰大名!"

占薇愣愣地,还来不及纠结小嫂子这个称呼,就见这个健壮的男人已经走到自己面前,伸出了右手,摆出握手的架势。

本来被一个看上去年长很多的人叫"小嫂子",已经很奇怪了,结果对方还正儿八经地跟自己握手,这让占薇有点蒙。

想了想,她将手里的酸奶放在一旁的小桌上,决定回应一下。她刚把右手伸出去,便听那边的叶雪城发话了——

"程行知,你够了。"

"怎么?"程行知一副严肃认真的模样,"没看见我正在讨好未来的老板娘吗?"

……

叶雪城拿起面前的文件,径直走了过来。

程行知回过头,嬉笑着朝占薇眨了眨右眼,"我们家城哥性格恶劣,小嫂子平时受苦了啊!"

第一次听人光明正大地说叶雪城性格不好,占薇想笑又不敢笑,只是抿着嘴。

叶雪城已经走到他们面前,自然地将占薇挡在身后,将手里的文件哗啦一声拍进程行知的怀里。

这不太客气的动作让程行知感到意外，文件往地上掉去，还好被他及时捞起。他一脸受惊地看着叶雪城，"干吗这么凶？"

叶雪城冷着脸，只回了他一句话："字已经签了，滚吧。"

"好好好，"程行知挥了挥手里的文件，"滚就滚，给你和小嫂子留个二人世界。"

关上门的瞬间，程行知还不忘探头笑着对占薇说："小嫂子，那再见哟——"

程行知消失后，办公室里又恢复了宁静。

叶雪城看完了材料，事情却一件接一件，等他忙完已经过了两点。占薇不声不响地窝在沙发上，身体缩成小小的一团，靠着抱枕睡着了。

叶雪城走到她的近旁，蹲下身来，忍不住盯了好一会儿。她的脸蛋很粉，是白里透红的那种，睫毛密密麻麻地遮盖在眼帘之上，嫣红娇艳的嘴唇看上去鲜嫩多汁，十分可口。

有时候，他真的很羡慕她的好睡眠，即使晚上抱着她热血沸腾，她也可以睡得心安理得，毫无防备。

他捏了捏她的脸。

"唔……"占薇半梦半醒地翻身，试图避开他的骚扰。

"饿了吗？"他问。

"嗯。"

"那起来，带你去吃饭。"

此时的办公室外，程行知正和几个员工得意地高谈阔论，俨然已经成为话题中心。一旁穿着白色职业装的女生道："我听前台的怡然说，老板带了个超漂亮的女学生过来，还以为是那种不正当的关系。"

"啧啧，"程行知摇头，"你们这些人，一天到晚都在想什么？"

"所以是老板娘吗？之前只听说叶总订婚了，一直没见过老板娘本尊。"

"对啊，她看上去年纪很小，我们叶总是老牛吃嫩草？"

听着大家热情激动地你一言我一语，程行知似乎受到了鼓励，忍不住打开了话题。

"你们程总我,可以说是叶总整个情史的见证者。"

"别卖关子了,说呀!"

"给我们讲讲叶总的八卦呗!"

程行知咳了两声,"这要从很久以前,不小心在他的课本里发现的那张照片说起了——"

叶雪城和占薇路过这里的时候,程行知已经慷慨激昂地聊了十来分钟,恰好说到最激动人心的地方。

"大一我们班同学聚餐,男生都喝嗨了。你们叶老板那天有心事,他坐在我旁边突然问我——"程行知清了清嗓子,模仿着叶雪城低沉的语气,"行知,你说,如果我喜欢一个比自己小很多的女生,你怎么看?"

"我当时就惊呆了。我说,多小啊,难道是小学生?"程行知卖关子,故意停顿了一会儿,"结果你猜你们大老板怎么回的?"

众人没接话。

"他说,不是,马上就要读初中了。"

程行知说完,哈哈大笑了几声。过了片刻,才发现听众们神情严肃,心里有种不祥的预感。他战战兢兢地回头,看见叶雪城站在眼前,面色不善。

空气安静了好几秒。

叶雪城没有看他,而是望向角落里穿职业装的女生,"Susan——"

"叶总,什么事?"

"下个月那个刚果的项目不是没人愿意接吗?就让程总去吧。"

直到跟着叶雪城走出 Titan 大厦,占薇的脑海里还在回想程行知那咬牙切齿又无可奈何的模样。她有些想笑,竟然因为对方说了几句八卦,就把人发配到了非洲,可以说是非常任性了。

上车后,占薇怯怯地问:"刚才……程行知说的是真的吗?"

叶雪城没说话,脸上不太高兴,耳朵却是红的。

占薇慢慢瞪大了眼睛,她从没见过叶雪城有这样难为情的时刻。此刻,他的耳朵看上去热乎乎的,跟脸上的冷漠形成了鲜明的对比,竟有些可爱。

占薇没再追问。过了很久,才听叶雪城开口:"程行知那个人喜欢夸大其词,你别听他的。"

她点头,"哦。"

车不疾不徐地开着,占薇看着窗外飞闪而过的风景,脑海里突然浮出Titan大厦在高楼群里金光闪闪的画面,不禁笑了笑。

"看到Titan现在的样子……我真的很开心。"

叶雪城侧头看了她一眼。

"你为Titan花了那么多时间和心血,总感觉……它就像你的孩子一样。"占薇弯着嘴角,笑意从眼睛里漫出来,"今天才知道,原来你把它养得这么好。"

叶雪城沉默了会儿,突然道:"应该说,它是我和你的孩子。"

"嗯?"她不解。

"别忘了,名字是你取的。"

第五章
高原上吹过的风

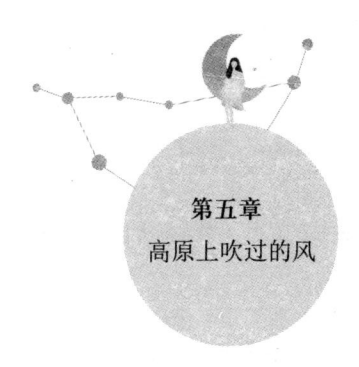

那天晚上,很少怀旧的叶雪城突然想起了两人的一些往事。

和占薇到底认识了多久,连叶雪城自己都记不清了,两人最初的交往给人的印象并不深刻。叶雪城只是模糊地记得,占薇是院子里某位阿姨家的小孩,或者说,是同学占菲的妹妹。

十七岁这年的暑假,上高二的叶雪城应妈妈的要求,报了校方组织的美国西海岸名校旅行团。线路里除斯坦福大学、加州大学两家名校外,还有几个美国西部和中部的景点。

旅游团一共六十多人,包括了小学部的学生。美国那边准备了两辆大型巴士,小学部和初中部因为人数不多,凑在一辆车上,高中部单独占用一辆。叶雪城平时跟程行知一帮男生整天混在一起,直到从总统山回来,才第一次有了跟占薇照面的机会。

那是在一家中式自助餐厅时。

学生们见到香喷喷的炒菜,如久旱逢甘霖。叶雪城拿好食物后,远远看见程行知那桌围了一圈人,十分吵闹,索性在就近的空位坐下了。

旁边不远处坐了四五个小学部的女生,欢快地聊着。

"我看总统山应该改名叫'无聊山',根本没什么好看的嘛。"

"非常同意,简直是浪费钱。"

"你们这些人,不要破坏美国人民的爱国情怀好吗?"

"还好意思说?刚刚是谁在那儿一直嫌太阳晒,吵着要回车上来着?"

几个女生你一言我一语地聊着。过了会儿,大家才注意到有个人一直保持着沉默,于是齐齐转过视线,将目光落在了专注美食的占薇身上。

"占薇——"其中一个高个女生问她,"你觉得怎么样?"

"啊,"女生放下了手里的食物,"鸡腿吗?"

"……我们刚刚在说总统山。"

"哦,"占薇一双眼睛亮晶晶的,想了想,非常认真地下结论,"我觉得,总统山的那家冰激凌还挺好吃的。"

听了整场对话的叶雪城,忍不住笑了出来。

对于占薇的第一印象,叶雪城说不上来。大概是看上去有点天然呆,白白嫩嫩的,随便戳一戳就会坏掉的软绵绵的女生。她的眼睛真的很大,乌黑的眸子里充满了灵气,顶着一头松松软软的鬈发。

他打量了她一会儿,认真地想,小学生就可以烫头了吗?

后来真正说上话时,是在黄石公园附近。

下午看了老忠实喷泉和大棱镜温泉之后,领队老师早早地带着一群学生回到了西黄石小镇订好的酒店里。晚上十点,老师查了一遍房,确定没有学生在外面游荡后才离开。叶雪城躺在床上,脑海里想着白天美国导游说的话,久久不能入眠。

导游说,七八月的时候,如果夜空里没有云,就可以看到黄石的星空。因为公园处于一片高地之上,银河看起来很近,星星们就好像飘浮在头顶,非常震撼。

叶雪城犹豫了片刻,爬起来跟室友打了个招呼,拿着相机出了门。

他们住的是那种曲曲折折的四合院似的酒店,房间在二楼。叶雪城远远望见有人提着手电筒往这边走,下意识地往后退了几步,躲在了拐角的暗处。

过了一会儿,楼梯间传来了轻轻的、慌乱的脚步声。朦胧的天光里,一个小小的身影正往这边跑来,浅浅的喘息声传到他的耳朵里,是个熟悉的女声。

那人经过的时候,叶雪城上前解围,轻轻拉了她一把,示意她躲进来。

两人挤在杂物箱后,女生似乎认得叶雪城,也没有害怕,只是低声道:

"带队老师过来了。"

"发现你了？"

女生摇摇头，没说话。叶雪城护在女生身前，空间有些逼仄，几乎可以听见彼此的呼吸。脚步声越来越近了，手电筒的光线朝这边晃了晃，停顿了一两秒，又很快转向别处。

直到巡视的老师离开，叶雪城才松了口气。

偷偷下楼后，他们来到中间的院子里。借着头顶上昏沉的光线，叶雪城看清了面前的占薇。

她漂亮的脸蛋上带着劫后余生的庆幸，"差点被老师抓到了。"

叶雪城笑，"你一个女生，大晚上鬼鬼祟祟地跑出来干什么？"

她十分真诚地望着他，回道："看银河呀。"

目的一致的两人出了酒店，在外面的街道上走了不到百米的距离。已经十点多了，大街上几乎没有行人，路旁的小店已经关门了。天朗气清，银河仿佛一条绚烂的光带，无数颗星星挂在头顶，近得马上就要从夜空坠下来似的。

叶雪城听着耳边鼓动的风，他从来没有享受过这样的静谧。

看着前面几米处走着的那个瘦瘦小小的人，终于忍不住叫住她："喂——"

女生停下脚步回过头来，路灯将她的影子拉得很长。

他问出了那个在心里憋了好几天的疑问："你们小学生烫头这事，老师不管吗？"

占薇扯了扯自己头上的鬈发，"你说我？"

叶雪城笑。

"这个是自然卷，天生的。"

天生的？

"难看吗？妈妈也说我的头发看上去有点乱。我想等再长大一点，就去拉直来着。"

他站在那儿，顿了好半晌才道："不难看。"

事实上，应该说很好看。

好看到……莫名其妙地，让人想要伸手去揉一揉。

两人在外面晃晃悠悠,直到晚上十一点多,才各自回到自己的房间。之后,旅行团辗转了盐湖城和拱门国家公园。在参观景区时的自由活动时间,叶雪城远远地看见占薇和朋友在一起,黑压压的一群小学生吵吵闹闹,只有那一头乌黑的小鬏毛,惹人注目,又恬静可爱。

回到学校后,叶雪城转眼上了高三,学习紧张了起来,他也忘了黄石公园里发生的小插曲。

秋天渐近。

学校以提高学生综合素质为名,发起了课外活动小组,叶雪城和占菲报名参加了同一个小组,名为"城市垃圾分类管理调研"。小组成员一共六人,占菲是小组长,偶尔会组织成员们一起在自己家进行讨论。

那天恰好是周日,一行人约好下午三点讨论,平时鲜少参加小组活动的叶雪城临时决定出席,却记错时间,两点便提前到了。

站在屋外,听到里面安安静静的,他稍稍犹豫一下,按下了门铃。

铃响了一声、两声,没有人答应。

他又按了按。

这次隐约听到啪啦的拖鞋声,有个陌生的女声回应道:"等一等,就来了。"

窸窸窣窣一阵动静,门突然被打开,从门缝里探出一张白皙的脸,乌黑的眼眸懵懂地看着叶雪城,软糯糯地问他:"你找谁啊?"

叶雪城盯着对方头上眼熟的小鬏毛,愣了愣,才回过神来。

"我找占菲。"

她静静地看他。

他自报家门:"我是她的同学,今天约好一起讨论课外作业。"

"哦。"里面的人将门缝敞开了些,从一旁的鞋架上拿了双拖鞋,放在他的面前道,"姐姐出去了,要过一会儿才回来,你在客厅里等吧。"

进了屋,两人一前一后往里面走。

叶雪城这才来得及好好打量面前的人。三个月不见,她似乎又长高了,脸上的婴儿肥退了些,小腿变得又长又直。

从视觉上估量,她的头顶都快够着叶雪城的肩了。如果没记错的话,她叫什么来着?占薇?

女孩将叶雪城安顿在客厅之后，便进了厨房。叶雪城坐在客厅里，无所事事，耳边时不时传来厨房的响动声。

几分钟后，占薇从厨房里走出来，表情怯生生的，"对了，你喝水吗？要冰的还是不冰的？"

"冰的，谢谢。"

占薇踩着一双粉色拖鞋，嗒嗒嗒地走远了，宽松的鞋显得脚白嫩小巧。

叶雪城坐在沙发上。他想起那天晚上她嫌自己头发太乱的抱怨声，也不知道是不是因为这原因，她把头发剪短了。

他正不着边际地神游着，突然听到厨房乒乒乓乓的动静，像勾起了连锁反应一般，紧接着瓷器撞击在地上，巨大的声音随之传来。

叶雪城循着声音走进厨房，见占薇站在洗碗池前，面对着地上一堆破碎的瓷器，手足无措。

"怎么回事？"

占薇看了看头顶敞开的橱柜，"刚刚想拿玻璃杯，被卡住了……"

然后她踮着脚尖，用力一拉，放在外面的一摞碗掉了下来。

简直被吓了一大跳。

她愣了好一会儿，才躬下身试图去捡地上的碎片。

叶雪城阻止她，"这样容易伤手，"叶雪城朝周围扫视了一圈，"你家有没有扫帚？"

"有，等一下。"

等占薇去客厅里拿来扫帚和撮箕，叶雪城仔细地将瓷器碎片一点一点扫进了垃圾桶里，又用纸巾捡起了地上的碎屑。他直起身来，才看见占薇站在一旁，目不转睛地看着他。

"已经好了。"

"谢谢……"

"谢我什么？如果不是因为要帮我倒水，也不会发生这事。"

占薇脸一红，没应声。他说得似乎有道理。

叶雪城在一旁的洗手池洗手，水龙头打开，自来水哗啦啦地流着。他低头，注意到左边的台面上有一盒已经放好调料的泡面。

"你吃这个？"

占薇点头。

"午饭?"叶雪城看了看时间,三点不到,应该不会是晚饭;可对午饭来说,又有点迟了。

"本来等妈妈回来做饭的,妈妈突然有事,让我自己吃。"

叶雪城看着她呆呆萌萌的模样,忍不住一笑,"你这个年纪,吃泡面容易长不高。"

她腮帮子一鼓,有些紧张,还真信了。叶雪城竟然在这一刻发现了逗小女孩的乐趣。

"而且这样做的泡面不好吃。"

占薇抬眼,水灵灵的大眼睛一动不动地望着他。

叶雪城一笑,"我教你。"

"咦?"

叶雪城的父母平时很忙,他自己一个人在家的时候占大多数,家里囤了一些泡面。偶尔犯懒的时候,也喜欢用这样简单粗暴的方式果腹。在吃泡面这事上,他可谓经验丰富。

于是占薇站在一旁,愣愣地看着他忙前忙后。他先是将桶装泡面腾出来,放在一个玻璃碗里,倒上足量的热水,加了根火腿,又在上面打了个生鸡蛋。

最后盛着面的碗被放进了微波炉。

"用中火加热五分钟就可以了。"他说,"面比开水泡出来的更软。"

"是吗?"占薇感叹,"你真厉害,我都没想到可以用微波炉。"

叶雪城笑。想收获小女孩的欣赏,未免也太容易了。

等热腾腾的泡面煮好,叶雪城帮占薇从微波炉里端出来,小心翼翼地放在桌上,"你学会了?"

占薇还是懵懵懂懂的。

"如果没学会,下次再教你。"他正儿八经地说,"以后在煮泡面这事上,我就是你师父了。"

占薇看着他,脸颊漫出了红晕,过了好半晌也没接话,而是端起盛着泡面的碗,起身道:"我先回房间吃了。"

然后便踩着她的小拖鞋,吧嗒吧嗒地走远了。

叶雪城看着她瘦瘦小小的背影，过了会儿才反应过来，自己人生中第一次跟小萝莉套近乎，似乎是……失败了？

自那以后，对于讨论问题一直爱答不理的叶雪城，突然对小组聚会产生了兴趣。哥们程行知见了觉得奇怪，体育课上几个朋友坐在一块儿，说起这事："城哥，你怎么突然这么老实了？"

"嗯？"

"之前不是觉得课外小组无聊吗？"程行知凑近盯着他，"是不是最近有什么不可告人的目的？"

"你想多了。"

程行知看了看让人捉摸不透的叶雪城，又转向另一位好哥们顾远。

顾远最近因为家里的事，也不在状态。他的父母突然怀上了二胎，让这位少年已经步入尾声的青春叛逆期，来了个回光返照。他显然对父母这自作主张的决定感到不满，说到这个就气不打一处来，"你说，他们不能这么自私吧？这么大的事儿，都不问问我的意见？"

程行知拿下嘴里叼着的棒棒糖，"为什么要问你意见啊？你是贡献基因了，还是出钱出力了？"

顾远被他说得语塞。

"照我看，有个弟弟、妹妹挺好的。"在这件事情上，程行知算是有些话语权。他有个小自己十一岁的妹妹，长得甜美乖巧，妹控的程行知也对此扬扬得意，时不时在个人主页上发一发妹妹的可爱照，引来一片点赞。

"她比我可是整整小十七岁，"顾远说，"你知道这是什么概念吗？跟突然有了个儿子差不多。"

"得了吧，有了你就知道有多招人疼。"程行知说着，拿出手机翻出妹妹给他表演"么么哒"的视频。五六岁左右的小女孩，白白嫩嫩的圆脸，梳着可爱的丸子头，对着镜头笑眯眯地啾了一下，看得人心都化了。

程行知收起手机，"怎么样？可爱吧？"

坐在一旁的叶雪城和顾远都没说话。程行知用手肘碰了碰叶雪城的胳臂，"你也让你爸妈给你生一个呗！"

叶雪城道："算了，他们连养我都没时间。"

因为课外小组需要在第一学期结束前结题，成员们在现场调研之前，需要再讨论一次设计方案。

到了约定的那天,叶雪城和同学几个坐在占菲家客厅的沙发上。某位小组成员趁着占菲去厨房给大家倒水时,玩笑道:"我说城哥,你不会是喜欢上了占菲姐,拉我们几个当陪衬吧?"

叶雪城正握笔想事,听到这话,看了那人一眼,"你知道自己在说什么?"

"别装,我们都看出来了。屁颠屁颠地跟占菲姐报一个课外小组,还每周参加讨论。在网上抄份报告就能解决的破事,还搞得这么严肃认真干吗?你可是作业都懒得写的人啊,什么时候这么规矩了?"男生继续道,"喜欢就大胆一点,城哥只要发话,我们几个说什么都要给你们创造条件。"

叶雪城无语了。事实上,他一开始对课题的确没兴趣,但在后来的参与过程中,渐渐发现了有意思的问题,这才认真了起来。

身边的人依旧聒噪着:"暗恋不符合你的气质啊,我的哥!"

"菲姐是很优秀,但我们的城哥也是光芒万丈,只要城哥出马,有搞不定的事?"

"喜欢就勇敢点。"

对于大家这样的脑补和猜测,叶雪城解释了几句,那些"不喜欢"和"不是追",全被人当成口是心非了。叶雪城懒得再跟他们废话,抱着胸坐在一旁,倒是想看看这群家伙能发挥到什么程度。

他们正聊得热火朝天,旁边突然插入一道柔柔的声音:"不好意思,我拿我的钥匙。"

所有人都停了下来,往声音传来的方向看去。是占薇,她安安静静地站在一旁,细皮嫩肉的脸泛着红晕。

叶雪城拿起桌面上的钥匙递给她。她点点头,很礼貌地说了句"谢谢",便离开了。

几分钟后,占菲端着水杯从厨房出来了。一行人刚摆出讨论的架势,便听见二楼的房间飘来了钢琴声。那声音叮叮咚咚的,像春雨落在心上,柔软又动情。

有人问:"是刚刚那小女孩在弹琴吧?谁啊?"

占菲不喜欢妹妹,没好气道:"跟你有关系?"

"唉,不说就不说。"

叶雪城坐在沙发上,思绪随着钢琴的音律游离起来。

十来分钟后,楼上突然传来争吵的声音,钢琴盖被重重地合上了,琴声戛然而止。紧接着房门被打开,慌乱的脚步声落在木质地板上。

"妈妈,妈妈,你把琴还给我好吗?"是占薇的声音。

一个美丽的中年女人走在前面,手里提着黑色的琴袋,"我早就告诉过你不准学吉他,你竟然还偷偷买了一把,太不像话了。"

"妈妈——"占薇的声音焦急,似是带了哭腔,她小跑着追上那个女人,拉着对方的手臂。

"你哭也没有,吉他我是不会让你玩的。你成绩本来就不好,这些乱七八糟的事只会让你分心……再这样下去,我会把钢琴也处理掉。"

"我知道错了,我好好学习还不行吗?"占薇有些慌乱。她试图伸手,从妈妈的手里拿过被抢走的吉他。

两人站在栏杆旁边,占薇焦急又伤心,母亲的情绪也格外激动。坐在底下的几个高中生对于这出闹剧,纷纷看傻了眼。

突然,母亲生气地举起了手里的琴袋,朝一楼砸了下来。

随着砰的一声,琴袋和里头的吉他落在了地上。琴箱发出了巨大的回响,还伴随着琴弦断了的声音。

叶雪城的动作一滞,再抬头看二楼那个捂着脸、蹲在栏杆边的女生。她悄无声息地哭着,让他心里突然升起了怜惜之情,还有一丝说不清、道不明的情绪。

气氛变得尴尬起来。没多久,小组讨论便草草结束了。

叶雪城在回家的路上,路过占薇家后面的垃圾桶,留意到旁边不远处放着熟悉的黑色琴袋。仔细一看,正是被占薇妈妈从二楼扔下来的那把。

他鬼使神差地将琴袋和里头的吉他捡回了家。

吉他是木质的,琴箱裂了条小缝,琴钮和弦桥坏了几个,琴弦断了大半,可谓惨不忍睹。

这琴本身看起来价格不贵,加上损坏严重,几乎没有抢救的价值。可叶雪城打量它的时候,脑海里忽然想到占薇蹲在栏杆边哭的场景,莫名地不忍。

思前想后，他在网上找来修吉他的教程，又在琴行买来了破损的小零件，一点一点尝试着让吉他复原。

　　修复的工作完成了大半，他把琴弦装上后，却在调弦时犯了难。

　　叶雪城从小脑子就好使，学东西又快又好，几乎做什么事都得心应手。唯一的缺点，就是缺乏了点音乐细胞，是传说中的"五音不全"。

　　叶妈妈曾经试图让叶雪城学钢琴，培养他的音乐素养，可在了解自己儿子唱生日歌都跑调的真相后，就放弃了她的建议。

　　让一个十足的音盲辨认音准，无异于让瞎子鉴赏字画。

　　叶雪城无奈之下，带着吉他到了吉他店，拜托专业人士调音。调音的吉他店老板是位年轻的潮男。他看了看叶雪城，笑道："这是你的？"

　　"不是，"叶雪城顿了顿，"是妹妹的。"

　　回答这话的时候，他不自觉地想起之前跟程行知聊天的情景。大概是受对方的影响，他对于"妹妹"这种生物，有了欣然的期待。而这种期待，阴差阳错地嫁接到了那个有着一头鬈毛、小巧又可爱的女孩身上。

　　如果有个像她那样的妹妹，他大概也会变成程行知一样的护妹狂魔，会忍不住想要保护她、疼爱她。

　　吉他店老板拧着手中的细螺丝，"有你这样的哥哥，你妹真是幸运。"

　　叶雪城笑着，没接话。

　　拿吉他回去的路上，叶雪城特地绕道经过占薇家。他原本准备直接物归原主，可转念一想，偷偷捡起对方扔掉的吉他，这个举动着实奇怪。在两人不熟的前提下，如果被误会成有奇怪意图的怪哥哥，就不妙了。

　　还吉他的事自此作罢，叶雪城将吉他收藏在自己的柜子里，无奈一笑。也不知道，这家伙还有没有机会回到它真正的主人手里。

　　课外小组的工作不知不觉地进行到了尾声，转眼便进入寒假。明明即将迎来假期，身处高三的叶雪城却不觉得轻松愉快。落在身上的学习压力更沉了，看着周围的朋友和同学一天到晚沉浸在书海中，叶雪城的神经也变得紧绷起来。

　　一月底是叶雪城的生日，父母临时要外出进行商业谈判。他感到无奈，从记事以来，父母总是为了他们的宏图大业，不停地奔波在路上，一家人聚在一起的日子寥寥可数。

叶妈妈临行那天,特地叮嘱了叶雪城:"妈妈和爸爸这次出差去津巴布韦谈建基站的事,时间会比较久。后天是你的生日,妈妈已经订好了蛋糕。到时候你让行知和顾远陪你一起到外面吃,多叫几个同学。"

叶雪城问:"那儿安全吗?"

在叶雪城的记忆里,非洲是暴乱、灾荒和疾病盛行的地方。

叶妈妈笑道:"爸妈还照顾不好自己吗?"

见他不吭声,叶妈妈安慰道:"好了,生日就应该开心点。"

"上次生日你们也不在。"

叶妈妈笑了,"别生气,回来给你带礼物!"

叶雪城站在原地,默不作声地看着母亲拖着行李箱出了门。

到了晚上,宽敞的三层别墅愈发显得空荡。叶雪城一个人吃着外卖,感受着周围的冷清,心里有些羡慕家里热热闹闹的程行知和顾远。

为了纾解心里那点儿烦闷,他一个人离了家,在小区里夜跑。

锻炼的路线鬼使神差地经过了占薇的家。即使隔了一小段距离,他依然可以听到隐约传来的琴声。二楼的窗户透着明黄色的灯光,温柔又动人。

他的脚步渐渐放缓,穿过一排矮树,在窗户下的石台上坐下。左边是一棵弯曲的银杏,茂密的枝干几乎要伸进窗台。

音乐随着树叶沙沙地落下来,混合着晚风的味道,让他整个人都浸泡在轻飘飘的情绪里。

琴声大多是轻快的、活泼的,偶尔夹杂着他从没听过的曲调。琴声偶尔停下来,他会抬眼看看那扇窗户,弹琴的女生恰好从窗前经过,灯光镌刻下她朦胧的影子。

不知不觉间,他便坐了一整晚。

叶雪城觉得这举动有些可笑。原本对音乐几乎一无所知的他,竟然坐在一个陌生的小女孩窗台下,偷偷听琴。如果被好友程行知和顾远发现,也不知道会被演绎出什么样的故事。

隔天夜跑时,他循着家门口郁郁葱葱的小路往南跑,又经过了占薇楼下。这次的琴声比前晚更灵动了些,轻柔的高音中带着少女的欢快。看来弹钢琴的人心情不错。

那一瞬间,他孤独的心情被她感染了。冲动之下,他开口朝二楼窗户里的人喊话。

"喂——"

头顶的窗户紧掩,里面的人没有听见。

"喂——"他又喊了一声。

卧室里依然没有丝毫动静。叶雪城想了想,从口袋里掏出不知道从哪儿拿来的宣传单,折成了一架纸飞机,朝那扇窗瞄准。纸飞机轻轻地砸在窗台上。

这微弱的动静引起了主人的注意,没过几秒,占薇出现在窗边,往四周探了探。她看到叶雪城的时候,漂亮的脸蛋上有些怯色。

"你有事吗?"夜深人静,大概是怕惊扰到家人,她的声音很轻。

叶雪城仰头看着她,眼里映着夜空璀璨的星。

"你能给我弹首歌吗?"

"啊?"小占薇一脸出乎意料。

"我今天生日,给我弹首生日歌。"

占薇趴在窗台上,鬓发被风轻轻扬起。她愕然地看着他,樱桃唇微张着,在消化这突如其来的"点播"请求。

过了会儿,她确认了一遍,"今天真的是你生日吗?"

"嗯。"叶雪城点头。

"那好吧。"

看起来软绵绵、没什么主见的小女孩,却在"助人为乐"这事上格外果断。窗户被打开,占薇坐在钢琴前,手指停在黑白琴键上。

沉吟片刻,她按下了音符。

是一首清水版的生日歌,音符没有过多的修饰,像一个女孩柔声低语的祝福。

叶雪城认真地听着,父母离家的寂寞在此刻得到了稍许慰藉,他甚至能想象占薇坐在钢琴前,认真为自己弹琴的模样。

歌曲循环了两遍后,渐渐减弱。叶雪城意识到她已经弹奏完毕,正想着该怎么感谢占薇,却见她兴致勃勃地跑到窗台旁,一脸期待地看着他。

"你要继续听吗?"

叶雪城失笑,"怎么?要为我弹一整晚《生日快乐》吗?"

"不是。"占薇水灵灵的眼睛看着他,"我还会其他版本的,想听听看吗?"

"嗯。"

占薇一笑,"下面这个是爵士风的。"

叶雪城回到石台上坐着,等待占薇的表演。

安静的晚风里,轻盈的曲调从窗户传出来,像跳舞的精灵一般,和着银杏树的叶子轻轻晃动。是陌生的旋律,可却让叶雪城感到无比亲切,清越的钢琴声应着他心跳的节拍。

眼花缭乱的音符里,拼凑出了生日歌熟悉的曲调。他从来不知道,生日歌除温暖动人外,还可以带来这样自由、惬意的享受。

一曲完毕,小女孩又冒出个脑袋,"怎么样?"

"好听。"

"是我自己改编的。"

叶雪城笑了,"这么厉害?"

占薇有些不好意思,脑袋往里面缩了缩,又问:"你还要听别的吗?"

"你还会别的?"事情真是愈发有趣了。

占薇认真地看着他,"我可以试着给你弹摇滚版的。"

叶雪城被呛了一下。他还没回答,头顶上激昂的旋律已经响了起来。叶雪城靠着身后的大树,看着晚风里轻轻摇动的树梢、通透明亮的星月,突然有种难以言喻的满足感。

他好像发现了什么不得了的宝物。

从那以后,他每晚都坐在占薇的窗台底下听她弹琴,不知不觉这就变成了习以为常的事。叶雪城成了银杏树边石台上的常客。冬意渐浓,树叶变得稀稀落落,夜风带上了寒意,却丝毫没有减低他的雅兴。每晚的钢琴声,成了属于他和占薇两个人的演奏会,而他,是她唯一的听众。

大部分时候,两个人互不打扰。她倾诉她喜欢的音乐,他靠着身后的大树发呆,偶尔她会从窗户里探出脑袋,看看他还在不在。

日子就这样简单而平静地滑了过去。

对于叶雪城而言,最大的困扰,大概是随着课外小组接近尾声时,班里突然滋生的风言风语。

那天课间，程行知找到叶雪城，"喂，我这两天听林岩说了一个大八卦。"

"哦。"叶雪城趴在桌上，听得漫不经心。

"他说之前你们在一个课外小组的时候，讨论的积极性特别高，还特地要求去占菲家聚会；每次活动的时候，你就盯着人家占菲，和她眉来眼去，其他几个问你，是不是对占菲有意思，你还默认了。"

……

程行知用胳膊肘碰了碰叶雪城，"唉，我说……从什么时候开始的？"

"什么从什么时候开始的？"

"什么时候对占菲有意思的？"

叶雪城从胳膊上抬起头，皱眉看了他一眼，"神经病。"

"哟，城哥害羞了！"

"闭嘴。"

叶雪城以为，为这种空穴来风的玩笑，跟人正儿八经地辩驳是跌份儿的事，索性不予理会。他直到流言以洪水猛兽的架势侵袭而来，才意识到自己太掉以轻心了。

高三的第二个学期，叶雪城每天都会跟几个朋友一起骑自行车上学。从小区通往学校只有一条路，偶尔也会遇见绯闻对象占菲。她和占薇坐在同一辆车上，由司机送去上学。每当汽车经过时，身边的一群男生便开始嘻嘻哈哈地起哄——

"城哥，看那边！看那边！"

"菲姐，我们代城哥向你问好！"

"城哥你一男人，害羞个什么劲儿——"

叶雪城往汽车远去的方向望去，恰好看见半开的车窗里占薇探出个头，毛茸茸的鬈发，红扑扑的脸。她正懵懵懂懂地看着他。

被这纯真无邪的眼神盯着，他的脸上莫名生出了火热感。他皱着眉头，一言不发，踩着自行车加速往前冲去。

身后的同伴们还在嬉闹，"哈哈，没关系，反正到了学校后，城哥可以和菲姐交流一整天。"

他继续用力踩着脚下的踏板，心想着眼不见为净。

那段时间，叶雪城有意无意地知道了一些关于占薇的事。知道她的名字,知道她是占菲继母的女儿,两姐妹的关系从小便不好。

这么说起来,他似乎隐约有点印象。以前院子里的小伙伴在一起玩耍,总有个小他们六七岁的、白白嫩嫩的小女孩在后面跟着,眼巴巴地望着大家。有人看小女孩长得挺招人喜欢,一双雾蒙蒙的大眼睛跟洋娃娃似的,提议让她加入,却被占菲否定了。

"你们谁都不要理她。"

"为什么?"

"我说不要理,就是不要理。"

在院子的那帮孩子中,占菲是气场十足的公主,说的话自然有分量。小伙伴在一起笑闹的时候,小女孩在一旁痴痴地看着,偶尔无聊得厉害,便一个人蹲下来,委屈巴巴地抱着自己的布偶娃娃。

十二岁那年一次玩耍时,孩子们闲得无聊,见占薇远远站着,一副老老实实、很好欺负的样子,便起了坏心眼。

某个高个子故意将白白嫩嫩的占薇抱起来,放在一座石台上。那石台离地面的距离不过一米半,可对于五岁的占薇来说,简直是巨大的高度。

小占薇胆小又怕高,她小心翼翼地踩在那刚好容纳两只小脚的石台上,畏畏缩缩地看着下面围了一圈的小孩们。孩子们的脸上都带着恶作剧的笑意,还有人故意捡了根树枝,有一下没一下地戳着她的腿。

她战战兢兢、奶声奶气道:"放占薇下来好不好……占薇怕。"

没有人搭理他。

一个小男孩故意往石台旁凑了凑,大声道:"哇,她穿了机器猫的内裤!"

五岁的小孩虽然懵懵懂懂,却已经具备了性别意识和羞耻心。占薇大概知道在大庭广众下被提到内裤,不是什么光彩的事,捂了捂自己身上的小裙子,抿着唇,拼命憋着眼泪。

下面围观的小孩见到她这副委屈的模样,恶作剧得逞,就更得意了。有人起哄:"你跳下来啊!"

"对,有本事你跳啊!"

声音此起彼伏。

叶雪城沉默地围观了一会儿,不声不响地走到了石台下边。见占薇保护性地将自己的裙子捂紧了些，他一笑，朝她张开手臂。

"跳下来吧，不用怕，我会接住你。"

"真的？"

男孩是笃定的语气，"真的。"

女孩落在他怀里的时候，委屈地用胖乎乎的小手抹了抹泪水，却忍着没有哭出来。

"谢谢哥哥。"

那一瞬间的叶雪城，竟突然有了种罪恶感。

仔细想来，可爱、乖巧的女孩子，却因为成长过程中遭受的冷漠和孤立，满脸都是小心翼翼和不自信的神情。放任这一切、冷眼旁观的自己，难道不是帮凶吗？

叶雪城一时间心绪复杂。

几天后，他再次回到占薇的窗户下等着。周围安安静静，直到深夜，琴声也没响起来。接下来的整整一周，占薇的窗台下都悄然无声，这让原本就睡眠不佳的叶雪城失眠了。

又一个月朗星稀的夜晚，他站在银杏树下，学着上次折了架纸飞机，飞向她的窗台。过了几分钟，小小的人影冒了出来。

占薇头朝外探了探，看见了叶雪城，男生的表情在月色下不甚清晰。

"怎么了？"

叶雪城问她："为什么不弹钢琴？"

"啊？"

"为什么不弹琴了，我都睡不着了，你知道吗？"

"因为……"隔了些距离，女生的声音低低的，夜里的风有点大，吹得声音含混不清。

"你说什么？"

"因为我……"

叶雪城问了两句，便失去了耐性。他看了眼一旁扭曲的银杏树，索性爬了上去，沿着最粗壮的枝干，一口气来到窗户边。

"怎么上来了……这样很危险。"

叶雪城看着她，"你刚才说因为什么？"

"你先下去。"

"你确定？"

"嗯嗯。"

叶雪城一笑，然后朝窗台跨了一步。他的动作太敏捷，甚至没等占薇看清，他便从窗台钻进了卧室。

占薇被吓了一跳，好几秒后，情绪才平复了下来，"你怎么……"

"是你让我下来的。"

占薇的脸红扑扑的，觉得有哪里不对，又说不上来。

叶雪城问："你刚才说因为什么？"

占薇看了一眼放在窗户左边的钢琴，怯怯地说："它坏了。"

"知道原因吗？"

占薇摇头。

叶雪城随意按下几个琴键，"既然坏了，怎么不拿去修？"

"妈妈说等过了期末考试再说……。"

叶雪城打量了占薇一会儿，她浓密的睫毛下，是低低的失落。他突然道："修钢琴的事，就交给我吧。"

"交给你？"占薇有些意外。

"嗯，后天晚上我来修钢琴，记得在家里等我。"

叶雪城从小便对机械和复杂的零件感兴趣，在他眼里，钢琴虽然被归在艺术那一类里，却仍然是机械，一架可以发出美妙声音的机械。

他熬夜研究了两天，终于搞清了钢琴基本门道。到了约定的时间，他带着准备好的工具，沿着之前的路线，从占薇的窗户爬了进去。修钢琴的时间花得不长，只是动静有点奇怪，琐碎的碰撞声和不成调的琴音，把她妈妈都惊动了，中间她过来敲了次门，"占薇——"

"怎么了？"

已经是晚上九点了，占薇看了看身边的叶雪城，有点紧张。

"在干什么？这么吵？"

"哦，刚才把钢琴撞了一下。"

"你小心一点。"

直到妈妈的脚步声渐行渐远，占薇悬着的心才放了下来。

没想到半小时后，叶雪城真的把钢琴修好了。

"谢谢。"占薇的声音低低的。

叶雪城没接话茬儿，放下工具，坐在琴凳上，仰头看她，"大半夜的，我一个男的跑到你的房间，你不害怕？"

她愣了愣，随即摇头。

"为什么不怕？"

"我认识你。"

"你认识我？"叶雪城勾起嘴角，"那你说说，我是谁？"

"你是叶叔叔家的哥哥。"

"还有呢？"

"是在黄石一起看银河的人……"

听到这个答案，叶雪城的笑意变深了，"还有？"

"是姐姐的同学。"

他等着她继续说下去。

"是姐姐的追求者……"

……

"那个，"她忍不住好奇，"你后来为什么没来我们家了？是因为……是因为追求计划失败了吗？"

问这话时，她似乎在刻意照顾他的情绪。那双黑亮的眼睛看向别处，不敢与他对视。

这副小心翼翼的样子，让叶雪城一时间玩心大起。他思考了几秒后，说了句后来很长时间里都让自己后悔的话。

他逗她："是啊。"

占薇露出沮丧、懊恼的表情，"对不起……"

"拒绝我的人又不是你，你道什么歉？"

她支支吾吾地，憋了好半天，话没说出口，脸倒是先红了。

当时的叶雪城，只感觉这小姑娘实在是太好玩了。

第六章
天才乐手与走音王

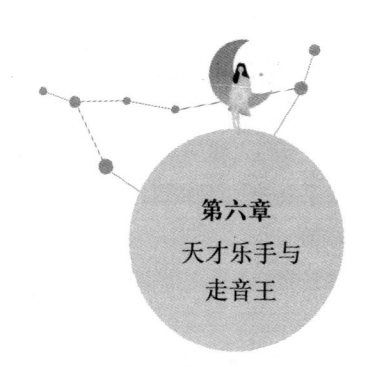

离高考愈来愈近，低迷、紧张的情绪就像笼罩在头顶的积雨云，连呼吸都是压抑的。对于叶雪城来说，占薇和她的音乐，像是这沉闷的世界里冒出来的一棵小嫩芽，柔柔的，软软的，带着活泼鲜绿的生命力。

叶雪城成了占薇的御用"修理工"。

某天叶雪城刚检查完钢琴，满头大汗地坐在书桌前的凳子上，手里拿着她刚递过来的冰水。杯子是纯净的天蓝色，上面画了两只可爱的笑眼。安安静静的午后，窗外有徐徐的风，连汗湿的后背也显得清透起来。

桌上放着洗好的葡萄。

占薇笔直地坐着，一动不动地看着他。

"你怎么不吃？"叶雪城问。

"太少了，你先吃吧。"占薇盯着水果，模样呆呆的，"前几次你来的时候，吃得太多，妈妈还怀疑我来着。"

"怀疑？"

"她问我，是不是在房间里偷偷养了小狗。"

叶雪城差点被噎住。占薇说这话的时候，明明是很苦恼的样子，可那双灵动的大眼睛一眨一眨的，莫名让人想笑。

再仔细一回味，皱起了眉。自己居然被人怀疑是一个屁大的小姑娘偷偷养的宠物？

占薇像突然想起了什么似的，打断了他的思路，"对了，你帮了我这么多次，我都不知道怎么谢谢你。"

黑幽幽的眼睛里闪着光，脸上是认真的表情。

"要么我给你酬劳，好不好？"

他把葡萄扔进嘴里，开起了玩笑："我的酬劳很贵，你确定付得起？"

听到"很贵"两个字的时候，占薇有些不确定，可还是硬着头皮道："每年的压岁钱我都存起来了，应该够了。"

叶雪城的心情很好，"不如这样。"

占薇望着他。

"钱就不用了。"他勾了勾手指，"你把头伸过来。"

"干吗？"

叶雪城继续勾手。

也许是他正经的模样，轻易地赢得了占薇的信任。她稍稍犹豫，便把头伸了过来，怯生生的。

叶雪城一笑，做了一件很久之前就想做的事——他伸手在她的自然卷上揉了揉。

手指插进发丝的瞬间，触感是柔柔的，滑滑的，果然就像他想象得那样可爱。

占薇一惊，忙抬起头来。

叶雪城以为自己吓到她了，"怎么了？"

女生憋红了脸，十分焦急的样子，"你刚才修琴，洗手了没有呀！"

"没有。"

……

"骗你的。"

那天，叶雪城还鬼使神差地从占薇家拿走了一张照片。

占薇书桌的右上角堆了一堆资料，照片被很随意地放在了最上边。是某次外出时拍的。占薇站在镜头的中央，头上戴着个粉色的猫耳朵，她眯着眼笑着，脸上是鼓鼓的婴儿肥，白白嫩嫩的，让人喜欢得要命。

叶雪城趁她不注意，偷偷将照片塞进了口袋。

对于十八岁的叶雪城而言，十一岁的占薇就是一个萌物。那么柔柔软软的女生,说话的时候就像在给他挠痒痒,一想起来,心情也自然而然地好到不行。

可爱的东西,谁不想多揉一揉、捏一捏?

照片被叶雪城随手夹进了语文课本里。某天同桌好友程行知拿去翻阅,无意间看到了这张照片。

程行知指着照片上的小女孩,"这是谁?"

叶雪城没说话。

"没听说你有表妹啊?"

叶雪城懒得跟他废话,扔了句"是个童星",便一把拿过照片和错题本,妥帖地收进了书包里。

又相安无事地过了两个月。

某个午后,外面突然下起了暴雨。窗外的蝉鸣声被盖住了,风裹挟着潮热的空气涌进来。老师在黑板上写着习题的解答,教室里像被按下慢放键一般,沉重而缓慢。

叶雪城漫不经心地转着手里的笔,正神游着,突然注意到走廊上有个瘦小的身影。女生穿着小学部的校服,脸上有显而易见的稚嫩。

是占薇。

叶雪城对于占薇出现在自己教室外边,感到有点意外。只见她从窗边探着头,在教室里搜寻了一圈,亮晶晶的眼睛最后锁定在某个地方,透出轻松的模样。

她的目光甚至没有在叶雪城这边停留——看来找的不是他。

叶雪城支起下巴,透过窗户安静地打量着。大概是一个人闲得无聊,占薇在走廊上走过来又走过去,手里拎着的塑料袋里装了两把伞,一摇一晃的。

她足足等了二十分钟才下课。

前排的占菲走了出去。占薇将伞递到了姐姐手上,对方也不是多领情的神色,说了一两句,便转身回了教室。

叶雪城正出神,旁边传来程行知的声音。

"你都看了一节课了。"

叶雪城一愣。

"那个女生看起来有点眼熟。"程行知认真地想了想,"是你语文课本里夹的照片上的女生?"

……

"你上次还骗我是童星?"

叶雪城见那个身影消失在走廊后,没吱声,低下头继续做题。身边的人仍在叽叽歪歪:"我说城哥,事情严重了啊!你难道就是传说中的……萝莉控?"

叶雪城冷冷地看了好朋友一眼。

"你给我闭嘴。"

与占薇的交往,叶雪城自认为问心无愧。她给他提供舒缓心情的琴声,他做她的听众,为她修琴,是再公平不过的等价交换。

只是,自从摸过占薇的头发之后,叶雪城便对那柔软的鬈毛惦记上了。

占薇的自然卷是微鬈,软软的,却并不显得夸张,发丝很细。听说头发细的人都有包容的好脾气,这一点在占薇身上得到了印证。

渐渐地,一头短发长了些,到了齐肩的位置,衬托着她带婴儿肥的漂亮脸蛋,甜美里有淑女的气质。

叶雪城偶尔揉揉占薇的头发,她也不生气,只是嘟囔:"你别把它弄乱了呀。"

没多久,叶雪城给她取了一个外号,叫"小鬈毛"。

那天放学回家,她背着书包,正心无旁骛地走着。隐隐听到身后有人在叫"小鬈毛",她认出是叶雪城的声音,转过身来。

叶雪城大步追上,笑眼盈盈地看着她,"小鬈毛,你怎么这么晚才回来?"

事实上,占薇是因为没有及时交作业,放学后被老师罚打扫卫生了。可作为一个已经步入青春期的少女,敏感又脆弱的自尊心,让她羞于把这事直说出来。

她低着头,憋不住事,脸先红了。她支支吾吾了好半天,突然意识到哪里不对,"你为什么叫我小鬈毛?"

叶雪城笑,"因为你本来就是小鬈毛。"

"你别这么叫!"

叶雪城没搭理她,"小鬈毛""小鬈毛"叫得更欢了。占薇为此感到很苦恼。

由于叶雪城肉麻的绰号,再加上鬈发在同学中显得尤为突兀,上了初中后没多久,占薇便将一头得天独厚的微鬈拉得笔直。

到了年末,学校组织元旦会演,占薇负责给班里的芭蕾舞《天鹅湖》做钢琴伴奏。为了准备晚上的排练,她约叶雪城来家里听她弹琴。

像往常那样,叶雪城循着屋外的银杏树攀上了窗台。银杏树的枝干似乎又粗壮了一些,男生踩在上面时,已经没有两年前那般摇晃。

可等他一进屋,立马傻了眼。

他的"小鬈毛"不见了。占薇的头发变成了光滑黑亮的直发,为了晚上的排演,还认真地扎了个时髦的花苞头。

占薇懵懵懂懂的,对叶雪城微妙的情绪变化全然不察,殷勤地搬来舒适的躺椅,放在离钢琴两米开外的位置,又在一旁的小桌上放了杯冰橙汁。

许久之后,她才发现叶雪城一直在不动声色地打量自己。

"怎么了?"

叶雪城扬起下巴,"头发是怎么回事?"

占薇答:"之前不是总叫我鬈毛,觉得我的头发奇怪吗?我也觉得挺奇怪的,就去拉直了。"

叶雪城一愣,他什么时候说过她的头发奇怪了?

他心里突然有种气不打一处来,又无从发泄的感觉。结果面前的人还得意地晃了晃头上的"花苞","现在这样,是不是比以前好多了?"

叶雪城思忖着,过了会儿,朝占薇招招手,"你过来,让我仔细看看。"

"哦。"占薇老老实实地走近了,对他毫不设防。

叶雪城看着后脑勺上被盘成花苞一样的发髻,安静了几秒,突然伸手,将头顶的发髻抓了一把。

浑圆的花苞瞬间瘪了下来,

"你干什么呀?"占薇伸手摸了摸,果然发型被弄乱了。她倒也没生气,只是嘟囔着,"你知不知道……我花了一个早上才弄好的,又要重新扎了。"

叶雪城的恶趣味满足了,只是看着她笑。

黑色的直发留了大半年,直到占薇上初二后将头发剪短,才恢复了以往自然柔软的微鬈。

那一年，叶雪城在读大二，上的是姐姐占菲读的A大。两人报了不同的专业，占菲学的是金融，而叶雪城学的是计算机。因为上同一所大学这事，两人在高中同学间被狠传了一波八卦。

某次高中同学聚会，大家起哄，让高中这对闪瞎大家狗眼的男女坐在一起，试图让他们的关系有所突破。吃饭间，两人像普通朋友一般来往，可在旁人的眼里，这分明是欲盖弥彰。

那时的占菲是同龄女生中的佼佼者，好看的外表和优越的条件，让她从来不怎么费力，便可以得到自己想要的东西。在感情这事上，漂亮女生的骄矜让她从来没有主动过。

然而好感便是这样莫名其妙的东西，被起哄的时候多了，原本对叶雪城毫无想法的她，也开始在意起这个同样闪闪发光的男生。

所有人都说他们很般配，仔细一想，还真是。

吃完饭，大家准备散场的时候，她找到叶雪城，问他："要不要一起打车？"

两人的家在同一个院子，住得很近，提议一起回家显得理所当然。

叶雪城看了眼手机，答："不了，我跟程行知他们约好去网吧打游戏。"

占菲一愣，"那算了。"

在近旁围观了这一整出喜剧的程行知，听了自己好哥们儿的答复后，差点气得吐血。他朝叶雪城使眼色，试图告诉对方，这可能是叶雪城这位资深直男离爱情最近的一次。

叶雪城视而不见，揽着他的肩膀，"走吧，顾远问我们怎么还没到，他都开局了。"

后来程行知听说占菲去美国大学做交换生的事，对好友错过的机会表示痛心疾首，"城哥……我觉得你脑子可能有坑。"

叶雪城对着电脑，正在认真检查几个人合伙开发的程序代码，没搭理这个聒噪的家伙。

"上次菲姐约你一起打车，还有比这更明显的暗示吗？"

旁边的顾远抓了抓乱糟糟的头发，过来拍叶雪城的肩，"你来帮我看看这个bug。"

"好。"

程行知气得不行,明明他在关心对方的终身大事,好友们却把他当空气,真是交友不慎。

想了想,他放弃了这个话题,掏出前几天托人买到的足球赛门票,"对了,这周末有中韩友谊赛,我好不容易才弄到的,你们去不去?"

以前三人上高中的时候,在校足球队混过一段时间,对此有着浓厚的兴趣。顾远想都没想便回答:"去啊,当然去。"

程行知又看看叶雪城,踢了踢他的椅子脚,"城哥,你呢?"

"我不去。"

"不去?"程行知很惊讶。

叶雪城眼睛盯着屏幕,答:"得陪人过生日。"

"什么情况?"程行知似乎闻到了绯闻的味道,"男的女的?"

"是个小妹妹。"

程行知想了想,回忆起一些信息,"是之前你书里照片上的女孩……占菲的妹妹?"

叶雪城没回话。

"城哥……"程行知叽叽歪歪说个不停,"虽然咱们错过了菲姐,可也不能因为一己私欲,就对人家无辜的妹妹下毒手啊!"

"你无不无聊?"

"我无聊?"他想起来一件事,"几年前我们聚会时,你喝醉了,还问我如果喜欢小很多的女生怎么办。"

叶雪城喝酒后便不记事,他完全不知道有这一出。

"真的,不信你问阿远。"

旁边的顾远客观地点点头。

"我开玩笑问难道是小学生,你特理直气壮地告诉我,人家马上要上初中了。"

叶雪城表示怀疑,应道:"只是妹妹而已。"

"……妹妹又不是不能变成女朋友?"

结果好朋友的声音突然冷了下来,"说你和你妹谈恋爱,听了是什么感觉?能不能不恶心人?"

言毕，他懒得跟程行知废话，起身去了洗手间。

程行知站在原地，有苦难言。说喜欢小姑娘的人又不是他，怎么成他恶心人了？

占薇的生日是二月的末尾，恰巧父母赴外地查看地产项目，姐姐在美国交换，家里只剩下她一个人。某次弹琴的时候，占薇向叶雪城无意间提起这事，对方很爽快地答应陪她庆祝生日。

到了这天傍晚，占薇在家里安安分分地等着。墙上的挂钟已经快指向六点了，外卖放在桌上都快凉了。天色暗了下来，客厅显得尤为空旷。

占薇忍不住开始胡思乱想，他这个时候还没出现，自己是被爽约了吗？

淡淡的失落感涌上心头，但她还没来得及伤感，门铃便响了。占薇开门，看见叶雪城站在外面。

男人足足比她高出一个头，丰神俊朗的脸上带着笑意，神采奕奕地看着她。那张温和好看的脸，一时让人移不开眼睛。

"我来晚了，抱歉。"

占薇领着叶雪城进来，她留意到叶雪城背着鼓鼓的书包，手里除蛋糕之外，还拿了装着吉他的琴袋。

那一瞬间，她脑袋里的想法是，他也开始玩吉他了吗？

直到吃完饭，叶雪城把东西拿出来，占薇才知道是怎么回事。原木色的琴箱，黑色的琴头，看起来是最普通最廉价的那种。琴钮是换过的，琴身的侧面有一条极细的裂缝，应该不影响使用。占薇没多久便认了出来，这是很久以前被妈妈从楼上扔下来的那把吉他。

也是占薇有生以来拥有的第一把吉他。

对于"第一次"，人总是有着很特别的感情。当初吉他被砸坏后扔进垃圾箱，占薇难过了很久。她从叶雪城手里接过吉他，手轻轻地抚着琴弦，满脸不可置信。

"这是……"

叶雪城解释："那次你那么伤心，回去的路上我恰好看见了，把它收了起来。"

占薇的目光在琴上流连，"可是，它不是已经坏了吗？"

"嗯，我修好了。"

"你修的?"

占薇感到错愕,抬起眼来,目光正好对上叶雪城黝黑的眼睛。他的眼眸里带着温柔的浅笑,却并没有邀功的意思。

他把吉他重新装进琴袋,放在一旁,又从书包里掏出一个纸袋,递给占薇,"对了,这是给你的生日礼物。"

占薇一愣,白净的脸颊鼓鼓的,对接二连三的惊喜有些消化不了。

"还有礼物吗?"她眨了眨眼睛,望着他,"我以为……吉他就是礼物。"

"吉他本来就是你的,那只能叫物归原主。"

话是这么说,但好像哪里不对。

占薇把叶雪城递过来的纸袋抱在怀里,感激得不知道该说什么才好。叶雪城朝纸袋扬了扬下巴,"不想看看里面是什么吗?"

"对哦。"占薇被欣喜冲昏了头,过了一会儿,才小心翼翼地打开礼物袋。里面放着几张CD,是自己一直很喜欢的钢琴家Derrick的个人专辑。

专辑一共有五本,最近的发行日期是七年前。因为CD被使用得越来越少的缘故,已经很难在市面上买到Derrick专辑的原版。可作为从学钢琴起就喜欢Derrick的粉丝,占薇一直都想收集偶像的音乐全集。

幸福来得太突然,占薇有些恍惚,"这全是送给我的?"

"嗯。"

"你是怎么找到的?"

叶雪城看着她笑,"保密。"

占薇的心激荡着,不知不觉间,柔软又模糊的情绪悄然生长。

吃完晚饭,叶雪城在蛋糕上点上蜡烛,起身关掉了头顶的灯。周围暗下来,空气温柔又安静。

叶雪城坐在占薇对面,火光映在他年轻英俊的脸上,整个人都好像在发光。他轻声为她唱起了生日歌。

叶雪城的声音是优雅的男低音,音色清润、纯正,十分悦耳,可听他唱完两句后,占薇发现有哪里不对——不能更简单的旋律,十二个音符,至少有六个走了调。天生乐感极佳的她,完全无法想象,有人连唱生日歌都会跑调。

叶雪城意识到她的异样,停了下来,"你怎么不唱?"

她深深吸了一口气,笑着道:"嗯,一起唱。"

唱完生日歌,又将蜡烛吹灭,叶雪城重新打开了灯。占薇坐着,回想起他刚才的模样,终于笑出了声。

叶雪城的脸色有些尴尬,严肃地对她说:"别笑!"

可占薇根本停不下来。

那个常常听音乐、会修钢琴,偶尔还对她的即兴发挥给出意见的男生,竟然连唱生日歌都唱不好。这简直是占薇经历过的最可笑的事了。

叶雪城的耳朵尖儿渐渐红了起来,坦白道:"我唱歌……有点跑调。"

说有点,似乎太客气了些。

占薇笑眯眯地看着他,"是有点。"

叶雪城的耳朵更红了。

占薇的心柔软得跟快化了似的。她想了想,问他:"你以前不是告诉我,你学过钢琴吗?"

叶雪城没接话。他是学过钢琴,可因为天分实在太差,只上了一个月的钢琴课便放弃了。

"你之前天天听我弹琴,我还以为你喜欢音乐呢。"

"是喜欢。"叶雪城道。

只是,他不是喜欢音乐才听她弹琴;而是因为弹琴的是她,他才会想要去听。

不知道为什么,那些原本他以为平淡无奇的事物,一旦跟她有关,都变得可爱了起来。

拿回了吉他的占薇既开心又苦恼,开心的是自己除了弹钢琴,又有了新的乐趣;苦恼的是,吉他体型太大,放在哪儿都过于显眼。如果被妈妈发现了,也不知道会引发什么后果。

她思前想后,将吉他塞在了衣柜里面,用衣服严严实实地遮挡住。

平日里,她不敢过于张扬,只有一个人在家时才满心期待地拿出吉他,弹上一两曲。用钢琴和用吉他的体验是不同的,钢琴灵动而丰富,吉他轻快而活泼,在占薇的心里,它们很难分出高下,却又彼此无法取代。

占薇花了两个月的时间,将巴赫的《爱的协奏曲》改编成了吉他简谱。指法趋于熟练后,一直想着跟叶雪城分享。可还没等到那天,妈妈便发现了她的吉他。

是母亲帮她整理衣柜时,意外看到的,原本和谐的家庭气氛,突然爆出了蘑菇云。

"我说,你把我的话当成耳边风了是不是?"母亲的语气咄咄逼人。

占薇看见了她左手提着的琴袋,脑子有些蒙。

"不是跟你说过,你要收心学习。你倒好,吉他给你扔了,又捡回来。你看看你期末才考了多少分?"

占薇怯弱地辩解:"我这次考了班里的十二名。"

"十二名?十二名你还长脸了?"妈妈一脸恨铁不成钢,"你姐姐在你这个年纪,每次都是年级第一。"

占薇低着头,没说话。

"真是一点也不知道上进,成绩不好,还不把心思放在正途上,你到底有没有一点羞耻心?"

妈妈的语气十分严厉,占薇心里觉得委屈,只好一声不吭。

"这说起来也怪我,你分心这事,我早应该重视。"妈妈叹了口气,"正好你二姨家的妹妹准备学钢琴,你这架钢琴就送给她吧。"

占薇一听,情绪变得激动起来,"妈妈!"

妈妈道:"我不是没有给过你机会。"

说完,她便离开了占薇的房间,重重地将门关上了。

几天之后,当搬钢琴的工人上门时,占薇才知道妈妈这次动了真格。黑色的钢琴已经被挪上了搬家的货车,占薇看看钢琴,又看看站在屋门外冷着脸的母亲,脑子有些蒙。

过了一会儿,她几乎是带着哭腔找开车的司机,"叔叔,你不要把钢琴带走好不好?"

司机被可爱的小女孩恳求,有些心软,但是下一秒女主人冷冷的声音传来:"别理她。"

直到钢琴被运走,占薇还感觉这一切不像是真的。

晚上七点半,叶雪城和刚从公司开完会的父母一起吃饭时,听说了占薇的钢琴一事。叶妈妈一边夹菜,一边不经意道:"占家那个小姑娘,平时看起来多乖巧懂事,听说今天她妈把钢琴送了人,小姑娘晚饭都没吃,一个人跑了出去,都两三个小时了,也没联系上。"

"真的?"叶爸爸应声,"是占菲,还是占薇?"

"占薇,就是你上次说看着可爱的妹妹。"叶妈妈继续道,"她妈也挺着急的,还给我打了电话,让我托关系找找。"

两人你一言我一语地说着别人家的八卦,突然听到咣当一声,一直安静吃饭的儿子放下了手里的饭碗。

叶妈妈见叶雪城不声不响地起了身,有些不解,"你这是干什么?"

"妈,我得出去一趟。"

"你这孩子,才吃了几口,至少把晚饭吃完吧!"叶妈妈道,"到底是什么事,这么火急火燎的?"

叶雪城拿起挂在一旁的大衣,"急事。"

然后,他头也不回地出了门。

直到冷风吹过来,叶雪城的脑子里还有些空白。他试图回忆母亲刚才的话:钢琴被送人,和家里闹翻,失联三小时。占薇脾气那么好,想必在离家的那刻,一定非常伤心吧。

他试图拨占薇的电话,却发现她已经关机了。

叶雪城感觉自己的心空荡荡的。原来对占薇,除她的琴声以外,他一无所知,又毫无头绪。

天已经黑了,飘起了毛毛细雨,料峭的春寒里带着湿气。

叶雪城踩着他的自行车出了小区,先是去占薇的学校找了一圈。周六的夜晚,校园里一个人影都没有。他站在教学楼前的广场上,叫了几声占薇的名字,冰冷的空气里荡漾着他的回声。他又辗转去了周围的公园、图书馆以及占薇跟他提过的奶茶店,都一无所获。

最后,他是在剧院外的台阶上发现占薇的。

今晚交响乐团在演出。表演已经开始了,外面冷冷清清的,占薇一个人坐在右边的台阶上,小小的身影显得格外孤寂。

昏黄的路灯照在头顶,细雨落下的痕迹变得清晰起来。叶雪城停下自行车,慢慢走近她。直到他落在地上的影子将占薇完全覆盖,她才抬起头来。

她被冻得通红的小脸上闪过意外的神色,却很快恢复了平静。

叶雪城开口问:"怎么不接我电话?"

占薇张了张嘴,脸上委屈,却欲言又止。

"你妈妈找不到你,很担心。"

她呆呆地看着他,黑色的大眼睛在这蒙蒙细雨中带着柔情。

叶雪城想,她不是被冻傻了吧?他皱了皱眉,将黑色的外套脱下,披在了她的身上,朝她伸出手,"回家吧!"

占薇的鼻尖有些发酸,她点点头,"好。"

回去的路上,占薇坐在叶雪城自行车的后座上。夜风很凉,寒意被叶雪城的外套挡去了一些,衬里还带着男生体温的余热。

这是占薇第一次离叶雪城这么近。他就在她的眼前,后背很宽阔,是坚毅又让人有安全感的弧线。

身上还有清淡好闻的香味。

晚上十点,自行车穿过离家不远的林荫大道,路上一个人也没有,能听见细雨拍打树叶的声音。

明黄的灯光将空气染上了香槟色。

叶雪城踩着踏板,感受着身后人的动静,许久后,问道:"钢琴送人了?"

"嗯。"她很低地应了声。

他没说话,事实上,也不知道该讲些什么来安慰她。

"对不起,以后不能弹琴给你听了。"

即便是那么伤心的时刻,她还在向他道歉。他的心不知道为什么,紧紧地揪成了一团。

她双手小心翼翼地拉着他的衣角,连呼吸都是轻轻的。即使没有看见,叶雪城都能想象,那是多么招人疼的模样。

他故作轻松地开玩笑:"如果难过的话,我可以借肩膀让你靠一靠。"

她却问:"真的?"

"嗯。"

"那我借一下,就一下。"

说完,她小小软软的身体靠了上来,倚在他坚硬的后背上。

不知不觉间,叶雪城放慢了踩自行车的动作。

早春夜色微寒,周围一片安静。而此时他却希望这段路长一些,再长一些。

那晚的"出走"之后,妈妈将占薇关了一个星期的禁闭。

整整一个星期的时间里,叶雪城既没有见到占薇,也没有再听到她的琴声。明明是无关紧要的人和事,日子却莫名地变得煎熬起来。

然后,一直以来睡眠不佳的叶雪城,再次陷入了失眠的困扰中。

都说大脑聪慧的人,需要的睡眠时间比常人更少。叶雪城不仅睡觉的时间少,睡眠质量也非常不乐观。他的睡眠极浅,常常半夜不小心醒过来,一两个小时辗转反侧后才能安睡。

认识占薇的这几年,每晚有她舒缓的琴声做伴,让他亚健康的睡眠状态改善了不少。听了琴声的夜里,他也能躺在床上,闭眼便入睡,一觉到天明。

可占薇的钢琴被送人后的半个月,失眠的问题再次困扰了他。

一开始是入睡时间比平时晚了一些,到后来情况渐渐变得严重了。他开始做些奇奇怪怪的梦,偶尔半夜惊醒,也久久不能再次入眠;又或者会早醒,刚过四点,便难以再次入睡。

一段时间下来,他不堪其扰,于是做了个重要的决定。

那天中午,几个好朋友一起吃饭时,程行知看到叶雪城盘子里的菜——清炒豆芽、四季豆肉末,清清淡淡,完全勾不起食欲。他忍不住问:"城哥,最近怎么回事,开始吃素了啊?"

叶雪城没接话。

"你不是肉食动物吗?以前三个荤菜都满足不了你的肉欲。"

旁边的顾远也看过来,"城哥最近清心寡欲,只要给他一张食堂的饭卡,他就可以在学校安度余生。"

"不正常。"程行知担忧地看着好友,很认真地问,"城哥,不会是……你家破产了吧?"

叶雪城道:"滚。"

"不然为什么这么抠抠搜搜的?"

他放下筷子,解答了程行知和顾远的疑问,"我最近在省钱。"

程行知喝了口可乐,"我们仨里边,就你最有钱,有什么事得让你费这么大劲儿?"

"准备买个大件。"

"大件？"

"我想买钢琴。"

程行知听了，下一秒把口里的水全喷了出来。

叶雪城和顾远、程行知从上初中便认识，三人做了六年中学同窗，外加三年大学校友，对于彼此的了解非同一般。

叶雪城在人前从来没有唱过歌，一切与音乐有关的活动也是能避则避。这事让平日爱管闲事的程行知心中生疑。后来在一次朋友聚会上，叶雪城喝高了，跟着大家清唱了几句，程行知才知道了事情的真相。

自己这个看上去完美无缺的好哥们儿，竟然五音不全。

看来上天果然是公平的。

而这样一个在音乐方面毫无造诣的人，居然决定在二十岁"高龄"时买架钢琴——程行知听了，有种被雷劈的感觉。

他呵呵一笑，"……你开心就好。"

那时候叶雪城开始在学校老师的实验室里帮忙，有了一两个创业项目。平时的存款，大多投进了和程行知、顾远的项目里。一个月后，所得收益加上一些理财所得，终于足够让他买下一台二手钢琴。

钢琴被放在已经空置一段时间的旧房子里，房子少有人来，也可以让占薇弹琴时免受打扰。

距离上次见面一个月后，他给占薇发去短信。

"最近忙不忙？"

看到叶雪城的信息，占薇是欣喜的，"还好，不过要准备期中考试了。"

"这周末有空？"

"嗯，你有事吗？"

"想带你看一件东西。"

第七章
两个人的秘密花园

到了约定的那天下午,占薇在说好的树下等着。许久未见,她出落得更窈窕动人了,皮肤白皙红润,身材有了少女的曲线。眼睛还是那样楚楚动人,盈盈的眸子像盛满柔情的春水。

见到叶雪城的时候,她的眼里漫出了笑意。

男生将自行车停在她的面前。车是经常骑的那辆,后座上放了个与酷炫的车身极其不搭的小坐垫。

"上来。"

"哦。"

占薇爬上了他的后座,小心翼翼地坐着。因为担心逾矩,她的两只手拘谨地拉着他的一小块衣角。

他又道:"抓稳了?"

"嗯嗯。"

"抓着我的腰。"

占薇听了,脸莫名一红,手落在叶雪城两侧的腰肌上。男生看起来清瘦,摸起来却十分结实。占薇这一刻才知道,原来男生的肌肉这么硬。

"好了?"

"好了。"

叶雪城踩着踏板往前驶去。

自行车离开了小区,沿着林荫大道一路往南。风吹在耳边,带着呼啦啦的低音,阳光暖暖地落在他们身上。

拐了几个弯,穿过低矮的小巷和热闹的街区,最后他们来到一座老旧的砖红色楼房前。

叶雪城将自行车停好,领着占薇进了屋。

"这是哪儿?"她问。

屋子里是古旧精致的红木家具,上面落了淡淡的灰。客厅的角落里,还放了架二十世纪早年盛行的留声机。

"是我奶奶的家。"叶雪城道,"奶奶过世后,这屋一直空着。"

占薇往四周看了看,南边的位置开了扇巨大的窗户,窗帘拉上一半,灿烂的阳光从玻璃窗上照进来。

"所以,你带我来这儿是……"

叶雪城一笑,"你跟我来。"

占薇不明所以,懵懵懂懂地跟着叶雪城顺着木质楼梯,上到了二楼。光线比一楼更加明亮了些,楼梯正对着宽敞的大厅,房间的落地窗外是一个小露台。

大厅的左边是一排沙发,右边放着架棕褐色的钢琴。

占薇疑惑地看着身边的人。

叶雪城笑,"你不是一直想找个地方弹琴吗?"

她点点头。

"觉得这里怎么样?"

占薇一愣,脸上露出惊喜,"我……可以在这里弹吗?"

"嗯。"叶雪城道,"不过,有条件。"

"条件?"

"你得弹给我听。"

占薇看着面前的叶雪城,男生的轮廓融在绚烂的阳光里。不知道是因为可以继续弹琴的快乐,还是因为他,她整个人都陷在深深的愉悦里。

她的脸颊热得不像话,心脏撞击着胸膛,大脑里一片空白。这感觉就像是生病了——让心跳变得很快很快的病。

迟钝的占薇直到那时候才发现,自己对叶雪城的感觉发生了变化。

少女的初次心动,温柔又腼腆,一举一动都小心翼翼的。每次相见后,心绪百转千回。

真是应了那句话,怕他知道,又怕他不知道。

因为占薇要准备高中入学考试,两人约好每周一聚,时间就定在周日下午。两层楼的小洋房里空荡荡的,是属于他们的天地。占薇弹着琴,叶雪城则悠闲地躺在一旁的沙发上,闭目养神。

偶尔他也会跟她聊两句。

"你钢琴弹得挺好的,家里人为什么不让你正儿八经地学琴?"

占薇琴键上的手指停歇下来,"有很多原因吧。"

"很多?"

"嗯。"占薇认认真真地回答,"我妈妈以前是歌手……"

叶雪城听着。

"之前唱歌的那段时间,有过很不愉快的经历。她觉得音乐圈太复杂,我不太适合在这一行待着。

"姐姐也经常说我弹得乱七八糟,是在制造噪声。

"如果不是你喜欢听我弹琴,我可能早就不会弹了。"

叶雪城看着她,"原来我们的小鬈毛这么不容易?"

占薇脸一热,"都说了别叫我小鬈毛。"

更晚一点,叶雪城听着她的琴声,不知不觉地睡着了。

已经接近傍晚,橘红色的光从窗棂照进来。他安静地闭着眼,呼吸声安详又平和。钢琴声回荡在空旷的房间里,显得尤为安静。

占薇渐渐停下了手指上的动作,起身走到沙发前,不声不响地端详着叶雪城。

此时的他,已经陷入了深睡。嘴角的弧度微微弯着,带着笑意,不知道是不是做了个好梦。

这是占薇第一次那么近地看他的脸。

两人的距离不足半米,男生年轻英俊的脸上,每一个细节都看得分明。

像他的名字一样,他的皮肤是纯净无瑕的白。眼尾微微上扬,透着英气,鼻子和下巴的弧线是恰到好处的硬朗。

占薇忍不住想,他怎么长得这么好看,好看到让她舍不得移开眼睛。

心里的温柔像要溢出来了似的。心动的感觉慢慢地滋生,让人忍不住想要倾诉。

一时间,柔软的心情激荡出了甜蜜的旋律。她回到琴凳上,闭上眼睛冥想着,手指落在琴键上,弹出了那些她想要说的话。

都说音乐是人类共同的语言。用音乐承载的心意,也一定可以被他听见吧?

那是占薇第一次为男生写歌,回到家后,还正儿八经地为此填了词。

她没经过科班训练,作曲、作词的技巧十分粗糙。为爱慕的人写下的旋律,生涩而稚嫩。后来自己回想起来,都羞于启齿。

"你那么美好,
笑起来像羽毛,
在我心上撩。"

某次忘情时,她不小心将这首歌一边弹着,一边哼唱了出来。
旁边的叶雪城问:"这歌以前没听你弹过。"
"是我自己随便写的。"
叶雪城有些诧异,"你还会写歌?"
占薇没吱声。
叶雪城走近,拨弄着她的鬓发,"你神奇的小脑袋里,到底装了什么?"
占薇感到难为情,"这首曲子好听吗?"
"很好听。"
"真的?"
"真的。"
占薇看着叶雪城认真的表情,眼睛像月牙一样眯着笑起来。
她像是受到了鼓舞,自己找来了作曲的资料,学着写歌,创作的冲动一发不可收拾。跟叶雪城见面后,欣喜又纠结的少女情怀,常常会在她的脑海里幻化成丰富多彩的旋律。

每一首歌,她都认真填了词,像写日记似的,开心和不开心,喜欢和不喜欢,统统都隐藏在了音乐里。

他是她少女心的第一位听众,也是唯一的。

占薇上高一的时候,叶雪城在读大四,买了人生中第一辆属于自己的车。那时候,他和程行知、顾远开发的人工智能程序已经引起投资人的关注,每天忙到脚不沾地。可无论学习和工作多忙,他和占薇周日下午听琴的约定,从未变过。

这天,他开着车赴约时,意外看见占薇身边站了个同龄的男生。

男生穿了校服,剃着短短的寸头,一脸的青春稚嫩。占薇站在那儿看手表,他便帮她撑着雨伞,时不时贼眉鼠眼地打量着身边的人。

大概是过了放学时间,马路上的行人稀稀落落的,一男一女同撑一把伞的情景,显得突兀又刺眼。

叶雪城将车精准地停到了占薇的面前,按了声喇叭。

占薇被吓了一跳,过了会儿发现是叶雪城,有些惊喜,"你来了?"

男生则警惕地看着叶雪城,像是面对不善的来者。

叶雪城走近,问占薇:"吃饭了?"

占薇摇摇头。

"那我们先去吃饭。"

"好。"占薇转过身,对身边的同学道,"我走了,伞我暂时不需要,你先拿着。"

男生点头,"谢谢,我明天还给你。"

两人坐在车上,叶雪城想起刚才的场景,突然有些不是滋味,但连他自己都不知道问题究竟出在哪儿。

车开了一段路,他问身旁的人:"刚才的男生是怎么回事?"

占薇一笑,"他是班上的同学。一起等车的时候,他没带伞,就让他跟我共用一会儿。"

叶雪城冷笑了一声。现在的小屁孩心眼多,比如就借伞这事,一借一还下来,就创造了两次打交道的机会。

男人最了解男人。凭着刚才那男生看占薇的眼神,他还能不知道那小子在打什么主意吗?

他拐着弯问占薇:"你们班里……有没有跟你关系好的异性朋友?"

占薇摇摇头。

"同桌呢?"

"同桌是女生。"占薇如实作答。

叶雪城一笑,叮嘱她:"记住,不要早恋。"

直到隔天课间男生过来还伞时,占薇还在琢磨叶雪城那句"不要早恋"的深意。

陷入感情泥潭的人,总是容易草木皆兵。占薇摸不着叶雪城的意思,不免胡思乱想。

还伞的男生见她蔫蔫的,顿了顿,将伞递过去,"谢谢你。"

"不用谢。"占薇无精打采的。

男生继续搭话,"昨天那位是谁?"

"嗯?"

"就是开车来接你的那位。"

占薇一愣,关于她和叶雪城的关系,连她自己都不知道怎么去界定。

她随口答道:"是哥哥。"

"你哥看起来很凶。"

"是吗?"占薇支着下巴,喃喃着,"唉,其实……他是一个很好的人。"

如果非要说有什么让人不满,那大概就是他太好了,好得好像不属于自己。

叶雪城已经步入大四,虽然对于占薇而言,大学生活是遥远而模糊的存在,可她也隐隐知道,他到了人生的十字路口。

那天在家里吃饭,姐姐占菲也从学校回来了。吃饭过半,妈妈韩汐突然问起姐姐毕业后的打算:"菲菲,你之前说的留学准备得怎么样了?"

"已经联系了几家学校。"占菲答,"下个星期会和哈佛那边的导师视频面试。"

一家人聊了几句，话题又落到了占薇这边。

"占薇，你看看你姐，人家申请的是顶尖名校；你再看看你自己，期中考试才考了多少名！"

占薇低着头吃饭，有些郁闷。自从上了高中，原本不上不下的成绩有了下降的趋势。

"你有空要多向你姐姐学习，知道吗？"

"哦。"占薇应着。

妈妈又看向占菲，"去哈佛大学挺好的。哈佛在波士顿吧？上次我跟隔壁叶家的妈妈聊天，他们家叶雪城也准备报那边的学校。"

"是吗？"

"他申请的是麻省理工。你们从小一起长大，到了一个地方，也可以相互照应。"

占菲笑了笑，"我还不一定去呢。"

吃完饭，占薇回到自己的房间，想着妈妈在席间说的话，心绪难平。

如果叶雪城真的要去波士顿读书，这也不知道会离开多久。一想到自己有可能在未来的很长时间都见不到他，占薇的心里一阵失落。

她给他发去短信："你准备留学？"

没多久，叶雪城打电话过来。

"怎么了？"

占薇将手机握得紧紧的，"今天吃饭的时候，听妈妈说你准备去国外读书……"

叶雪城听出声音里的不舍，故意逗她："那你觉得好，还是不好？"

占薇想了想，"姐姐也准备申请去波士顿的学校，你是因为她才报那儿的吗？"

叶雪城听了，失笑道："你在想什么呢？"

"嗯？"

"因为她？"

"你不是……喜欢她吗？"

"我喜欢她？"叶雪城错愕，"什么时候的事？"

"你自己说的。"占薇的声音低低的,"很久以前。我问你是不是追求我姐失败了,你还承认了。"

"有吗?"

占薇看他态度含糊,突然意识到揭人疮疤的举动不妥,索性闭了嘴。沉默了一会儿,她换了个话题:"你去了美国以后,记得给我寄明信片。"

"谁说我要去美国?"见话题越扯越没边,叶雪城适时打断她,"我最近闲着,看身边的朋友在申请,顺便试试。"

"所以,你不去留学?"

"嗯,毕业之后,我打算在国内创业,哪儿也不去。"

听了叶雪城的回答,占薇悬着的心便放了下来。那天晚上,她睡得特别安稳,做了个很美的梦。

梦里,占薇已经长成大人,叶雪城也比现在年长一些。两人住一幢两层的小洋房,门前的院子里有一棵高大的银杏树,叶子金灿灿地铺了一地。

院子里有个两三岁的小男孩在跑。过了会儿,男孩摔在地上,坐在一旁听琴的叶雪城赶去哄小孩。占薇听见那男孩叫叶雪城爸爸。

叶雪城将孩子抱了进来,孩子见了占薇,又朝她伸手,"妈妈抱。"

占薇的心突突地跳着。

叶雪城见占薇有些木然,回头道:"快过来,孩子叫你呢!"

孩子?

那小屁孩,是她和叶雪城的孩子?

占薇一个激灵,从梦里醒了过来。

她睁开眼睛的时候,周围是一片黑暗,凌晨的冷空气正从窗外袭来。她感受着自己脸上的热度,狂烈的心跳一直在继续。

第一次经历这样模糊又美好的情感,占薇不知道如何是好。只希望自己可以快一点长大,然后可以离他更近一点。

每周日的约会,成了占薇压抑又沉闷的生活里唯一的期待。她以为只要这样一直走下去,细水长流,便可以走到她想要的终点。

让她意外的是,那个夏天,叶家出了大事。

叶家最初以通信业务起家,早几年将公司业务拓展到了非洲。几年前,由叶爸爸和叶妈妈牵头,参与了协助津巴布韦通信基站的修建工作。作为公司的董事和项目的第一负责人,夫妇俩访问非洲的次数日渐频繁。

津巴布韦发生局势动荡的时候,叶家父母恰好在通信基站视察。大量军队涌入首都哈拉雷,国营电视台被占据,紧接着,市区内发生了接二连三的爆炸。

占薇再次听到叶家父母的消息时,他们已经成了爆炸事件的遇难者。

事发之后,她有好几天没见到叶雪城,只知道他去非洲处理父母的后事。母亲韩汐跟叶妈妈有交情,在他回国后去探望过一次。

这天吃晚餐时,母亲和父亲说起他们家的境况。

"原本好好的家,现在冷冷清清的。"韩汐道,"叶家那孩子也是可怜,才那么年轻,就剩下他一个人了。"

父亲感叹着:"这也没办法,各人有各人的命。"

占薇听后,心里不是滋味。更晚一点,她给他打去电话,却很快被挂断了。

她忍着对叶雪城的思念,怕给他带去打扰,一直旁敲侧击地打听着关于他的消息。直到叶雪城家出事一周后,她听说他病倒了,脑海里的那根弦终于断了。

她去医院看他。单人间的病房里,叶雪城躺在白色病床上,手上打着点滴,闭着眼睛,面色苍白,看上去毫无生气。

占薇轻轻叫他的名字:"叶雪城。"

他的眼皮动了动,却没有睁开。

她凑近了些,语气柔柔的,"是我,我来看你了!"

比起从前光芒万丈、闪耀得让人睁不开眼的模样,此时的他,好像是被人彻底抽去了精气,死气沉沉的。

虽然叶雪城的父母在家的时间极少,可家庭氛围和谐融洽,父母的存在给了他不少精神上的支持和依靠。占薇当然理解,父母的意外过世,给了他多么沉重的打击。

她的心难受得厉害。

"前几天给你打电话,你都挂断了。"她说,"我知道你在忙,所以不敢再打扰你。"

"我想，等你忙完这段时间，再来找你好了。"

"可是你一点儿也不让人省心，还生病了。"她继续絮絮叨叨地说，"我很担心你，也很想你。"

他仍闭着眼睛，不说话。

"……我是不是很吵？

"如果你想休息，那我先回家好了。

"对了，刚才护士让我给你量体温，她说你之前在发烧……"

占薇轻轻吸了口气，将他病号服胸前的纽扣解开两颗，露出坚实的胸。她转身拿出一旁的水银温度计，放在他的腋下。

"你要记得看体温，知道吗？

"明天我会再来。"

因为是暑假，占薇的时间很充裕。妈妈也心疼叶雪城的遭遇，时不时让占薇带上自己做的营养粥送去。可占薇一连出现了好几天，叶雪城也没有和她说过一句话。

更多的时候，都是她一个人絮絮叨叨地说，偶尔也会给他唱歌听。他像个木偶一般不言不语，时常会睁开眼睛，用深邃的目光打量着她。

即便交流贫乏，占薇也并不是一无所获。他沉默的时候，她便拉着他的手，光明正大地拉着，感受着他手心里的温度。

一转眼，便要开始暑期补课了。那天她告诉他："明天，我可能不会再来了。"

"我在你这儿待这么久，你是不是嫌我烦？

"我也觉得自己挺烦人的。"

叶雪城仍然安安静静的。占薇的心里有点失落，她松开他的手，却发现他正紧紧地抓着她，修长的手指一点一点地摸索着，渐渐把她的手攥进掌心里。

"为什么？"声音里带着大病初愈的沙哑。

占薇听到他的声音，有些意外。

"以后为什么不来？"

"学校准备补课了……"占薇看着他,"而且,你不是不理我吗?"

"不是不理你,是害怕。"

"害怕?"他怕什么?

他的声音低沉,眼神像大海一样深邃,"害怕一听到你的声音,会忍不住哭出来。"

人在年少时,父母是信仰和依靠。那种失去信仰和依靠的感觉,占薇虽然没经历过,可想想就知道,定如炼狱般难受。

所以,他的心情,她怎么会不懂呢?

她那么心疼他,就连他因为情绪崩溃表现出的冷漠和无视,都令她几近落泪。

如果她可以保护他就好了。

叶雪城出院后,住回了那间空荡荡的屋子。经历了家庭巨变,原本阳光开朗的男人突然陷入了阴霾,开始整夜整夜地失眠。

头顶的阴霾太重,连空气里都充满了压抑。一段时间后,他知道好朋友顾远和程行知准备留学,已经拿到了麻省理工 Offer 的叶雪城,决定换个环境,开始新的生活。

占薇是从妈妈口中听说叶雪城准备赴美留学一事的。

那天,妈妈正在帮姐姐收拾行李,随口道:"叶雪城那孩子是哪天出发?你们一起过去,也正好有个照应。"

"我比他晚两天坐飞机。"

"怎么不订和他一个班次的?我觉得那孩子挺好的,看上去是个可靠的人。"

占菲听了,只是笑了笑。

一旁的占薇有些蒙。她给叶雪城打电话,求证留学的事,对方给了她肯定的答复。

占薇也不知道是该为他高兴,还是该为自己失落。她说了几句恭喜的客套话,忍不住问:"之前你不是说毕业后会留在国内吗?"

"嗯。"他应着,"不过人是会变的。"

她理解他遭受过的重击,也理解他睹物思人的煎熬。可当知道他即将远行，彻底远离她的生活时，还是感到难过。

一想到很久很久都无法见到他，连呼吸都是痛的。

于是，占薇干了一件特疯狂的事。

八月底，距离开学还有半个月的光景，即将步入高二的占薇拉着她的行李箱，带着提前办好的旅游签证，还有飞往波士顿的机票，来到了机场。

认识叶雪城以前的她，胆小、软弱、自卑，是这个男人一点一点入侵她的世界，给她带去阳光，才能让她做自己喜欢的事，渐渐成为那个她喜欢的自己。

那个男人给她带来的勇气，让她自己都感到意外。

叶雪城的飞机是晚上八点，她决定跟他一起离开。

过了安检和海关，占薇来到了候机厅。旅客并不多，宽敞的大厅里显得有些空荡。外面是偌大的落地玻璃窗，硕大的飞机在停机坪上缓缓前行。傍晚的阳光照进来，晃眼得厉害。

许久之后，一个高大的身影站在她的面前，语气里带着不敢置信，"占薇？"

她抬头，看见叶雪城站在眼前。他穿了件浅色的衬衫，一头短发显得很精神，黯淡的目光打量着她，还是那副俊朗又迷人的模样。

占薇看到这个住在自己心尖尖上的人，站了起来，一时也不知道该说什么话，只好腼腆地笑着。

他又问："你为什么会在这里？"

"我想和你一起去美国。"

叶雪城一顿，看着她的目光中，有浓得化不开的雾。

占薇解释道："你一个人过去，我很担心你……"

担心他在异国他乡水土不服，担心他孤独得夜不能寐，担心他继续沉浸在自怨自艾的情绪里。

人一旦跟儿女情长有牵扯，总是会小心翼翼，又患得患失。

叶雪城看了她许久，才低低地问："你知道你在干什么？

"你这样跑出来，家里人知道吗？

"你考虑过后果没有？"

一连串的发问,让占薇愣在原地。

"可是……"占薇低下头,声音变得很轻,"我想和你在一起。"

这念头十分强烈,强烈到如果没有见到他,一切对她而言都是没有意义的。

空气安静了下来。

他深深地看着她,一直萦绕在心里的感觉,突然有了确切的答案。他右手捏紧了拳头,一秒、两秒……直到拳头泛白,才无力地松开。

"你跟我去美国,然后呢?"

他的声音好像不是他自己的。"你上学怎么办?家里的人都不管了?你喜欢的音乐……也打算放弃吗?"

占薇看着他,一时间哑口无言。

看着他不近人情的眼神,占薇的心像被利器割了一下,火辣辣的。她的眼睛一酸,泪水涌了上来,视线模糊了。

"我真的……"

"我真的……真的很……"

她拼命忍着眼泪,"喜欢"两个字到了喉咙,却哽咽着说不出口。

"真的很……"

她心里排山倒海般的感情,该怎么向他倾诉呢?

她为他弹过那么多首曲子,写过那么多旋律,却没有一首可以表达她此时纠结又错乱的心绪。

他们认识那么久,在不知不觉间,他已经将他生命脉络融进了她的血脉。如果把关于他的那部分血脉剔除,她甚至都不是她自己了。

占薇天生不善言辞,但她知道,用"喜欢"和"爱"来形容这种感觉,都太过肤浅。

叶雪城安安静静地看着她,很久以后才说道:"我知道。"

占薇一顿,抬起头来。

"我都知道。"他抬手,一点一点掰开她抓着他衣角的手,"可是,我不喜欢你。"

"我只当你是妹妹,你不要误会。

"从头到尾,我都没有过别的想法,只当你是妹妹。"

占薇木然地看着他。

叶雪城说完,不再看她。时间已经临近八点,乘客已经排队准备登机。他长长叹了一口气,准备跟这一切道别。

几秒后,他却听见身后的人低低道:"那我等你好不好?我等你回来。等你回来,我就长大了。"

他没有转身,"我可能不会回来了。"

留下这冷漠的话后,他头也不回地往前走去。

叶雪城离开后,占薇一个人在候机厅坐了很久。

曾经那么好的人,却对她说出这么冰冷又绝情的话,让人措手不及。

一定是哪里错了!可究竟是哪里错了呢?

错的是人吗?她从来没有后悔把自己的真心交付给他。

又或者,错的是时间?

占薇想不明白。泪水在眼眶里打转,但是最终也没流下来。

周围的人声渐渐散去,心情也变得空荡荡的。她并没有预料中那种窒息般的难过,只是想到和他成了再无交集的平行线,感到有些凄凉罢了。

第八章
归来仍是少年

熬过了孤独苦闷的高中,转眼间占薇便上了大学。

大一入学后没多久,一次寝室夜谈时,室友们聊起了初恋这个话题。

程乐之道:"我的初恋是学习,至今未开荤。"

聂熙的答案是:"那时候太小,记不清了。"

最后话题的发起者林希真转过头来,看向占薇,"薇薇,你呢?"

"啊,我?"

"嗯,跟我们说说你的初恋呗!"阿真道,"你长得好看,初恋的男孩子是不是像电视剧里高大帅气、闪瞎人狗眼的那种?"

占薇弯了弯嘴角,认真地在脑海里描绘着叶雪城的样子。

"他很白,笑起来很温柔,特别阳光。"她慢慢沉浸在回忆里,"对我也很好,会认真听我弹琴。有一次妈妈把我的吉他砸坏,他从垃圾箱旁边捡回来,修好了才还给我。对了,我们家钢琴送了人,他还让我去他奶奶家的老房子弹钢琴。"

程乐之在一旁起哄:"说得天花乱坠的,你们到底在一起没有?"

占薇摇摇头,有些失落,"没有。"

"为什么?"好友们不理解。

"他说只把我当妹妹。"

程乐之听了,有些惊讶,"什么?你竟然是被拒绝的那一方?"

"算是吧。"

阿真感叹道:"真可惜!能和这样的男生谈一场恋爱,会很幸福吧?"

旁边的聂熙听了,哼笑道:"天真。"

"怎么说?"

"你没听出来吗?"聂熙以她阅男无数的经验侃侃而谈,"占薇说的那个男生,对她好,却说把她当妹妹,这不是典型的渣男吗?"

"渣男?"听到她将叶雪城和这两个字联系在一起,占薇感到意外。

"对啊,而且你这位藏得很深。默默对你好,看似不求回报,其实不知不觉间就让你对他死心塌地,成为他的云备胎。"

"云备胎?"占薇被聂熙的专业术语唬得一愣一愣的。

"我问你,"聂熙从床上坐起来,认真地开启了人生导师模式,"你喜欢他的时候,他有没有其他要好的异性?"

占薇听着。

"或者说,他有没有和其他女孩子传八卦?"

占薇想到了姐姐占菲,她点点头。

"这就对了。这人就是暖男,中央空调,特耗电的那种。"

占薇笑了笑,没想到竟然在和叶雪城的故事里发现了幽默感。

反正一切都过去了。

十八岁这年,对于占薇而言,是很神奇的一年。还没到法定结婚年龄的她,竟然遭遇了人生的第一场相亲。

对方是妈妈牌友的儿子,也是洪凌集团的二公子,叫凌寒。据说是某次占薇在宴会上弹钢琴,被对方的母亲一眼相中。两家人看孩子年纪相仿,又门当户对,当然乐于促成这一桩喜事。

一开始,两位当事人对此并不知情。妈妈韩汐告诉占薇,凌家的妹妹在学钢琴,请了个非常有名的老师,建议喜欢音乐的占薇去旁听学习。占薇懵懵懂懂的,对此也没有多想,就兴致勃勃地跑到人家里。她陪着凌家的小妹妹上完课后,常常已是中午,凌妈妈会留她在家吃饭。

上了饭桌,比她长两岁的凌寒坐在她的对面。两人是校友,偶尔也会聊上一两句。一段时间下来,占薇和凌寒便被凌寒妈妈打上"脾气相投"的标签。

占薇对于妈妈们的心思全然不察,直到大人们开始怂恿两人单独出去,她这才意识到不对。

那天看完电影出来,凌寒带占薇到附近的西餐厅吃饭。席间,占薇话少,大部分时间都在听凌寒讲。

餐厅很安静,正中间有人在弹钢琴,曲子是《梦中的婚礼》。

她看着眼前干净开朗的男生,有些尴尬。

吃饭中途,她问凌寒:"你有没有觉得……我们单独吃饭、看电影,感觉怪怪的?"

凌寒听了一笑,左边的侧脸有浅浅的酒窝,"哪里奇怪了?"

占薇想了想,"感觉妈妈她们有什么阴谋。"

"你还不知道吗?"凌寒啜了口杯中的红酒,"她们在撮合我们。"

事实被凌寒这样大大方方地说了出来,占薇被噎了一下,"撮合我们?"

"嗯,然后事成之后……"他语气一顿,目光幽幽的。

"事成之后,会怎么样?"

"会让我们年底订婚。"

占薇脸色一白,然后开始剧烈地咳嗽。

服务生察觉到这边的动静,过来体贴地询问是否需要帮助。占薇抚着胸口,连忙摆手。旁边的凌寒眼里带笑,对服务生道:"请倒杯水,谢谢!"

占薇喝了口水,冷静下来,才有心思琢磨凌寒的话。

"你确定?"

凌寒漫不经心地说:"上次我妈和你妈打电话时,我无意中听到的。"

占薇一时没回过神来。

"你家不是最近准备和我们家合作地产项目吗?按照大人的意思,我们算是'亲上加亲'。"

占薇看着面前的人一脸云淡风轻,忍不住问:"那你怎么想?"

"我无所谓啊。"凌寒笑。

占薇很早以前便有耳闻,这位凌寒是有名的浪荡公子,因为受凌家长辈疼爱,做人行事十分张扬不羁。

"无所谓……是什么意思?"

"意思是订婚也好,不订婚也好,我都可以接受。"他的眼尾一弯,低下头，凑近她的脸，"所以，这件事主要在你。"

被他这样危险地看着，占薇浑身不适。她稍稍后退，试图拉开两人的距离。

他问她："你愿意跟我订婚吗？"

"我当然不愿意了。"

"那好。"那双深沉的棕色眼眸闪了闪，脸上是胸有成竹的神色，"你帮我一个忙，我保证解决后续的问题。"

"嗯？"占薇不解。

他一笑，嘴角勾起，"婚肯定是订不成的，不仅如此，事后我还会让你撇得干干净净的。"

一段时间后，占薇才知道，凌寒所谓的帮忙是什么。

凌寒家里有三个孩子，上头是姐姐，下面是妹妹，唯独他一个男孩。家里原本的意思，是让他学习经商，以后方便继承家业。当初考大学，凌寒以自主招生的形式上了A大的商学院，可学了一两年，实在觉得不喜欢。他开始和几个朋友在自己的小爱好上投入精力，拍一些视频和小电影，结果在网络上的反响还不错。

渐渐地，凌寒对于电影方面的兴趣越来越浓厚，想正儿八经地学习拍电影。

对此，凌家当然认为是不务正业，极力反对。知道他暗地里报了个电影培训班，甚至让他每次外出都报备行踪。

凌寒不胜其烦，拿占薇来做挡箭牌。每次两人"约会"前，凌寒给占薇买好电影票和美食，将她伺候得舒舒服服的，再赶去电影学院上课。

在帮助凌寒这件事上，占薇是心甘情愿的。

她想起自己曾经那么喜欢音乐，所以知道做自己喜欢的事时，有多开心。他对于和自己有类似遭遇的凌寒，忍不住有惺惺相惜的感觉。

占薇配合着和他的每次"约会"，在家里人眼里，这成了两人"发展稳定"的信号。两家的父母甚至已经蠢蠢欲动，将订婚提上了日程。

那时候占薇正在读大一下学期。距离叶雪城和姐姐占菲去美国留学，已经过去了两年半的时间。

占菲硕士毕业后，在美国的一家金融机构工作了三个月，然后辗转回到了国内。后来妈妈向占菲问起她在美国的事，占薇这才从姐姐的口中得知，叶雪城在读硕士期间，写下的人工智能语音合成软件，在国外曾风靡一时。他借着叶家伯父赞助的资本，在美国创立了一个规模不大的软件公司，过得风生水起。

诚如他当初所言，他没有回来的打算。

占薇特地去网上找到那款智能语音软件。软件的名字叫Rocal，只要上传一定大小的音频文件，软件便可以根据音频中说话者的音色、语速和停顿习惯，总结出说话者的特质，合成各种仿真度极高的音频。

因为这种软件可以模仿不同人的声音，最初是被用于搞恶作剧，才流行起来的。不久以后，叶雪城和朋友们又研发出了一款可以与Rocal兼容使用的Note提醒，使得Rocal的使用群体不再局限于年轻人，而同样受工作人群和商务精英的喜爱。

试想一下，如果电话提醒和语音控制变成了你喜欢的任何声音，是怎样惊喜的感觉。

占薇第一次使用Rocal，开心的同时又伴着失落。开心的是叶雪城依然那么好，一点也没辜负自己对他的期待和喜欢。失落的是，他好像离自己越来越远了。

她认清了现实，安安分分地把叶雪城丢进了往事里。

可就在她接受了永远无法拥有他的现实时，他突然回国了。

叶雪城在美国的事业原本风风火火，却和一起创业的朋友做出决定，将公司的股权出让，带着技术专利和资金，回国从头开始。

有人说，这是因为国内有人给他开出了丰厚的条件，提供更大的平台；也有人说，他是在美国因为受到歧视和不公平竞争，及时抽身。可大多传闻仅限于猜测，真正的理由却没有人知道。

叶雪城回国后半个月，母亲出于多年邻里的交情，请他来家里吃饭。

是占薇给他开的门。两年多未见，他的头发长了一些，脸上有隐约的胡须。大概是经历了太多世态的缘故，他的眉宇之间多了几分尖锐。他的眼眸仿佛冻住了，真实的情绪掩藏在厚厚的冰层之下。

当初他平易近人，待人温和，而现在的他，看似淡然，实则冰冷。

原来两年多的时间，足够改变一个人。

她试图忽略心里的惊涛骇浪,面上对他平静地微笑,"你好。"

他点点头,面不改色地走进屋里。

吃饭时,姐姐占菲和叶雪城坐在对面。占薇看着两人,只觉得他们怎么看怎么般配。这几年姐姐发在网上的生活照里,大多数时间里,叶雪城也在场。想到这里,占薇心里有苦涩的味道。

一家人拿起碗筷,一边吃饭,一边闲聊。

大家说了一番在国外的境况。妈妈开始打听起私人八卦:"雪城,你在国外交了女朋友没有?"

叶雪城微微一愣,对这个提问有些意外,"没有。"

旁边的占菲发出一声冷笑。

母亲继续问:"怎么没想着在国外找个女朋友回来?"

占菲插话:"可能是女朋友太多,不知道该带哪个回来吧!"

母亲听了,只觉得自己从小看着叶雪城长大,他没一丁点儿浪荡子的习性,所以对占菲的话,有些意外。

一旁的占薇不声不响,安安静静地低头吃饭,低垂的眼眸里没透露出任何情绪。

叶雪城突然开口,转移了话题:"我出国的时候,占薇才十六岁,现在她已经上大一了,交男朋友了没?"

占薇一愣,不知道该怎么接话。

旁边的妈妈替她答:"有男朋友了。你应该听说过,是洪凌集团的小公子凌寒。"

"哦?怎么认识的?"

"上次有个宴会,两家都去了。占薇在台上弹琴的时候,被凌寒的妈妈一眼看上,非要和我们做亲家。两小孩挺合得来,我们大人也就随他们,准备再过一段时间就订婚。"

叶雪城的脸色沉沉的,没再说话。

大概是因为对面坐着叶雪城的缘故,占薇整个晚上食欲不振,米饭只吃了一点,便放下了筷子。

她起身,"妈,我等会儿要出去一下。"

韩汐抬头,"雪城好不容易来家里做客,也不多陪陪人家?"

"今天说好要和凌寒看电影，快到时间了。"

"也是。"韩汐这才想起，电影票还是她亲自交到占薇手上的，"那你早点回家，别玩得太晚。"

"哦。"

占薇打车来到电影院的时候，电影刚刚开场。看的是部文艺片，周围的人都是一对一对的。比起来，她身边的空位显得格外突兀。

过了一会儿，正在电影学院上课的凌寒发来短信："在看电影？"

"嗯。"

"我在门口订了饮料和零食，你自己去取，晚点我给你叫车。"

占薇一笑，"谢谢。"

整整一个小时，占薇盯着硕大的荧幕，也不知道电影讲了什么，脑海里一幕一幕回放着吃晚饭时的场景。叶雪城当时坐在自己的对面，却是那么陌生，眼睛里没有一点儿温度，仿佛两人的那些过往，全都被他抹杀了。

她想起了他和姐姐的传闻以及姐姐口中的"女朋友们"，想起他亲口说知道她的心意，却只把她当妹妹。也许，她原本在他的生命中，只占很小很小的一部分。

她好不容易平静的内心，又喧嚣起来。恰逢电影放到高潮，旁边的一对小情侣依偎在一起，女生在男生的怀里抹眼泪。嘈杂的背景音将她的手机铃声掩盖了。

几分钟后，她才看到陌生号码发来的消息。

"看完电影后有空吗？"

占薇有些意外，"你是？"

"叶雪城。"

她的手指在屏幕上停顿片刻，想了想回复道："我和男朋友在一起，不太方便。"

"你男朋友在哪？"

没头没脑的问题让占薇不解，她发了个问号。

"我坐在你后面。"

占薇有些意外。她回过头，果然看见后排右侧的位置上，叶雪城扬着没有表情的脸，幽幽地看向这边。

除了惊讶,她已经什么感觉都没有了。

电影散场后,占薇和叶雪城并排走出了影院。风有些凉,叶雪城问她:"男朋友呢?"

"他临时有课。"

面前的人表情终于破冰,嘴角挂着一丝笑意。

也不知道有什么可笑的。

"那我替你男朋友送你回去吧?"

"你这么闲吗?"

"嗯,挺闲的。"

电影院离占薇家不远,两人并排走回去。早春的天气微冷,门前的那条林荫大道上,法国梧桐郁郁葱葱。

昏黄的路灯散发着慵懒的光。

两人走了大半路,是叶雪城先开口:"这几年还好吗?"

这一句风轻云淡的问候,穿透了两年生疏的时光,落在占薇的耳膜上。

她有很多很多话想说,却只是点头,"还好。"

"考上了A大?"

"嗯。"

"不错。"

占薇不温不火的学习热情,在有次见到朋友圈中他和占菲的合影后开始爆发。也是那时候她才知道,女人的那点儿嫉妒心有多可怕。

当然,这些事情,叶雪城都不知道。

后来占薇赴凌寒的"约会"时,叶雪城常常会跟着。她一个人看电影,他便坐在她附近。安安静静地,互不打扰。

偶尔他会开车送她回来,也是一路沉默。两年未见,他的话少了很多。

占薇以为他是闲得慌。可事实上,刚从国外回来的那段时间,叶雪城非常忙。他父母过世以前,叶家的主事人便是叶雪城的大伯。大伯有四个儿子,分别归属三个不同的母亲。这一支的血缘便错综复杂,斗得不可开交。叶雪城的父母不在后,更轮不到他这个外人来分一杯羹。

现在他无依无靠,能依靠的只有自己。

直到叶雪城逐渐跟占家来往密切,周遭渐渐起了风言风语,传闻他盯上了占家的女儿。

这道理非常浅显，占家没有儿子继承家业，谁娶了占家的女儿，便是娶了占家的半壁江山。

占薇不知他的意图是不是如传闻所说，她猜不透，也不忍心去猜。

因为他们说的那个人是叶雪城，她拿他什么办法都没有。

两个月后，凌寒修完了电影学院的课程，并申请去南加州大学的导演系读硕士。临出国那阵，他向双方的父母摊牌，让所有人都傻了眼。

凌父说他是忤逆的不孝子，扬言要将他逐出家门，一直对他疼爱有加的母亲也被他气得不轻。可没等大家反应过来，他便拿着去美国的护照和机票，准备拍拍屁股走人。

两家联姻的事，也不得不作罢。

临行前一天，凌寒特意约占薇出来吃饭，以表达感谢。他挑选的是两人第一次单独吃饭的餐厅，气氛浪漫又安宁，非常适合情侣。

顺路跟来的叶雪城，就坐在斜对角的位置。

不同于占薇的尴尬，终于如愿以偿的凌寒笑得没心没肺，"突然不想出国了，怎么办？"

占薇用吸管喝了口橙汁，"嗯？"

面前的人语气一顿，"就这样和你订婚，好像也不错。"

占薇脸一红，"你开什么玩笑！"

"我是认真的，"说是认真，他却笑得吊儿郎当，"你要不要考虑考虑，我们先订婚，等我回国再……"

占薇打断他："不要。"

"真是替你遗憾哪，错过了我这么好的男人。"

"谢谢，没看出你哪里好了。"

两个人不停地插科打诨，大部分时候是凌寒在说话，占薇偶尔搭搭腔。

饭局到了尾声，一直嬉皮笑脸的凌寒突然正襟危坐，认真地看着她，"这段时间一直承蒙你的帮助，让我可以做想做的事。为了表达感谢……"

他的语气一顿，占薇看着他。

"这样，你把手伸出来。"

"嗯？"

"有东西给你。"

占薇迷迷糊糊地伸手,却见他以极其快速的动作低下头来,在她的手背上重重地一吻。

她的皮肤上留下了红印。

占薇愣了愣,立马将手抽回来,"你干什么?"

"送礼物给你。"

礼物?是惩罚还差不多吧?

结果凌寒没脸没皮地一笑,"送给你,我的初吻。"

一瞬间,占薇的脸红得像烫熟的小龙虾。

直到跟凌寒道了别,占薇的脸还是红扑扑的。围观两人一整晚的叶雪城走上前来,像往常那样为她拉开车门,冷冷地道:"上车。"

汽车里安安静静,气氛有些尴尬。

占薇想起刚才的场景,他坐在不远处,也不知道看到、听到了多少。叶雪城知道她太多的秘密。当年她偷偷玩音乐,他一路陪伴见证;如今她和凌寒这奇怪的关系,又被他不小心撞破。

她正胡思乱想着,叶雪城的声音飘来,"你脸红什么?"

她一惊,下意识地摸摸脸蛋,果然有点热。

占薇不知道该怎么解释,正常人被异性亲了,多少会有些脸红吧。

"很红吗?"

"嗯。"

然后,两人沉默了一段路。

原以为今晚就要在安静中画上句号,可路程过了一半,叶雪城猛然踩下刹车,停在了路中间。

已经是深夜十一点,通往城郊的公路上少有车辆,周围冷冷清清,只有风声和虫鸣。

占薇的心扑通扑通地跳着,她见叶雪城回头,一贯深沉内敛的眼神却气势汹汹地盯着自己。

"初吻是吗?"他问。

没等占薇明白是怎么回事,下一秒,眼前的人便朝她吻了上来。

这是她第一次尝到他的味道,嘴唇并不像看着那般冷,是温热又柔软的触感,带着薄荷的香气。看似凶猛,实则生涩。

他和她厮磨着,吻得不深,却吻了很久。直到占薇最后一丝理智被侵蚀干净,他才松开。

然后,他告诉她:"这才是初吻。"

这一晚发生的事,彻底打乱了占薇的方寸。

回到学校后,又一次夜谈时,占薇向寝室里的小伙伴们说起这个吻。

"一个男人如果吻了你,是喜欢你的意思吗?"

"应该是吧。"阿真说,"怎么?薇薇,你被人亲了吗?"

占薇没吱声。

"是不是……马上要抛弃我和乐之,准备脱单了?"

阿真的话恰好戳到了占薇的痛处——自那晚亲吻她后,叶雪城便像个没事人一样,什么表示也没有。

"我也不太清楚。"占薇有些丧气,"之前他说过,只是把我当妹妹。"

"什么!"阿真有些激动,"是那个对你好得不得了,结果却说把你当妹妹的渣男?!"

嗯?

"你还被他亲了?!"阿真咋咋呼呼,"你想在同一个坑里摔几次呢?"

是啊,她还想为他伤心几次呢?

明明知道他不喜欢自己,明明知道他接近她,可能是刻意的,她还是会忍不住上钩。她甚至在想,即使他利用她来拉拢占家,也没有关系。

她可真是没出息。

一周以后,凌寒出了国。占家和凌家的联姻计划正式破产。

两家人说好要做亲家,男方却突然跑出国,连家里人断绝经济来源也在所不惜。这事很明显,错在凌寒,占薇是受害者。凌寒的父母也觉得对不住占薇,在之前合作的某个项目上,主动提出给占家让利。

可这事放在旁观人的眼里,滋味便不一样了。

两家人有联姻的意思,女人主动上赶着,男人却不声不响地逃了。这放在以前,和弃妇没什么分别。

周围的闲言碎语多了起来,占薇被未婚夫抛弃的事也渐渐传到了学校里。就连好朋友阿真都知道了,十分惊恐地跑来问她:"薇薇,你竟然差一点儿就订了婚？"

占薇觉得头大。

"那……那个亲了你的渣男竹马呢？"阿真小心翼翼地问。

她的头更大了。

叶雪城在国内的事业发展稳定,公司逐渐起步。父母看在两家既往的情分上,平日也有所关照。母亲更是见他一个人独居,偶尔会叫他来家里吃饭。

见面时,两人像单纯的兄妹一般,没有一丁点儿暧昧。占薇想来想去,只好把那天晚上的事理解成"随便亲一亲。"

直到某天傍晚,叶雪城被她的父亲叫到了书房,交谈了很久。

占薇坐在客厅里。天色快黑的时候,叶雪城下了楼,在沙发的另一头坐下。宽敞的空间里只剩下孤零零的两个人。

过了好几分钟,他看过来,"你知道,你爸跟我说了什么吗？"

占薇摇头。

"他说,我刚回国创业的时候,你背地里请求他,让他帮我。"

……

"他还说你喜欢我。"

占薇脸一热,转念想起十六岁在机场发生的闹剧,她喜欢他这事,他不是早就知道了吗？

于是她直起身,抬头挺胸看着他。

叶雪城勾了勾嘴角,"他刚才问我,以后想不想娶你？"

占薇一愣。

"我说想。"

她的呼吸都变得急促起来。

"你呢？想嫁给我吗？"

一瞬间,占薇的心脏开始狂跳。但她努力绷着脸,试图保持着不动声色的样子。

可脑海里还是冒出了一个很没有骨气的声音——

想啊,做梦都想！

再后来,占薇便懵懵懂懂地跟叶雪城订了婚。

订婚后的第二个月,占家的品牌景至苑和叶雪城的 Titan 智能家居达成合作协议,成为国内首个拥有成熟智能家居系统精装房的地产开发商。

有人说,叶雪城和占家女儿订婚,目的在于更好地开拓国内市场;也有人说,两家的合作从一开始便是双赢。

大家可怜的是占家的女儿占薇,之前为了和洪凌集团合作,原本是要将她嫁到凌家的。如今占家看中了智能家居这块市场的潜力,又借她来拉拢叶雪城。

无论怎么看,她都是被利用的那个。

可只有占薇自己知道,在这场阴谋里,她甘之如饴。

第九章
这些都是我为你写的歌

几年未见,叶雪城变了很多。

大概是经历了家变后,一个人在外长久漂泊的缘故,当初那个开朗阳光、意气风发的男人沉敛了许多。经历了人情冷暖的他,深沉又世故。

他不如以前爱笑,和占薇在一起的时候话很少,大多是一些无关痛痒的话题。那双眼安安静静地看着她时,幽深的眸子让她猜不透在想什么。

偶尔有需要带家眷出席的活动,他会让占薇一起去。

有一次和一位商会的长辈吃饭,对方见过占薇,忍不住说起之前某次见面时的场景。

"那时候是在明珠饭店,忘了是谁家请客了。我印象很深,占薇这小姑娘在台上弹琴,像个天生的音乐家一样,人长得美,气质出众。凌家的夫人站在旁边,还跟她先生感叹,说占家这小姑娘看起来乖巧又懂事,也不知道哪家有这个福分,能娶她做儿媳。"

长辈口里的凌家夫人,就是凌寒的母亲。而那次宴会,便是当初和凌寒错搭红线的由头。

老人早年在本城极具声望,退休后便常住英国,只是偶尔回来。对于占薇和凌寒后来的那些事,并不知情。

可一旁事先做了功课,对各自背景了解一二的秘书,不禁暗自捏了把冷汗。秘书看着叶雪城冷着的脸，不知道该怎么打圆场。却见这个城府很深的年轻人淡淡一笑，"是啊，没想到最后便宜了我。"

回去以后，叶雪城对此却只字不提。可没过多久，他便将新家大厅里的那架钢琴卖掉了。

这钢琴占薇只弹过一两次，心里倒没有不舍。她问叶雪城为什么这么做，他只是说钢琴噪声大，自己已经很久不听琴了。

回国以后的叶雪城，对于占薇和她的音乐，早已没有了少年时的热情和新鲜感，甚至对于她玩音乐这事，也表现出了反感。

在占薇的眼里，他变得冷感、多疑、富有控制欲。

原来，时间真的可以改变一个人。

即使叶雪城早已不是当年的翩翩少年，即使他选择自己只是因为她是占家的女儿，可占薇却始终对两人的关系抱有美好的期待。

直到那天，她知道叶雪城向姐姐求婚这事，关于爱情的信仰，瞬间坍塌。她甚至忍不住想，如果当初姐姐答应了他的求婚，是不是故事就有了另一个结果，便再也与她无关。

原来，他想娶的不是占薇，而是占家的女儿。

一切只是她自作多情罢了。

斗转星移。

春风得意的占家随着房地产业的低迷，早已不复当初。而叶雪城却凭着 Titan 在人工智能上的几项专利，顺利打开国内市场，成为 IT 界的黑马。

当年占家帮助过的叶雪城，如今成了占家的倚仗。索取者成了被索取者，这样的关系让旁人看得扑朔迷离。

甚至有好事者在暗地里，期待着失去利用价值的占薇再次"被抛弃"。

然而，他们之间的婚约关系却一如既往地继续着。一眨眼的工夫，两人已经订婚一年多了。

而那时，也是她加入 Super Nova 乐队的第二年。

周末，叶雪城要去南边的某个工厂出差，占薇跟着司机一同去机场送他。大厅里人来人往，叶雪城本身就很高，风衣的刻板线条将他的脸衬得更加冷峻。他面前的占薇比他矮了大半个头，这突兀的身高差，让女人看上去乖巧又可爱。

"这次出差不会像上次那样。"

上次叶雪城出国很久,中途回来处理公司的事时,占薇恰好去隔壁市参加表姐的婚礼,两人整整大半个月没有见面。

"没关系,你忙。"她说。

"等事情办完我就回来。"

"嗯。"占薇点头。

她静静地看着他,似乎在等待他先说出道别的话。可他那双黝黑的眼眸里闪过笑意,像是想起了什么。

"对了——"

"什么事?"

叶雪城示意她靠近,可占薇刚走近半步,便感到他温热的唇在她的唇上飞速吻了一下。

他微微一笑,"突然想起来,我们还没有在机场接过吻。"

回学校的路上,前排坐着他们刚才卿卿我我时被无视的司机大叔,气氛尴尬。占薇想着叶雪城的话,觉得面颊火热。

这么多年了,那人虽然变了很多,却还是想干什么就干什么,简直毫无顾忌。

车行了一段路,手机传来短信,发件人是聂熙。

"今天早点来 Super Nova,有重要的事跟你商量。"

因为聂熙的话,占薇特地提前一个小时赶到 Super Nova。地下室空荡荡的,贝斯手阿勤坐在角落里,自个儿对着乐谱排练着。

阿勤剪了个老老实实的寸头,平时不上台表演时,总架着副银边眼镜。他是正儿八经的声乐科班出身,音乐学院毕业后签了剧团。二十五岁那年因为长年累月的劳损,声带上长了个小息肉,手术后,他的嗓音发生了变化,专业音乐生涯也因此告终,成了一家小学的音乐老师。

乐队里面,属阿勤平时的话最少,可以说是惜字如金。他的声音沙哑,带着靴子踩在雪地里的粗糙感,却也不难听。

占薇特地看过阿勤在剧团里的演出视频。他唱的是男低音,声音的质感十分厚重，牵动着歌剧张弛的节奏，一如此刻被他抱在怀里的贝斯。

占薇走了过去，"其他人呢？"

"豺哥还在外面谈酒吧租期续约的事，聂熙马上到。"

占薇在他的对面坐下，看了眼放在面前的乐谱，"对了，聂熙说有重要的事告诉我，你知道是什么吗？"

阿勤拨弄着琴弦的手停下来，掏出手机敲敲打打，过了一会儿，将手机递给占薇。

"你看看这个。"

手机上播放着网络视频。画面的正中央，一个女生对着镜头甜美地笑着，似乎在自拍。

占薇觉得很眼熟，过了会儿才想起，对方是位人气不错的歌手，最近还获得了某新人奖。

镜头里的女生开口说道："今天我想翻唱一首歌——《时间线》，来自一支叫 Super Nova 的乐队，送给我很久不见的'羽毛'们。"

停顿了片刻后，伴奏响起，她轻声唱着：

"听说，

你藏了他的照片，

偷偷地放在枕边，

梦里嘴角有腼腆。

……"

熟悉的旋律传来时，占薇有些错愕。

不知不觉，视频播到末尾，女生凑近镜头问："好听吗？"

占薇抬头，望向面无表情的阿勤。

到底是怎么回事？

听了阿勤的解释，她才知道视频里面的人叫温羽，是个小有名气的歌手。曾经发行过两张专辑，新单曲最好的成绩是 AC 热歌榜的第三名。因为颜值高，外形可爱，一直走的是甜美路线，收获了很多年轻的粉丝。

温羽的曲风偏向女生恋爱的小心思。当初占薇唱《时间线》的视频被人传到网上后，立马把温羽给戳中了。

占薇点开了视频下面的评论。

"好听好听好听好好听!"

"什么时候发新专辑?作为一只羽毛,等很久了。"

"温温永远都那么可爱。"

阿勤说:"温羽公司的人联系上了豹哥,问愿不愿意把这首歌卖掉。她本人和团队都很喜欢《时间线》,如果卖给他们,可能会作为下一张专辑的主打歌。"

占薇有些受宠若惊。

"豹哥没回。"阿勤继续道,"这是你写的歌,卖不卖你说了算。"

占薇没说话。她把温羽唱歌的视频重放了一遍,女生的声音纤细轻柔,充满了奶油冰激凌般甜蜜的质感。

和自己唱得不太一样。

等乐队其他人到齐,大家又排练了两个小时,一眨眼便到了晚上。

这场表演占薇轻装上阵。白色短袖、T恤衫正中间印着"Super Nova"的字样,下边搭配了条深蓝色的高腰牛仔裙。简单清爽的装束,将少女诱人的腰臀比勾勒到了极致。

占薇在台上卖力地唱着,仿佛一个虔诚的信徒。从小到大,在姐姐占菲的衬托下,她的存在像是单调的背景板。幸亏这世界上还有音乐,成了她内心最有底气的保证和最安全的归属。

当情绪变成音符被弹奏出来时,她才知道,原来生命里每一次喜怒哀乐都是有意义的。

因为豹哥有事,乐队表演提前散场。晚上十点左右的光景,占薇换了套运动装,拐着书包从后门走了出来。

寝室十一点关门,她瞄了眼时间,赶回去还来得及。

走了几步,她听到身后传来"突突"的声音和熟悉的亮光。回过头,见林俊宴的白色小电动恰好经过。

"坐我的车回去?"车上的人问。

"谢谢。"占薇说,"今天还早,我直接回寝室。"

"我也可以送你。"

占薇想起林希真提到的"暖男宴",忍不住笑起来,"不用了,走路回去也就半个小时。"

林俊宴没再多言,不声不响地踩下油门,"那我先走了。"

"再见。"

男生突然想起了什么,"还有件事。"

"嗯?"

"如果我是你,不会把《时间线》卖掉。"

她感到意外。

"你唱得比温羽好听。"

"是吗?谢谢。"

"好听一百倍。"

林俊宴扔下这句夸张的赞美,扬长而去。空旷的街道里,只剩下占薇和她孤零零的影子。

让占薇没想到的是,隔天歌手温羽竟然亲自打来电话。

"你好,请问你是《时间线》的作者占小姐吗?"

占薇听着这陌生的女声,迟疑地问:"请问你是?"

"我是温羽。"

占薇一顿,想起了豺哥提过的买歌的事,"你好……"

"关于买《时间线》的事,之前也询问过你乐队的同伴,他们说得看占小姐本人的意思。条件之前说得很清楚,不知道你考虑得怎么样?"

"对不起,"占薇想了想,"这首歌我不能卖。"

"是觉得报酬不够高?关于钱,我们可以再商量。我本人非常喜欢这首歌,如果加入我的新专辑,会给出最好的宣传,甚至可以在宣传里带上你们乐队的名字。"

条件听起来让人心动,可占薇却异常坚定。

"抱歉,《时间线》真的不能卖。"

"为什么?"

为什么?

占薇一愣,仔细想了想,大概是因为这首歌对她而言,有着特别的意义。

她没回答温羽的提问,转而道:"如果你真的喜欢《时间线》,我这里还有几首曲风和它相似的歌,你们可以挑挑看。"

晚上,占薇将五首合适的DEMO打包发给了温羽。关上电脑后,她长长地舒了口气,有种灵魂被填满的滋味。

这感觉似曾相识,渐渐地想起来,很久以前在叶雪城身上,她也体会过类似的心情。

原来,这就是被认同带来的快乐。

晚上七点,南方G市。

叶雪城出了大楼,夹着细雨的风吹到脸上。秋天似乎还没来到这座低纬度的城市,即使是十月底,空气里仍然饱含着沉闷。他抬头,恰好可以看见某座妖娆的地标性建筑,五颜六色的光在水汽里晕开。

旁边的助理钟泽撑开一把硕大的黑伞,朝叶雪城微微倾斜。

"叶先生,司机说车出了点故障,暂时没办法过来。要么我联系工厂那边,让他们派车……"

"不用了。"叶雪城道,"我们打车回去。"

钟泽没来得及接话,便见叶雪城冲进了小雨里,拦下迎面驶来的一辆空车。

钟泽坐在副驾上,回头看了眼叶雪城,将手帕纸递过去。

"叶先生,你淋湿了。"

叶雪城谢绝:"没关系。"

已经是出差的第五天。此次来G市的计划进行得顺风顺水,可随着时间延长,钟泽感觉这位顶头上司的情绪变得越来越阴晴不定。他人前热情大方、谈笑风生,可一旦到了两人独处的时候,表情便沉郁得深不可测。钟泽担心是自己有什么事做得不周到,冒昧地问过一次,对方回答,失眠而已。

钟泽想起今天早晨帮叶雪城改机票的事,三天以后的回程计划被提前安排到了明天。除了家里有人在等,钟泽想不到还有别的解释。

他顿了顿,开口道:"今天打电话去问过了?占小姐这几天一直都在学校,没什么特别的动静?"

"嗯。"

此时叶雪城的注意力,放在了车里播放的电台上。

广播里播放着一首轻快的歌。唱歌的女声温柔低醇,像一杯冒着热气的茉莉清茶。

即便声音因为雨天糟糕的信号而失真,他还是从那动人的音色里,捕捉到了一丝熟悉的味道。电台里在唱——

"他眼角的痣,
诗一般的名字,
手背的胎记
都是喜欢的样子;
高原上吹过的风,
富士山约下的誓,
愿时间再来一次,
或从此静止。
……"

一首歌渐渐收尾,他安静许久,不声不响。

女主播道:"刚刚的歌是来自不知名的乐队 Super Nova 的《时间线》,希望甜蜜的歌声能给你整晚带来好心情……"

叶雪城低头,目光下移,恰好落在手背浅褐色的心形胎记上。

准确地说,叶雪城的痣长在左眼接近眉毛的位置。听说眼角的痣,是聪慧和决断力的象征。

至于手背的胎记,是他出生的时候便有的。胎记是标准的心形,随着年岁的增长,印记越来越浅,几乎快消失不见了。

在洗手间里,叶雪城冲了把脸,抬起头来。他望向面前的镜子,眼前的脸看似冷静从容、波澜不惊,目光中却透着历经炎凉世态后的冷漠。他皱了皱眉,突然有些倦怠,自己什么时候变成了这副让人生厌的样子?

他出了洗手间,钟泽正等在一旁,"叶先生,车已经到了,我们去机场吧。"

"嗯。"

上车后,叶雪城靠在皮椅上闭目养神。钟泽想,他夜里大概没睡好,默默地将车窗关上,打开空调。

车里悄然寂静。

钟泽以为叶雪城已经睡着了,却听他道:"对了,昨天我托你找的那首歌,录下来了吗?"

钟泽一愣,点头道:"录下来了。"

说来也是令人费解。

在钟泽的认知里,自己这位老板对音乐没有一丁点儿兴趣,只是偶尔在办公室放点轻音乐,也是钟泽从未听过的钢琴曲。

昨晚叶雪城让他找来那首电台放过的流行乐时,钟泽还以为自己出现了幻听。

"可以现在放来听吗?"

"好。"

《时间线》。

是一个连名字都没听过的乐队,钟泽想,大概是选秀节目里一抓一大把的那种。歌的旋律还算动听,带着轻快的惬意,听了好几遍也不觉得腻。

去机场的路上都在单曲循环。

"他成全了每一句歌词,
遇见他是最幸运的事。
……"

钟泽回头看了眼自家老板,发现他正冥想着,一脸思虑深重。过了很久,他问了句让人费解的话。

"钟泽——"

"先生,什么事?"

"你有没有觉得,"他的语气一顿,"歌里面唱的那个人有点像我?"

钟泽瞬间僵住，竟不知道该如何作答。

又到了周末。乐队表演完后，豺哥将成员们召集了起来。

他站在一圈人中间，头发整齐地梳了个小辫，和气地笑，"这个月大家辛苦了！酒吧现在生意不错，作为老板兼乐队队长的我，准备了几件小礼物，算是回报大家为乐队付出的努力。"

聂熙常年在外旅游，收到了一套专业的登山装备；玩游戏的林俊宴则到手一台高配置的笔记本；阿勤结婚早，家里有一对双胞胎，正兼职上声乐课赚奶粉钱，豺哥体恤地给他包了个很厚的红包。

最后轮到占薇，豺哥问她："你觉得，我该送你什么？"

占薇摇头。

豺哥一笑，然后从旁边的柜子里拖出一个巨大的黑色琴袋。占薇接过来，小心翼翼地拆开。

是一把瘦长的电吉他，共鸣箱是炫目的红色，琴颈和琴头是低调的黑色。占薇看了一会儿，惊喜道："是 Fender 美标？"

豺哥抱胸点头，"嗯。"

欢快的情绪在占薇心里激荡起来，她一时不知道该说什么好。还在上中学的时候，她一直想买这个品牌的吉他。可妈妈讨厌她玩音乐，一度将她的零花钱卡得很紧。

占薇看着豺哥，满脸感激。

豺哥对她的激动不以为意，"别随便把我当恩人，送你这把吉他是有条件的。"

"条件？"

"我们乐队缺个节奏吉他，总感觉少了点什么。"豺哥打量着她，"你不是会弹吉他吗？节奏吉他这事，由你包了。"

"……我？"

"怎么？不情愿？"

"不是。"

豺哥打量着惊喜退去后，浮现在占薇脸上的难色，"那你这是什么破表情？"

占薇实话实说："……这吉他用来当表演工具的话,颜色有点丑。"

听到自己的品位被质疑,豸哥瞬间炸毛,"你这小姑娘什么眼光?红彤彤的多喜庆!喜庆又不失庄重,懂不懂?"

"哦。"

不懂。

没多久,温羽的团队通知占薇,发过去的五首DEMO中,《孤勇》和《发什么脾气》被专辑的制作人看中。占薇听了,许久没回过神来。

她写的歌要出专辑了?

占薇创作的初衷是表达,是渴望被聆听和理解。她做梦也没有想到,自己用音乐写下的心情,可以和这么多人分享。

这一瞬间,她简直太开心了,开心得想要请人吃饭。

于是占薇给叶雪城打电话,问那头的人:"晚上有空吗?"

他似乎在忙,声音没有温度,"什么事?"

"想和你一起吃饭,"她顿了顿,"我请客。"

"晚上我有别的安排。"

"吃个饭的时间都没有吗?"

"没有。"

如果说占薇快活热烈得像赤道上的风,那么此时此刻的叶雪城,心情像是南极的雪。坐在办公室的他,回想起钟泽半小时前发来的信息,眼神越来越冷。思考了一会儿,他又给对方打去电话:"你把那家酒吧的地址发给我。"

钟泽很快回复:"好。"

晚上九点,西柳巷里行人稀少。两边老旧的楼房被五颜六色的彩灯映照着,带着股神秘而诡谲的磁场,腐朽的空气里透着新鲜的风尘味。

叶雪城按照钟泽发来的地址,找到了那家名为"Super Nova"的酒吧。

推开门的瞬间,喧闹声如山洪涌来。

灯光很暗,头顶上的光线变化莫测。迎面的卡座上,一群二十岁左右的年轻人正在玩牌。他们穿着奇装异服,带着离经叛道的朋克味。其中一个男人见了叶雪城,像发现了什么不请自来的闯入者。他把叼在嘴里的烟拿下来,目光里带着警惕。

叶雪城继续往里走。来之前,他刚参加完一个视频会议,身上还穿着深灰色的正装,与周围的环境格格不入。

吵闹的音乐声、刺耳的节奏、哄闹的人群,偶尔夹杂着女人的尖笑,像是胡乱混在一起的调味料,让口味清淡的他感到了生理性不适。

暗沉的走廊尽头,是条长长的木梯,仿佛通往另一个世界的洞口。

到了地下室,叶雪城被强烈的音乐声淹没了。酒气和烟味交织着,混杂了女人刺鼻的香水味。他朝左边的吧台走过去,中途被一个金发女人撞了一下。她朝叶雪城妖娆地一笑,像吸血鬼般鲜艳的嘴唇吐出两个字:"抱歉。"然后将一张纸条塞进了他的手里,扭臀往酒吧的另一头走去。

叶雪城打开纸条,上面写着一串电话号码,他随手扔进了垃圾桶。

在吧台左边的空位上坐定,叶雪城往四周打量了一番。旁边有对男女正在调情,更右边是几个划拳的男生,一片混乱。

年轻的酒保走过来,问道:"先生,你想喝些什么?"

"可以给我来一杯冰水吗?"

"不喝酒?"酒保笑,"我们家的金菲士和吉普森很不错呢。"

"谢谢,不用。"

酒保递来玻璃杯。直到几口冰水下肚,叶雪城被音乐吵得几乎炸裂的大脑,才重回冷静的频道。他跟看上去很开朗的酒保搭话:"这里生意很不错?"

"岂止是不错,你看看这里面的人。周末更热闹,尤其是有乐队表演的时候。"

"乐队?"叶雪城问。

"是啊,我们老板和几个朋友组建的,这一带没有人不知道。对了,前段时间那个很有名的歌手温羽,你知道吗?她翻唱过我们乐队的歌。"

叶雪城顿了顿,"乐队里都是什么人?"

"除了老板,还有一个音乐老师,另外三个是大学生。"酒保一笑,挑了挑眉,"那个主唱长得超级正,周日表演的时候,你可以来看看。"

"是吗?"

"嗯,是漂亮得抓人眼球的那种,还会自己写歌。"酒保道,"可惜了,她跟乐队的架子鼓手是一对。"

叶雪城听了,眼神一凛。

光线太暗,酒保没察觉到客人微妙的表情变化,"长得那么漂亮的女孩,果然都名花有主了。"

叶雪城低下头,晃着玻璃杯里的水,沉默了半晌,冷冷地问:"为什么说主唱跟架子鼓手是一对?"

酒保原本只是随口八卦一句,没想到眼前的人竟开始刨根问底。他含糊地回答:"酒吧有人看到主唱和架子鼓手一起回家……"

叶雪城盯着面前的玻璃杯,面无表情。

"大家在猜两人是不是同居了。

"但话又说回来,他们站在一块儿真的挺养眼的。不信的话,你下次过来……"

没等酒保把话说完,叶雪城便起身离开了吧台。

夜风有些凉,叶雪城出了酒吧,站在冷风里深吸一口气。

名花有主?

他低声冷笑,走进了夜色。

第十章
独占欲

关于在 Super Nova 唱歌的事,倒不是占薇刻意隐瞒,实在是因为叶雪城之前释放的种种信号,昭示他不可能任她待在乐队。

刚进乐队第二个月的时候,占薇差点被叶雪城抓了个正着。

那天表演完是深夜。占薇从西柳巷出来,周围很热闹,附近的夜市烟火袅袅。占薇背着书包往林希真家的方向走,寝室已经关门,幸亏自己的好友好心答应收留她一夜。

急忙赶路的占薇没注意到,一辆白色的车正经过自己身边。

叶雪城开着的是极少开的保时捷。他刚应酬完,虽然没喝酒,可光是应付那些 IT 界前辈,便足够让人疲惫。

迷乱之下,车错过了转弯的路口,来到了一个陌生的地方。

夜市的摊位杂乱而无序,他的车正穿行在其间。经过一个小巷时,叶雪城的视线里闪过一道熟悉的身影。起初他以为自己看错了,转头又确认了一次。娇娇柔柔的女生,松软的鬈发被随意扎成马尾,即使在嘈杂的闹市,也一眼让他分辨了出来。

他停在拐角的空地,下了车。

和乐队的伙伴们刚经历了一个激情澎湃的夜晚,占薇的心情舒畅又放松。她轻快地走着,直到身后传来了男人的声音。

"占薇。"

叶雪城的嗓音，带着醇厚的余韵，像清酒。

占薇一滞，木讷地转过身，看见了身后那张冷着的脸。

被叶雪城带到了车上后，她老老实实地在副驾坐下。

身边的男人不声不响，双手搭着方向盘，眼睛看进夜色，看来一时半会儿没有发动汽车的打算。

过了一会儿，他问她："这么晚了，为什么会在这儿？"

占薇低头，心怦怦地跳着。那时她还不善于说谎，生怕自己一开口，便被他看穿。

叶雪城往右边的路看了一眼，"从那边过来的？"

占薇没吱声，一副将沉默坚持到底的模样。

"那边是西柳巷，"他语气一顿，"你去酒吧了？"

占薇一愣，立马反射性地摇头。

叶雪城凝视了她一会儿，俯下身来，冷峻的脸离她的脖子极近。他停顿片刻后，闻了闻她的味道。

"有香水味。"

占薇被他看得很紧张。

"还有烟味。"他下结论，"看来你去的不是什么好地方。"

占薇的脊背绷紧。

"去酒吧干什么？"叶雪城继续道，"因为好奇？"

她想了想，为了防止他继续猜下去，点点头，"嗯。"

他的眸光渐冷，语气却依然平和。

"你不适合那种地方。"他说，"下不为例。"

下不为例！下不为例！如果叶雪城发现她成了酒吧乐队的常驻成员，还和他不喜欢的聂熙、林俊宴成了队友，不知道会发生什么可怕的事情。

叶雪城从G市回来不足半月，又辗转去了法国。到了行程末尾，他给占薇打电话。

"周日回来，五点的飞机。"他道，"下飞机后我去学校接你。"

占薇一愣，"接我？"

叶雪城反问："几天不见，你没想我？"

占薇被问得语塞。

"到时候陪我吃个饭,再去我家。"

她有些犹豫,周日正好是 Super Nova 乐队表演的日子。

夜已经深了,身后的落地窗里传来室友的交谈声。占薇踌躇了一会儿,决定故技重施。

"这样跑来跑去,你会不会太辛苦了?"

那头的人听着。

"而且周日晚上我们班里有事。上次你见过的辅导员张老师,因为胆囊炎住院了,同学约好那天去医院看他。"

"是吗?"

"嗯。"占薇肯定。

张老师确实在住院,同学们也商量好了去探望,只是时间定在周六。

"那等你们忙完,我再过来。"

"如果你来,回到家都不知道几点了。"占薇的大脑飞速地运转着,"要么我周一再去你那里,好不好?"

叶雪城犹豫了几秒,"也行。"

挂上电话,占薇长呼了口气,她终于意识到,自己越来越会说谎了。

乐队表演的前一夜,豺哥特地给占薇打来电话,嘱咐她穿得保守一点。

占薇一头雾水。

"听哥的就对了。"豺哥道,"记得把腿遮住。"

"为什么?"

"老板要求,员工问这么多干吗?"

占薇不知道豺哥打的是什么主意,却还是照做了。周日傍晚,她在 Super Nova 的休息室里换了衣服,上身穿了件简单的白色 T 恤衫,下边穿着深蓝色休闲裤,俨然清纯美好的邻家少女。

豺哥见她这副模样,皱了皱眉,"穿得随便了点,不过有脸撑着,凑合吧。"

占薇觉得,这位单身大龄男青年是越来越难以捉摸了。

直到豺哥被酒保叫去商量酒架的摆放问题,聂熙才暗暗地将占薇拉到一旁,解释起了事情的原委。

她找来《时间线》的视频微博。

占薇第一次见到这个视频的时候,评论数和点赞数才过千。这次打开,评论已经破万。

占薇疑惑,不明白豺哥的要求和这个视频有什么关系。

身边的人一笑,找出点赞数排名第二的评论:"你看。"

有个叫"削个橘子皮"的网友留言:"我准备去那个酒吧围观,有组队的吗?"

后面跟了近百条回复——

"被这双腿晃得中邪了,算哥一个。"

"美腿有很多,但只有这双成功了勾起宝宝的好奇心。"

"年度美腿。"

占薇扫了几行,一脸迷惑地抬头。

聂熙钩着她的肩,"恭喜你,收获了人生中的第一批粉丝。"

"嗯?"

"拥有'腿粉'是什么感觉?"

"腿粉?"

聂熙忍俊不禁,"我听豺哥说,从周三开始,酒吧就有了很多生面孔,有人还特地来打听主唱的事来着。"

"估计今晚围观的人不会少,你要做好心理准备。"聂熙笑道,"豺哥和这个'削个橘子皮'杠上了。他不是在视频里露脸了吗?橘子皮说他的形象影响美观,豺哥还真身上阵,和人对骂了几句。"

所以呢?

"豺哥决定通过不让你露腿,来对你的'腿粉'实施打击报复。"

占薇无语,她似乎卷入了一场幼稚的较量。

到了晚上,Super Nova 里的客人果然比平时多了些。

灯光暗下来,乐队表演即将开场。底下的观众直勾勾地看着舞台,屏息以待。

一阵轻微的骚动后,舞台黑暗的底色里渐渐有人走出来。乐队的成员抱着各自的乐器,找到自己的位置,亮白色的灯光从头顶突然打下来,一片灿烂。

占薇站在正中央,沉浸在这明丽又夺目的光线里,美得仿佛是超脱了次元的存在。

她白皙娇俏的脸上,眼神异常坚定。她柔软的形象和怀里那把酷炫的电吉他对比鲜明,多了几分桀骜和性感。

人群突然安静下来。

旁边的主音吉他拨出几声和弦,渐渐拉开节奏。占薇循着鼓点,右手弹着吉他。等时机成熟了,她凑近话筒,以音乐作开场。

"害怕就害怕,
想哭就痛哭吧,
所有的想法,
要用力地表达;
……"

和煦的声音带着治愈的力量,渗进了耳膜,温柔而炙热。

音乐渐渐消失,底下的人才回过神来。角落里突然传来悠长的口哨,将蛰伏的情绪带到了爆发点。

占薇凑近话筒,还没来得及开口,便被底下逐渐强烈的起哄声打断。

陆陆续续地,有人开始说话。

"今天怎么没露腿啊?"

"不露腿,差评!"

"差评!"

占薇转头看了眼身边的伙伴。她正不知所措,豺哥突然怒吼了一嗓子:"吵什么吵,再吵给老子滚出去!"

大概是老板压住了场子,后来的表演平平顺顺,一直持续到十点。

占薇回到休息室后,想起今天是叶雪城从法国回来的日子。手机屏幕上显示着他八点发来的短信,里面只有简单的一句话:"我下飞机了。"

她回复道:"早点休息。"

没多久,手机震动起来,小伙伴林希真打来了电话。

"喂?"

"薇薇,这次怎么接得这么快?"

"我刚好在用手机，"占薇拿起旁边的矿泉水，费力地拧着瓶盖，"有事吗？"

"我没事，"那边道，"是你男朋友有事。"

男朋友？

"你男朋友又打电话到我家了，让你接电话。"

占薇觉得奇怪，"我没跟他说今晚去你家呀？"

她记得几天前的电话里，她的借口是探望住院的辅导员老师。

"是吗？我不知道，还以为你告诉他了。"

"你怎么回的？"

"我说你在洗澡……"

"笨阿真，"占薇吐槽，"怎么每次都用同样的借口？"

听到妹妹的名字，站在一旁擦汗的林俊宴转过身来。他扫了一眼占薇手里没被拧开的矿泉水瓶，兀自拿过去，旋开后递到她的手上。

占薇愣了愣，道了声谢。

那头的阿真仍在说话。

"我一时半会儿也想不到别的借口呀……对了，他说半个小时后再打电话过来。"阿真的声音弱弱的，"你要不要赶回来？如果你男朋友知道我在撒谎，以后帮你打掩护的时候，会很没有说服力。"

……

占薇看看时间，"我现在回去吧。"

她郁闷地挂上电话，转头看向林俊宴，语气有点犹豫："学长，可不可以请你帮个忙？"

"什么？"

"……你今天骑了电动车吗？"

夜晚的气温很低，风呼啦啦地刮着脸。占薇坐在林俊宴的小电动后座上，思考着事情的前因后果。叶雪城突然打电话去阿真家的举动让她困惑。虽然那天占薇说要探望老师的时候，对方没有多问，可事实证明，他并没有相信她。

冷空气从领口灌进来，像冰似的，占薇忍不住打了个喷嚏。

林俊宴将车速放慢，"这次可别再感冒了。"

"不会。"

车在十字路口拐了个弯,朝上次走的近道驶去。四周黑黢黢一片,安静得让人心慌。

许久后,林俊宴问她:"又是你男朋友?"

占薇一愣。

"我觉得,如果两个人相处得不开心,还不如当断则断。"

占薇很少跟不熟的人聊起与叶雪城交往的细节,可这一刻她忍不住开口:"不是的。"

"嗯?"

"他以前不是这样的。"

林俊宴没说话。

"他其实是个很温柔的人,对我也非常非常好。"占薇道,"是他家里出了事之后,才变成这样的。"

林俊宴想了想,继续问:"所以,因为他对你好过,你直到现在还没有放弃?"

占薇不知该怎样回答。

小电动一路驶进林宅坐落的小区。路尽头的白色房子就是目的地。浅色的月光下,一片寂静。

车逐渐减速,却没有驶进林家的院子,而是突兀地停在路中央。

占薇感到疑惑,轻声问:"怎么了?"

林俊宴没说话。

占薇顺着他的目光看过去,这才发现离阿真家门口的不远处,停了一辆熟悉的车。她的心跳像是停顿片刻,慢慢地,胸口像是被什么压住了,传来一阵一阵的窒息感。

四下无声,车门忽然打开。熟悉的身影走了出来,路灯照在那人一丝不苟的西装上,脸上的表情晦暗不明。

他一步一步靠近两人,脚步在空旷的路上回响着。路灯下的影子一路前行,最后落在占薇的身上。

空气冷得似乎要结冰了。

是叶雪城。

他扫了一眼林俊宴,才看向下了车的占薇,声音没有温度。

"你移情别恋了?"

暗沉的夜色将叶雪城的脸勾勒得棱角分明。他温和的嘴角微微翘起,似笑非笑。占薇只感觉脑海里火花四射,明晃晃一片。

"不是……"

树影随着风晃了晃,搅动了地面如水的月光。下一秒他走向她,迅疾的动作带来了一阵风,令人发怵。

她本能地往后退了半步。

林俊宴见到此景,默不作声地挡在了她的面前。

和叶雪城一比,穿着夹克的林俊宴有些稚嫩。二十出头的男生,清澈的眼眸里闪着光。

这护花使者般的行为彻底激怒了叶雪城,他抓住面前人的衣襟,猛然逼近,作势要动手。

气氛降到了冰点。

面对此情此景,占薇感到一丝慌乱。她想了想,跑到叶雪城身边,拉着他的衣角,"你松开。"

叶雪城冷笑,"怎么?已经站到他的那边了?"

"不是的。"占薇道,"这根本不关他的事。我只是搭了学长的顺风车而已,不是你想的那样。

"我跟他一点关系都没有。

"真的。"

那晚占薇被叶雪城带回了家。

车里的气氛如山雨欲来。占薇正梳理着事情的来龙去脉,突然听叶雪城问:"只是搭了他的顺风车?"

声音里压抑着的怒气,让占薇一怵。

"你用脑子想一想,如果他对你一点意思都没有,那他刚才挡在你的面前是凭什么?"

占薇低声道:"阿真的哥哥……人非常好。"

"人非常好?是真的好,还是对你别有所图?"

占薇听着。

"真不知道你一天到晚在想什么？说你笨吧，对付起我来，手段一套接一套。"

面对他的数落，占薇别开头，不敢反驳。

车窗没有关严，缝隙里透进丝丝冷风。叶雪城心里的火却一点儿也没消解。过了会儿，他又问："多久了？"

"嗯？"

"在酒吧唱歌多久了？"

占薇老老实实作答："一年。"

"上次查你的账户，多了很多钱，从酒吧赚的？"

"也没有很多……"

"现在酒吧唱歌的收入这么好了？"

占薇低下头沉默片刻，问出了心中的疑惑："既然你知道我在酒吧唱歌，为什么今晚还给阿真打电话？"

直到此刻，她还没明白他的用意。

叶雪城反问："你说呢？"

占薇摇头。

"上次有人见你坐那人的车一起回家，还同居了。"他眯起眼睛，"我想看看到底是怎么回事。"

"没想到你还真没让人失望。"

"不是的。"

"不是什么？"

她的声音很低，"我只坐过他的车两次。"

"两次？"

"嗯，今天晚上……还有几个星期前你打来电话的时候。"

叶雪城的眉头紧皱，没再发问。

空气沉闷，占薇呆坐着，只希望这段路快点结束。

可结束后，迎接自己的又会是什么？

她不知道。

天气预报提示气温降到了十摄氏度。回到家后，叶雪城在浴室里冲了个凉水澡，心情却燥热得像块烧红的烙铁。

他关上淋浴,走到洗手池前。镜子里曾经年轻气盛的脸上,已经有了不易察觉的纹路。他脑海里浮现出占薇的笑,突然有些迷茫。

两人相识十年,却好像越走越远。他讨厌这样不确定的感觉。

非常讨厌。

深夜,占薇躺在床上。即使被子裹得很紧,她的脚背依然冰凉。

她翻了个身,轻轻叹了口气。暴雨过去,终于等来了片刻的风平浪静。可她心里仍很不安。

叶雪城的审判只进行到一半,便戛然而止了。

还会有后续吗?

黑暗里,她听见外边的门锁转动,过了会儿,响起了鞋子踩在地毯上的声音。

对于叶雪城的不请自来,她并没有意外。

意外的是他突然降落的亲吻。

男人的身体覆上来时,她瞬间被炙热的气息包围了。皮肤有粗粝的质感,和她的皮肤紧紧相贴,让人心痒。

他吻着她,没留一点儿空隙。

力度时而温柔,时而野蛮,身下的占薇被他亲得迷迷糊糊。直到亲累了,他才离开她的唇,头抵在她的肩上,像气喘吁吁的狮子。

占薇全身紧绷,像是怕惊扰到他。她知道,他在用他的方式宣泄。

许久后,她声音很低地说:"对不起。"

他没有吱声。

占薇又重复了一遍:"对不起。"

对于骗他那么久,还害他产生那些担忧和误会,她真心感到抱歉。

可叶雪城心里依然有火,他强忍着激烈的情绪,翻了个身,在她的旁边躺下。

他闭上眼睛,声音冰冷,"算了,睡吧。"

过了许久,叶雪城都没说话。占薇知道他没睡着,轻轻地向他靠近,乖巧地依偎在他的怀里。

还好,他怀里的温度,依然是热的。

第二天,占薇的脑子昏昏沉沉的。

她坐林俊宴车的事算是过去了，可酒吧和乐队呢？他除了昨晚问过几句，便只字未提。

傍晚下课，叶雪城接占薇回家，车行到半路，身边的人突然打开音响。

沉闷的气氛被音乐声打断，广播里放着熟悉的旋律，是《时间线》。

叶雪城的表情里仍看不出什么端倪，过了一会儿他才道："这首歌是什么时候写的？"

占薇回答："我们刚订婚的时候。"

"我很喜欢。"

"喜欢？"

叶雪城一笑，没再说话。

话题点到为止。回到家后，占薇的脑海里却一直回放着叶雪城的话。她第一次发现，"喜欢"这简简单单的两个字，竟有如此深奥的含义。

他说喜欢，是真的喜欢吗？

喜欢的意思，等同默许吗？

转眼到了十二点。

叶雪城没有来她的房间，四周极其安静，仿佛这屋子里只有她一个人。

这不正常！很不正常！

占薇去洗手间时，路过叶雪城的房间。门缝里透出浅浅的光，她想了想，轻轻敲了敲房门。

周围安安静静的，她想，里面的人大概是睡了，于是自作主张地将门推开。

叶雪城的房间比占薇的宽敞，落地窗开着，深色的窗帘随风飘动。屋子里都是属于他的味道。

正中间宽阔的大床上，男人静静地趴着，睡得十分安稳。

占薇走近几步，才发现他的头发上带着透亮的湿意，水淋淋的。原本只是进来关灯的她找来毛巾，爬上床，一点一点擦干他发梢的水。

她的动作很轻，似乎害怕打扰他。她正认真地擦拭着，手腕却被眼前的人反手扣住。叶雪城懒洋洋地侧过身，抬眼看她，深黑的眼睛里闪着光。

占薇这才意识到他根本没睡着。

她伸手掰着他的手掌，"我回房间了。"

"既然来了,为什么要走?"

他的手力气很大,她挣扎了几下,却完全挣不开。

"你松开……"

他的恶趣味顿时上来了,"大半夜的,衣服也没穿,就跑到我的房间,想干什么?"

"来帮你关灯。"

她回答完才意识到,他的问题重点在于"衣服也没穿"几个字。占薇瞄了眼身上的小吊带,顿时红了脸。

"你想关我的灯,"他笑,"为什么?"

"因为……"

叶雪城满脸写着捉弄与刁难。

"因为,睡觉开灯费电。"

叶雪城一笑,"既然来关灯,怎么关着关着……爬到我的床上来了?"

占薇跪坐在床上,鼓着腮帮子不接话。荧荧的灯光下,模样显得十分可爱。

叶雪城也不知道她为什么看起来这么萌,心里像有一群鸟儿在吵。

他想,天然呆果然是天然的,即使眼前这个还是一个会哄人的骗子。

叶雪城坐起来,双手轻轻抬起,落在她两边的耳郭旁,循着软骨的纹路,暧昧地摩挲着,最后落在她的耳垂上。

"干吗……"

他与她对视,"现在我问你问题,你要认真地回答我。"

占薇不知道他这又是来哪一出。

"如果你敢骗我,我会揪你的耳朵。"

占薇"哦"了一声,忍不住想,真正的"刑讯"逼供就快开始了吧。她今晚真是不该主动送上门来。

面前的人一脸严肃,低沉的男音在夜色里回荡。

他开口——

"我眼角的痣……

"诗一般的名字?

"手背的胎记都是你喜欢的样子?"

念完这几句,他的嘴角漾开了浅笑。他轻咳了一声,清了清嗓子,又继续道:"希望时间重来一次,从什么时候重来?"

"还有,我怎么就成全了你每一句歌词?"

占薇的脸噌一下红了,一股热流像烟花般在脑海里炸开。

明明说好是逼供,怎么就念上歌词了呢?

平时唱出来没觉得有什么,眼下被歌词里的主角当面质问,怎么都不对劲。

简直比私密日记在广播里被反复读还难受。

真是……万分羞耻啊!

占薇的脸像过了蒸汽的小龙虾,红扑扑的,鲜艳的颜色一路向下,蔓延至衣领深处。

叶雪城还要继续,占薇忍不住打断他:"你别念了!"

他挑着眉毛,目光闪烁:"怎么了?你有勇气给那么多人唱,我念几句就听不下去?"

如果不是被他揪着耳朵,占薇真想把脸埋进被窝里。

娇艳欲滴的脸,因为害羞的红色,显得更加可爱动人。

"你让我的隐私被那么多人知道了,经过我的允许了吗?"

"对不起,我也……"

"还在枕头旁边偷偷藏过我的照片?哪张?什么时候?"

占薇的脸热得不行,面前的人却步步紧逼,不打算轻易放过她。

她感觉自己快要爆炸了。

"呜——"她懊恼地叫了一声,把脸捂住。

"别问了!

"对不起,真的对不起!

"我只是想唱歌,没想到会被人放在网上,更没有想到会有人翻唱,我……"

她的声音还没落地,蹂躏着她耳朵的手放下来。过了一会儿,他将她挡在脸上的手拿开。

占薇仍然闭着眼睛,一脸羞愤。在浅白色的灯光下,连微微皱起的眉头都是素净美丽的。

叶雪城抬起她的下巴,轻轻吻了上去。

夜风绕过窗棂吹进来,面前人的身体如一团火,贴在占薇的皮肤上,灼得她胸口发烫。

早晨醒来时,叶雪城仰躺着,占薇微微缩成一团,安安静静地窝在他的身边,温柔而听话。

叶雪城一笑,伸手揉了揉她的鬓发。渐渐地,她的长睫毛下透出光亮,眼帘打开,好看又无辜的眼睛对了上来。

占薇像只被人揪了尾巴的小猫,哼哼唧唧地叫了两声。过了一会儿,她才想起了一件很重要的事。

"对了,你昨天说我的歌好听,是认真的吗?"

"嗯。"他的语气肯定。

占薇一鼓作气地问:"既然你喜欢我的歌,那我可以继续在乐队唱歌,对吗?"

他沉默着,眼里的笑意渐渐消失。

"可以吗?"

他没有回答,只是说:"起床,我送你去学校。"

去学校的路上,两人一路沉默。最后临下车时,叶雪城才给了占薇答案。

"别再去酒吧唱歌了!"

占薇一愣。

"还是那句话,"叶雪城的声音很淡,"那种地方不适合你。"

"可是……"

"就这样,这个问题到此为止。"

直到占薇进了教室,脑海里还回荡着叶雪城冷冰冰的语气。老师在讲台上解释讲义,周围安安静静的。

阿真发现了朋友的异样,压低声音问:"你怎么了?"

占薇打开课本,"没什么。"

"对了,那天晚上你不是打算赶回来接电话吗?后来我哥说,你被你男朋友接走了。"阿真道,"我还想问你呢,你男朋友没把你怎么样吧?"

旁边的人低垂着睫毛,没吱声。

阿真戳了戳她,"没吵架吧?"

吵架？

占薇听到这个词，一愣。

细细想来，她和叶雪城认识这么久，从来没有争吵过。如果有意见相左的时候，自己一定是处于弱势，是被动接受观点的那方。

这样的他们，又怎么会吵架呢？

"不算吧。"占薇低声答。

"他知道你在 Super Nova 唱歌的事了？"

"嗯。"

"然后呢？他怎么说？"

"让我退出乐队。"

阿真感到意外，"你打算怎么办？"

占薇转着手中的笔，目光涣散。

"不知道。"

因为叶雪城的话，占薇一早上都不在状态。

午休时间，占薇回到寝室，准备补个觉。对铺的阿真已经钻进了被窝。程乐之则坐在书桌前，低头看手机。

占薇把被子裹得严严实实的，刚闭上眼睛，便听程乐之问："占薇，你看了微博没？"

她含含糊糊地问："什么微博？"

程乐之走近，"你看。"

被窝已经焐热，占薇不情不愿地爬起来，见程乐之踩着凳子，将手机举着。

她说："喏，就是这个。照片上的人，是你吗？"

程乐之手机上显示的，正是 Super Nova 表演的现场照片。占薇穿着白色 T 恤衫和深色休闲裤，一副邻家女生的乖巧模样。手里的电吉他将她衬托得格外娇小，张扬的红色琴身，搭配着女生清新的气质，制造出了强烈的冲突。

美丽的脸蛋是无瑕的白，她闭着眼睛，手指娴熟地拨弄着吉他，沉浸在音乐的世界里。

图片来自一位叫"咕咕鸡"的网友的微博，描述只有一句话："美腿真相。"

占薇看着屏幕上的自己,整个人都是蒙的。

程乐之敲了敲床沿,"这上面的到底是不是你啊?"

占薇没吱声。

睡在对面的林希真察觉到了这边的动静,拔下耳塞,"乐之老大,你们在说什么?什么照片?"

她爬到床头,目光朝这边探了探,然后一脸惊吓。

程乐之觉得不对劲。

"薇薇,"阿真很激动,"你被彻底暴露了!"

"暴露?"程乐之一头雾水。

阿真没搭理一脸问号的程乐之,又道:"照这样发展下去,大家很快就会知道你在乐队唱歌的事了……"

"乐队?"程乐之的认知受到了冲击,"什么乐队?"

事实上,程乐之一直被蒙在鼓里。

占薇加入 Super Nova 的事,原本并不想让人知道。后来林俊宴加入乐队,阿真偷偷摸摸地来捧过几次场,这才发现了他们的秘密。而好学生程乐之,平时不是在上自习,就是在参加社会活动,对其他事情漠不关心,大家自然没跟她提起。

占薇翻着微博留言。一旁的阿真向程乐之解释了来龙去脉,理所当然引起了寝室长大人的暴怒。

这种恶劣的行为,跟四人的寝室里,其他三人偷偷建了聊天群有什么区别!

"你们这些臭丫头,太过分了!"

"亏我们在一起睡了这么久,当我是死的吗?"

阿真在一旁抚慰:"老大,你别生气!别生气!我们也是有苦衷的……"

"苦衷?"

"一是我们怕这些事情影响你的学习,"阿真看着程乐之的冷脸,战战兢兢地解释,"二是薇薇她男朋友还不知道这件事情,所以知情人越少越好……"

程乐之更惊讶了,"她男朋友也不知道?"

阿真补充："现在已经知道了。"

两人吵闹的间隙里，占薇一直没出声。此时她的脑海里一片混沌，烦心事像从泥泞里伸出触角的八爪鱼，紧紧地缠绕着她，让她喘不过气。

下午三点，"咕咕鸡"发布了另一组照片，是占薇表演的九宫格。

照片从不同角度对占薇的一颦一笑进行了特写。画面里的她眉目含情，红色的电吉他仿佛长在她身上似的，浑然一体——柔软又坚韧的女生，沉迷于音乐的节奏里，美丽而夺目。

占薇犹豫一番，给咕咕鸡发去私信。

"您好，我是 Super Nova 的主唱。之前看到您发了我的照片，能不能麻烦您把照片删掉？"

没多久那边回复："是主唱本人？"

"嗯。"

"多好看啊！为什么要删照片？"

"加入乐队是私人爱好，身边的人并不知道，怕引起不必要的麻烦。"

对方倒是通情达理："让我删微博没问题。不过这些图不是原创，我也是从别人那里转来的。原微博现在光转发都已经快三千了。"

三千？

占薇上网的时间少，不清楚三千的微博转发量是什么概念。可是从对方的语气听，事情似乎正在往更复杂的方向发展。

占薇心神不宁。她联系了那位首发博主，对方没回复，她又在他的微博里留了条求删图的评论。

下午课间，占薇想看看留言回复了没有，却发现自己的评论上了热门，下面是一批不明真相的网友留言："前排合影"。

更夸张的是，自己的微博粉丝从原来的一百来位，迅速涨到了五百。

有不少人发来私信——

"翻了你的微博，感觉跟乐队没什么关系。是来蹭热度的吧？"

"女神，超喜欢你的颜！"

"以后可以多发一点照片吗？"

占薇不常登录微博，平时也很少发表言论，只是偶尔转发一些与专业相关的资料。在她的个人界面上，是明晃晃的高深莫测的标题。

"七十个银行系金融知识大全。"

"价格是高度分权的结果。"

"微观经济学的启示。"

如果将这些和照片上的女人联系在一起,除了违和,还是违和。

占薇有些头疼,所有的矛盾交织在一起,形成了一个巨大的旋涡。她正站在旋涡中心,无所适从。

下课后,占薇接到叶雪城的电话,说他在寝室楼外面等她。

上了车,叶雪城将手机扔在一旁,屏幕还亮着。占薇扫了一眼,是那些被传到网上的表演照片。

她犹豫了一会儿,问:"你看到了?"

"嗯。"

占薇不知该接什么话。明明是十分相熟的人,却突然冷了场。

身边的人发动汽车。走了一段距离后,他开口道:"从今天起,你搬到我那里去住。"

她一愣,侧头看他。他的眼睛里带着愠色,一点儿也没有开玩笑的意思。

她想了想,问:"为什么?"

"理由我已经说过了。"他的语气有些冷,"你一个人在学校,没人看着,估计又会跑到那种乌烟瘴气的地方。"

听到"乌烟瘴气"几个字,占薇感到不快。过了很久,她微弱地出声道:"我不要。"

"不要?"

她紧抿着唇,看着面前的路。

"不要是什么意思?"叶雪城问,"是不想跟我一起住,还是不想离开酒吧?"

"跟酒吧没有关系。"占薇试图辩解,"我去酒吧,只是因为乐队在那里表演而已。"

他听着。

"你也知道我有多喜欢音乐。我好不容易找到了开拓爱好的方式,找到了志同道合的伙伴,我不想放弃。

"我在乐队的这段时间,真的很开心。"

等她终于说完,叶雪城笑,"既然你说和酒吧无关,只是乐队的事,那我们来说乐队。"

占薇一愣,听他说道:"你乐队里的人哪个是正常的?酒吧老板高中毕业就开始混社会;聂熙抽烟喝酒换男人,看起来也不像好人;林俊宴就更有意思了,视频里他一直往你的方向瞄,他怎么想的,你不知道?"

一贯冷静自持的人,现在变得激动起来。

她的声音很低:"他们都是很好的人,不是你想的那样……"

叶雪城冷着脸,没有搭腔。

"我保证,除了唱歌,不会做别的事。绝对不会影响到你,好不好?"

她的语气柔柔的,接近恳求。

可他依然不为所动。

"就这样,你到我那儿去住。寝室的东西收拾好的时候,告诉我一声,我找人帮你搬家。"

第十一章
蔷薇与吉他

回到家里,占薇吃了点好的外卖,没打招呼便上了楼。叶雪城知道她在生闷气,并没有点破,默默地收拾好餐桌上的残局。

洗完澡后,他躺在床上,手机里回放着占薇表演的照片和《时间线》的演唱视频。美丽动人的女孩在舞台上抱着吉他,发光发热。

他看了一遍又一遍,直到闭上眼睛,脑海里都是她唱歌的模样。

柔软娇嫩的少女,像带着露滴的蔷薇,芬芳可人。

可叶雪城下一秒便意识到,被这美好颜色吸引的不仅仅是他,还可能是无数双屏幕前的眼睛。

他无奈地一笑。他似乎每一次和她产生的危机感,都与音乐有关。他和她因为音乐相知结缘,在不知不觉间,音乐却成了他十分惧怕的东西。

他曾经看过在某次宴会上占薇弹钢琴的视频。

娇小的女生穿着白色的旗袍,坐在巨大的三角钢琴前。她有着明艳夺目的长相,熨帖的旗袍将身材包裹得玲珑有致,令人心动神迷。

难怪凌寒的母亲看到这场景之后,想让占薇嫁入凌家,做她的儿媳。

画面典雅到了极致,钢琴声也清灵动听。可叶雪城听着那曲子,却突然有了莫名的厌恶。

大概从那时候开始,他就对她玩音乐这事感到了反感。

因为双亲过世,叶雪城经历过巨大的悲痛。他已经没什么好失去的了,他只想将手中剩下的东西，牢牢地攥着，抓得更紧一点。

隔天，叶雪城和占薇的父母约好回家吃饭。

母亲韩汐特地做了占薇喜欢的冬瓜瑶柱汤和清蒸鲈鱼。占薇坐在桌前，看着热腾腾的菜并没多少食欲。旁边的叶雪城和父亲占则明，聊着她不感兴趣的商业话题。

吃饭到中途，占则明犹豫着问叶雪城："听说你跟兴建银行的老总很熟？"

叶雪城答："是的，爸。"

占则明又聊了几句，提到城西房产项目的资金问题。末了，他让叶雪城帮忙约兴建银行的老总出来吃饭，顺便商量贷款的事。

叶雪城利落地答应："吃饭需要我一起吗？"

"如果有空，一起更好。"

"我先联系，安排好了跟您说一声。"

"嗯。"

父亲担忧的事有了着落，看上去比之前轻松了些。再随口聊了几句股市，两人突然说起了西柳巷。

是叶雪城起的话头。

"对了，上次您提过恒东集团准备改建西柳巷的事，后来怎么样？"

占则明道："那一块儿不是人流多吗？交通又方便，本来想修一个大型商业中心。不过拆迁老房子太费劲，他们一时间筹不够钱，项目就暂时搁置了。"

"他们还差多少？"

占则明说了个数字，不是小数目。

"现在投钱进去，还来得及吗？"

占则明有些意外，"怎么？你什么时候对房地产有兴趣了？我去帮你问一问。"

占薇听着面前的人一来一往，试图理清思绪。

Super Nova的那条酒吧街，名字就是西柳巷。老房子拆迁？商业中心？

她一头雾水。

直到从家里出来，两人独处的时候，占薇才有机会问叶雪城。

"你们刚才说在西柳巷建金融中心……"占薇声音很小,"你真的会投钱吗?"

西柳巷改建,Super Nova 也会被殃及。没有了酒吧,乐队便少了立足的地方。

直到这一刻她才知道,面前的男人从来都知道怎样握住她的七寸。

他回答:"会。"

她问:"因为我?"

"如果我说是呢?"

空气安静下来。占薇看着他,眼睛里闪过意外、愤怒,最后平静下来。

Super Nova 开了七年,豺哥将全部的身家都投在里面,酒吧就是他的命。聂熙是乐队的元老,把乐队当成了家。还有阿勤、林俊宴,每个人都深深地热爱着所做的事。

如果因为自己,大家不能继续下去,占薇一定会良心不安。

即使感情上难以割舍,她也必须做出正确的选择。

"其实没必要这样。"她道,"如果真的那么讨厌我唱歌,我不去就是了。"

叶雪城没想到占薇这么轻易便答应下来,一笑。

"好,你要说到做到。"

转眼到了周日,占薇决定去乐队参加最后一场演出,顺便跟所有人道别。

程乐之和阿真并不知道占薇打算退出乐队的事,兴致勃勃地准备晚些时候去围观。占薇出门前,她们一直叽叽喳喳地说个不停。

突然,程乐之叫住占薇,"对了,你在我们学校出名了,你知不知道?"

占薇不解。

"上次网上的演出图片,已经在学校论坛里传疯了。昨天还有几个小学妹问我,照片上的人是不是你。"

"是吗?"

"她们看了你乐队的演唱视频,喜欢得不行。"程乐之笑,"说你又美又帅,还准备今天一起去围观你的演出呢。"

占薇在听到那个"帅"字时,微微一愣。她一直都是怂怂的、软软的,从来没有被人夸过"帅"。

说起来，竟然有那么一点儿让人高兴。

她到了酒吧，豹哥和其他人正坐着聊天。离表演开场还有五个小时，大家也不急着排练，随意东拉西扯了一番。

期间说到西柳巷拆迁的事。

西柳巷的房子，大多是二十世纪四五十年代修建的。因为地段优越，一直是房地产商眼中的香饽饽。早几年便有传闻，说西柳巷要改建成商业中心，却因为资金问题，迟迟没有动工。

再次传出拆迁的风声，是因为有大老板看中了这个项目。

而这个传说中的大老板——

"占薇，叶雪城是你的老公？"

占薇愣愣的，不明所以。

豹哥指了指身边跷着二郎腿的女人，"聂熙说的。"

"不是老公，"她答，"是未婚夫。"

"他一个卖电脑的，怎么突然对修房子感兴趣了？"豹哥念叨着，"这个酒吧我都租了好些年了，刚装修完就要拆迁，诚心让我赔本是不是？"

占薇低着头，"对不起。"

"你道什么歉？"

"这事怪我。"她道，"他知道我在乐队唱歌的事，说我如果不退出乐队，就让酒吧开不下去。"

"所以？"

"我退出。"

空气突然安静下来，乐队的成员齐齐地看着她。

"谢谢大家这么久以来对我的照顾，今天可能是我最后一次参加乐队表演了。"

占薇低下头，声音越来越小。

豹哥不可置信地看着面前的人，突然卷起手里的宣传单，在她后脑勺上用力敲了敲。

"你是不是傻？"

啊？

"酒吧在这个地方开不下去，换个地方开不就行了？你为大家退出，觉得很伟大是不是?脑子这么笨,真不知道是怎么考上大学的!"

听犳哥噼里啪啦说了一大通,占薇迷迷糊糊的,根本抓不到要点。

"可是……"

他打断她:"我还是那句话,酒吧在哪里开都不是问题,大家在一起才最重要。"

"乐队还要靠你写歌呢。"

"你敢随随便便退出,我弄死你。"

占薇一时回不过神来。

明明被劈头盖脸骂了一顿,可她心里却有一点感动。

乐队表演前,地下室陆续来了不少客人。酒吧靠左侧坐着几个可爱的女生,其中一个手里还捧着一束花。

程乐之和阿真已经到了。站在后台的时候,程乐之指着那个拿花的女生道:"我打赌那束花是送给你的,信不信?"

占薇回头,看到几个女生正看向自己,脸一热,匆匆别开视线。

程乐之恨铁不成钢地说:"我说,跟女人对视,你脸红什么?"

……

"没出息!"

"薇薇,你胆子还要再大一点。"阿真搭腔,说完又拍拍程乐之的肩,"老大,你看那边,是不是你们英语口语协会的跟班小妹?"

地下室的入口处,几个女生正朝这边走来。程乐之有些激动,"她们真的来了,还有会长大人!我先过去打个招呼。"

程乐之乐颠颠地跑了过去,只留下了占薇和阿真。

占薇想着等会儿要在台上唱的歌。阿真却在一旁陪她发呆,过了许久,突然慢悠悠地说:"薇薇,说不定……你会火欸!"

"火?"

"嗯,听你歌的人越来越多了。"

占薇没接话。

阿真又问:"你自己呢,难道不希望得到更多的认可吗?"

占薇一怔。在今天来 Super Nova 之前,她已经决定放弃乐队。可听了犳哥和阿真的话后,她的心却开始动摇。

离表演开场只剩一刻钟,占薇准备进休息室拿电吉他。坐在角落里捧着花的女生突然走近她,挡在她的面前。

"你好,今晚加油!"

没等占薇反应,鲜花便被一股脑儿塞进她的怀里。

"还有,我很喜欢你!"

占薇第一次被女生说喜欢,有些难为情。

"谢谢。"

旁边一个高个子女生笑着插话:"我妹是学校吉他社的。上次给她发了你的照片和视频,她激动得不行,那首《时间线》也不知道在家里放了多少遍。还把你的照片设成桌面,每天都在那儿叽叽歪歪,说什么很帅、想嫁之类的话。"

送花的女生低下头,有些羞涩,"因为,女生这样抱着吉他在舞台上唱歌,真的是帅到不行啊!"

帅到不行?

女生一脸真诚,"所以,请你一定一定,要继续这样帅下去!"

占薇站在舞台上,脑海里还在回响着女生的话。

旋律响起,她仿佛置身一片秘境,高高低低的五线谱化成耳边的风。怀里的吉他是她的武器,让她在音乐的世界里无所畏惧。

下一秒,躁动的鼓点如一道惊雷,将沉寂打碎。强烈的节奏冲击着耳膜,气氛变得汹涌而炙热。

鼓点被低沉的贝斯牵引着,与键盘和吉他的声音交织在一起,勾勒出了美妙绝伦的音色。

占薇站在这盛大的美景中央,忽然扬唇一笑,浑身散发着让人几乎挪不开眼的绚烂。

她开口唱道——

"奔跑吧,
时间在后面追赶啊,
你看过很多难题和解答,
才明白什么是生如夏花。

……"

程乐之和阿真坐在下面，旁边的口语协会会长跷着二郎腿，打量着舞台上的人，"乐之，你这位朋友唱歌的时候，跟平时比起来，简直是两个人。"

程乐之笑，"那家伙呀！"

此时此刻的占薇，完全沉浸在音乐的世界里，什么都无法撼动。

如果说平日里的她畏缩、内敛、胆小，那么此时的她，则恰恰展现的是另一面。

她勇敢、张扬又坚定，焕发着不可抗拒的明艳色彩。

"可惜知道她是什么德行，"程乐之道，"不然看见这场面，我说不定也会成为迷妹呢。"

歌曲到了高潮。小小的舞台上，键盘手飞速地在琴键上移动着；一旁的主音吉他手望向中间，同主唱怀里的吉他遥相呼应；贝斯手低头拨弄着手里的弦，一脸超然世外；而角落里的鼓手，快速地击打着节拍，构成了这地下空间里的最强音。

每个人都酣畅淋漓，每个人都热血沸腾。

大概是受到了感染，林希真看着台上的人，心里激动不已。她站起来，朝舞台大喊："薇薇、林俊宴，我爱你们啊——"

恰好一曲完毕，她的声音在片刻的沉静中显得突兀。占薇垂眼，见底下的阿真正激动地朝自己挥手。程乐之也尖叫起来。更左边的位置，送花的女生和她的伙伴正看着自己，眸光闪闪。

占薇的眼眶渐渐湿润。朦胧间，她仿佛听见一个声音在说——

你看，青春这一场没白来吧？

痛快地唱了一晚，占薇回到寝室，倒头就睡。待她睁眼，已经是第二天中午，那些糟糕的情绪像炊烟一样，已经散去，不着痕迹，脑海里只剩下送花女生说的话。

要一直、一直这样帅下去！

海上雾气沉淀，灯塔渐明。那一刻，她做了决定。

桌上放着女生送她的花，粉色的百合散发着清醇的香，看起来新鲜娇艳。她发了一会儿呆，才注意到一旁的手机屏幕在闪。

划开解锁，上面显示叶雪城打来了七个未接来电。

见到叶雪城，已经是傍晚了。

他刚从外地回来，穿着拘谨的正装。也许是没休息好的缘故，清冷的眉宇之间有落寞的疲态。

正是晚饭时间，周围是熙熙攘攘的行人。叶雪城因为来学校做过讲座，认识的人不少。碰见知道两人关系的熟面孔，对方会热情地招呼："占薇，你男朋友又来看你了？"

占薇尴尬地笑。

进了车里，窗户关上，外面的世界瞬间被隔开。

叶雪城的手停在方向盘上，却并没有发动汽车。他酝酿了一会儿，问："昨晚给你打了七个电话都没接，怎么回事？"

占薇看着路边的树，目光放空。

"趁着我不在，又去酒吧？"叶雪城道，"你忘记答应过我什么了？"

占薇沉默了很久，才轻声开口："对不起。"

他看着她。

"对不起，可能我要食言了。"

"什么意思？"

"我不会退出乐队。"占薇道，"我真的很喜欢乐队，喜欢大家，不想随随便便放弃。"

叶雪城一愣，对占薇的直接顶撞有些惊讶。他笑了笑，"酒吧开不下去也无所谓？"

占薇迎着他深不可测的目光，深深吸了口气，"随便你，我们会想办法的。"

"想什么办法？"叶雪城看着她，就像看着闹脾气的小孩，"换个地方再开一家？我还能让你们开不下去，信不信？"

占薇心里一紧，再看叶雪城的表情，她知道他不是在开玩笑。

"你别太过分……"

"哪里过分？"叶雪城一笑，"我管你，不是应该的？"

话题没再进行下去。

更早一些,母亲打来电话,中间提到叶雪城出差辛苦,让两人回家里吃饭。

车往占薇家的方向驶去时,她一路都沉默着。就在刚才的瞬间,她才发现叶雪城是那么陌生,陌生得可怕。

事到如今,她终于明白过来。无论过去是他眼中的"妹妹",还是现在的"未婚妻",他从来没有把她当成平等的爱人。

天气阴阴沉沉,突然狂风大作,吹得路旁的树东倒西歪。大雨不期而至。

到家的时候,雨愈下愈大。

饭桌上,占薇安安静静的。叶雪城和占则明聊起了上次和兴建银行行长吃饭的事。通过叶雪城的交涉,一直被拒绝的贷款很快批了下来。城东的房产项目已进行到一半,如果此时资金链断掉,楼房可能成了彻底的烂尾楼。这样一来,前期的投入损失、银行的借款,都足以压得占家喘不过气。

可以说,只是短短的一个月,占家已经在破产的边缘走了一遭。

解决烦恼后的占则明心情愉悦,"雪城这孩子做事尽心,也让人放心。"

叶雪城答:"都是一家人,别客气!"

母亲韩汐坐在对面,时不时打量着眼前的女儿和女婿,从进屋那刻两人便没说过话,看来是在闹情绪。

她想了想,"对了,今天的湖藕汤,我炖了一下午,味道全进汤里面了。雪城这几天出差,应该吃上什么好的。占薇,你快给人盛一碗。"

占薇被她唤了一声,飘浮的思绪这才落回地面。

"他自己盛就好了。"

"没看见汤在你身边吗?给人动动手怎么了?"

然后占薇又顺带被母亲数落了几句。大意是叶雪城平时奔波劳碌,而她就是个混吃混喝、闲出屁来的懒惰大学生。

占薇也不反驳,把汤端到叶雪城面前,"够近了吗?"

叶雪城拿起汤勺,就着韩汐的盛情,将湖藕汤舀进碗里。

占则明看着这对年轻人,笑道:"你们都订婚一年多了,关于结婚的事,有什么打算?"

占薇一愣。

身边的叶雪城倒是从容淡定,"占薇明年三月满二十,到时候先领证。"

"婚礼呢？你们怎么想？"

叶雪城回答："暂时还没考虑，不过之前聊过旅行的事，可能会去欧洲度蜜月。"

"蜜月的事情我不管，婚礼酒席得排场漂亮。结婚是大事，我们占家嫁女儿，可不能马虎。"

"您放心。"

占薇安安静静地不置一词，好像他们讨论的是别人的事。

韩汐见女儿低着头，问她："关于婚礼，占薇，你有什么想法？"

占薇正走神，她抬头，茫然地看着母亲。

"问你话呢！这么大的人了，总不能什么都让雪城操心吧？你以后可是家里的女主人。"

"我……"她的声音卡在喉咙里。

叶雪城微微一笑，"没关系。"

接下来他们又聊起酒店和蜜月的事。占薇听着，心底的抵触强烈起来，逐渐凝成了一个声音。

突然她打断身边的人："我不想结婚了。"

声音不大，却充满杀伤力。饭桌周围瞬间陷入安静。叶雪城拿筷子的手在空中停顿半晌，才夹起盘子里的菜。

母亲对占薇没头没脑的话表示不满："这孩子，什么叫不想结婚了？不是恐婚了吧？"

占薇索性一鼓作气地说："我只是觉得……自己什么都不懂，还没做好结婚的准备。"

两位长辈对突如其来的状况不知所措，气氛一时间变得十分尴尬。叶雪城却面不改色地喝了口水，目光清浅。

"谁是天生懂这些的！"韩汐打圆场，"妈妈我当年嫁给你爸的时候，也以为自己还是小女生，后来不是挺好的？都是慢慢学会的。"

"我……"

"你啊，就是太紧张了！"韩汐朝叶雪城笑，"她不懂事，说话没个轻重，你别和她一般见识。"

叶雪城动了动嘴角，"没事。"

结婚的事被敷衍过去后,叶雪城的话顿时变得很少。韩汐不停地找话题,偶尔打量一眼未来的女婿。他虽然说"没事",可表情里每个细节都在提示——他很介意。

一旁的占薇认真吃着饭,没有再看叶雪城。

待吃完饭,父亲回到了楼上的书房。母亲和保姆阿姨进了厨房,留下占薇和叶雪城在客厅里单独相处。

两人都没有说话。

此时风大了一些,雨滴砸在玻璃上噼里啪啦的。母亲从厨房里走出来,"听说雨会下一整晚,去雪城家的那条路已经开始积水了。要么你们在这儿睡吧?"

占薇愣愣的,没吱声。

韩汐又道:"雪城,你今天刚出差回来,没休息好。楼上有间客房,是我昨天刚收拾出来的,占薇,你带他上去,让人家早点休息。"

"好。"

占薇领着叶雪城上了楼,客房在自己房间的隔壁,床已经铺好。她给他讲了洗漱用品在哪里,换洗的衣物放在什么位置。她又将铺好的被子理了理,才准备离开。

她一转身,却看见叶雪城靠在门边,双手抱胸,深不见底的眼睛打量着她。

周围安安静静的,墙上时钟走动的声音格外清晰。

他问她:"之前说不想结婚,你是认真的?"

光线在那个瞬间变昏暗了,空气被什么压紧了似的。占薇轻轻呼了口气,应声道:"嗯。"

认真的。

"什么意思?"叶雪城幽深的瞳孔微微收敛,目光变得锐利起来,"是不想这么快结婚,还是不想跟我结婚?"

"我只是觉得……我们这种关系……不对。"

他愣怔片刻,忽然一笑,"我们的关系不对,那你认为什么关系才是对的?"

冷静自持的他一时间怒气上头,言语刻薄,"你跟林俊宴的那种关系是对的,还是你和凌寒的关系才是对的?"

占薇一愣。

过了会儿,她似乎回过神来了,不可置信地看着面前的人,眼睛渐渐泛红,晕染了雾气,鼻尖开始发酸。

他明明知道,她有多喜欢他。可那些讽刺的话,却冷冰冰地从他的口里说出来,如横来的利剑,直刺她的心脏,好像他从来不在乎她的感受一般。

又或者,不是不在乎,而是不爱。

哪怕他对她有一丁点儿怜悯,他都不会舍得让她这样难过。

她什么都没说,看了叶雪城一会儿。安静的目光里,带了点悲凉。

那是一种哀默大于心死的感觉。

叶雪城被她看得心惊。下一秒,他见她伸手拉门,连忙上前阻止。凭着两人身高和力量上的悬殊,他将她抵在了墙角,牢牢束缚在怀里。

他连语气也变得不确定,"你要去哪儿?"

"回房间,睡觉。"

她并没有表达不满的意思,只是温顺的声音里带着敷衍。他的胸口一紧,嘴唇循着她身上的香,最后落在了她的唇上。

原本是浅尝辄止的亲吻,不知不觉间,却越吻越深。感受到了怀里的抗拒,他束缚在她腰间的手却越发用力。就像饮着度数不高却后劲十足的酒,让人神魂颠倒,不想轻易放下酒杯。

最后是唇边传来的痛感,让他彻底清醒过来。

意识到被咬了一口,叶雪城退开了。面前的人却趁着他失神的间隙,挣开他的怀抱,夺门而出。

叶雪城的心像沉到了海底。

后来他脑海里一直浮现着她最后的眼神。那毫无波澜的平静里掩藏的情绪,是失望。

她对他失望了。

这个顿悟让他感到心烦意乱,直到清晨六点,他仍旧翻来覆去,毫无睡意。

他好不容易睡了一会儿,却也睡得不深。迷迷糊糊地,似乎做了很多个梦。待他再次睁开眼睛,已经是早上八点了。

他起床洗漱后,下了楼。韩汐已经准备好了早餐,桌子上摆着面包和牛奶。

叶雪城扫视了一圈,"占薇呢,还没起?"

"她一大早突然有事,回学校了。"韩汐道,"你别管她,先吃早餐。"

"不用,"叶雪城穿上外套,拿起车钥匙,"我有点事,先走了,改天再来。"

他说完,便风风火火地出了门。

去A大的路上,叶雪城把车开得格外狂躁。对昨晚和占薇不愉快的结尾,和她今天早上的不告而别,他有些害怕。这是很少出现在他身上的情绪。

至于害怕什么,连他自己也说不上来。

先是去寝室敲门,没人;又想起她今天有课,于是在她平时上课的教室外看了一圈,连个影子都没捉到。

他的心像是被撕扯出了一个缺口,越来越不安。

叶雪城站在走廊上,试图打占薇的电话,却发现已经关了机。他有些发蒙。

他托路人找平时和占薇经常混在一起的朋友。过了会儿,一个带着婴儿肥的圆脸女生走出来,他上前道:"请问,是林希真吗?"

阿真看着叶雪城,点点头。

"我是占薇的未婚夫,现在我联系不上她,你知道不知道她在哪?"

阿真实话实说:"薇薇早晨来了寝室一趟,收拾完行李箱就走了。"

"走了?"

"嗯,她说她失恋了,想出去散散心。"

听到"失恋"两个字,叶雪城只觉得脑海里轰的一声,不祥的预感变成了现实。

渐渐地,他的心里有窒息感涌上来。

叶雪城晚上回到家里,一直联系不上占薇,于是不停地给她发短信。

"你在哪?"

"闹脾气也要有个限度。"

"你现在回来,我就当什么都没发生。"

发了十来条,手机里终于收到回复,却不是来自占薇的,而是来自占薇的朋友林希真。

"你好，薇薇刚刚托我转告你，不要再给她发短信了。"

叶雪城气得把手机摔在地上。

招呼不打一声便跑出去，然后单方面宣布失恋——这样新奇的分手方式，他还是第一次见。

关键是，她凭什么？

叶雪城又悲又气，空荡荡的屋里，自己一个人待不下去。于是他给好朋友打电话，约出来喝酒。

到了约好的清吧，叶雪城几杯啤酒下肚，意识已经变得不甚清晰。他问坐在身旁的狗头军师程行知："唉，我说，如果一个女人，跟你说不想结婚了，是什么意思？"

"意思是想甩了你。"

叶雪城一愣，"也就是说，我被甩了？"

"嗯。"

叶雪城皱了皱眉，看向另一边的顾远，"程行知说得对不对？"

顾远扶了扶鼻梁上的眼镜，"我怎么知道？我又没谈过恋爱。"

"没用的东西。"

顾远一脸无辜。

几个男人碎碎念着，不知不觉喝到了凌晨。

叶雪城彻底醉了，程行知为他找来了代驾，开车送他回去。谁知道他刚上车，便闹着要去占薇的寝室楼下。

"你这时候去人家学校干什么？"

"万一……我说万一，她偷偷回来了……"

程行知意识到好友醉得不轻，临别特地嘱咐司机："请你务必将他安全送到。"

司机点点头，"好的，放心。"

叶雪城回到家，迷迷糊糊地睡到第二天大中午，直到刺眼的阳光将他吵醒。

手机还是安安静静的，没有占薇的任何消息。

他长叹一口气，感觉自己快疯了。

第十二章
断不开的弦

占薇去了趟苏州。

失意的人欣赏不来热闹的风景,恬淡的小桥流水对她而言,可谓恰到好处。

那晚坐着古运河的游船,占薇看着两岸的彩灯,回想着和叶雪城有关的事。

直到这一刻,她才知道自己错得离谱。

过去她以为,即便他把她当妹妹,当成功路上的垫脚石,只要她付出足够多的真心,终有一天她会如愿以偿。

可她没想到,在这段感情里,她正变得越来越卑微,越来越不自信,患得患失,唯唯诺诺。

原来单方面努力的爱情,是没有幸福可言的。

转眼间到了行程的最后一天。占薇像往常一样给室友们发短信报平安,林希真却一个电话打过来。

"薇薇,你到底什么时候回来?"

"明天。怎么了?"

"你再不回来,有人就要疯了!"

占薇不解。听阿真的解释,才知道她离开的时间,叶雪城几乎每天晚上都会在寝室楼前等上一个通宵。

"通宵？"

"是啊！"阿真道，"你男朋友的车很显眼，他本人的讲座海报还在我们学校挂了这么久，现在你们闹矛盾，他成了'望妻石'这事，我们全院都知道了。"

占薇一愣。

"前天来了，一晚上没走，昨天又待了一晚上。听人说，今天早上还有几个女生过去给他送早餐。"

占薇挂上电话，感觉有些莫名其妙。他等在她寝室楼下干什么？

她搭的是下午的飞机，回到学校已经是傍晚。她走到寝室楼前，发现叶雪城的车果然在。

占薇长呼一口气，拉着行李箱走了过去。

有个声音告诉她，离他远一点才能保持理智。道理她都懂，但她却忍不住。

她走近，敲了敲面前的玻璃。车窗摇下来，里面的人抬起头。四目相对的瞬间，时间好像凝固了。

三天未见，叶雪城还是正儿八经的精英范，只有暗沉的脸色和疯长的胡须泄露了他的疲惫。

一直困扰他的失眠愈发严重。每当他一个人在家时，强烈的空虚感让他窒息。他索性逃了出来。

事实上，他不知道占薇会这么快回来。对于再见面这事，他既期待又害怕，心情复杂得像在等待末日审判。

但是见面的场景，却没有预料中的天雷勾动地火。他心里的失意、难过、愤怒，在看见她的一瞬间，通通平复下来。

他将她的行李放至后备厢，让她上车。占薇在副驾的位置上坐得笔直，整理着思绪。车迟迟没有发动。

安静许久后，她听见旁边的人开口："好吧，我输了。"

简简单单的三个字，沉重又疲惫，像经历过一场鏖战。他从来没认过输，却在她的面前溃不成军。

"乐队的事，可以再商量。"他尽量让语气听上去平静些，"不过你招呼都不打一声就走，还说自己失恋了……什么都不管不顾地逃避，这就是你解决问题的方式?"

占薇低下头,双手交握,指尖泛白,"不是逃避,是我……不知道该怎么面对你。"

离他远一点,有些事在脑海里才越发清晰。

她轻轻呼了口气,"叶雪城,结婚的事还是算了吧!"

"可能是我太喜欢你了,会忍不住胡思乱想很多。我不知道你为什么会想和我结婚。"她微微一顿,"现在的我,什么也帮不了你,我只希望你能更幸福一点。"

"什么意思?"

她没有回答,又提起了往事。

"你记得吗?姐姐跟我说你向她求过婚的那天,我跟你看了场电影。因为害怕听到讨厌的答案,我什么都不敢问,后来一个人偷偷在寝室里大哭一场。可即使哭的时候,我还在心疼你被她拒绝这事。

"在这段感情里,我变得越来越不确定。有时候我甚至在想,如果可以少喜欢你一点就好了。"

她的表情轻松,内心却翻江倒海。

"我太累了。所以,就这样吧。"

占薇的视线已经模糊了,她拼命忍着,不让眼泪掉下来。

身边的人沉默许久,才将她的说辞消化完,"你是在跟我提分手?"

占薇没接话。

"我不同意。"

占薇安静了一会儿,轻声问:"是怕 Titan 受影响吗?"

叶雪城在媒体面前提过好几次"未婚妻"的事,如果两人分手,他的好男人形象必然会大打折扣。

"如果需要,我可以出面说,分手是我的错……"

"占薇!"他喝断她,带着怒气,"你把我想成什么人了?"

什么人?

占薇声音很低,"……一个不喜欢我的人。"

仅此而已。

车里又是静默。

叶雪城冷笑一声，无奈又讽刺道："我不喜欢你？"

"如果不是听到你跟凌寒可能订婚的消息，我在美国的公司开得好好的，为什么突然跑回来？我有病？"

"你到底知不知道，那个时候，我想你想得都快疯了！"

叶雪城表现出了少有的激动。占薇默默着，过了一会儿才轻声反问道："是吗？"

无论是表情还是语气都说明，她不信。

"你出国之前，说过把我当妹妹；你还跟姐姐求过婚。你回来那会儿，姐姐才从国外回来三个月。我一直以为，你是因为她才回国的。"

所以，就这样吧。

占薇的话，好像总能轻易戳中叶雪城的死穴。他哑口无言，连辩驳都无从开口。

最后，只好暴躁地砸了砸方向盘。

外面下起了细雨。占薇看看天色，转头对身边的人说："我先上去了……"

叶雪城没有焦距地看着前方，一脸沮丧。

"再见。"

占薇下了车。直到回到寝室，她才躲进洗手间，好好地大哭了一场。

终于结束了。

她的患得患失，她的不顾一切，她的初恋和青春，都画上了句号。

占薇像所有决绝的恋人那样，拉黑了叶雪城的联系方式，摆出老死不相往来的架势。至于父母那边，她考虑以后再慢慢说明实情。

她一连几天心情都格外低落，做什么事都打不起精神。室友都看出了端倪。一天从食堂打饭出来，阿真问她："薇薇，你真的跟叶雪城分手了啊？"

"嗯。"

"想清楚了？"

占薇一愣，想起那天分开时叶雪城的话。他说他为她回国，想念她已久，她只是一笑。他从来都知道怎么哄她，给她一些微茫的希望，像悬在面前却永远够不着的胡萝卜。

她已经受够了这种得到希望后再经历失望的滋味。

"想清楚了。"

"那……今天下午我们羽毛球社有活动,你要不要去?之前那群男生还老让我捎上你呢。"阿真兴致勃勃地说,"小鲜肉那么多,我们偶尔也换换口味嘛!"

占薇看着阿真,知道她是好意。可她现在就想自己待着。

"谢谢,我不去了。下次吧。"

占薇一个人躲在 Super Nova。酒吧里安安静静的。她试图写歌,却发现脑子里乱糟糟的,什么思绪都没有。

后来又辗转去了学校的图书馆。

她随身带着的专业书一点儿也看不进去。她在书架上拿了本时装杂志,翻了几页,便趴在桌面上睡着了。

这样心不在焉的状态,持续到了周末。

这天,占薇夜里十点从图书馆回来,室友们都在。阿真正在打游戏,见了占薇,戴着耳机很大声地说:"薇薇,你前男友刚才来了一趟。"

前男友?

占薇一愣,还没适应这个称呼。不过仔细一想,叶雪城真的已经是前男友了。

"他在楼下等了你一会儿,见你没回来,就托我转交给你一个东西。"阿真说着,打开抽屉,掏出一个硬盘包来。

占薇接过,"这是什么?"

阿真道,"他让我告诉你,这是'证据'。"

占薇一愣,证据?什么证据?

晚些时候,占薇打开电脑,插上硬盘,发现里面有好几个文件夹。前面排列的文件夹以年份命名,一共七个;最后的文件夹,名字是 Rose vocal。

她感到疑惑,点开了第一个。里面有大大小小二三十个音频文件,每个音频均以日期命名:二〇××年一月十六、二〇××一月二十七,一直到二〇××十二月二十九。

占薇戴上耳机,播放了其中某个音频。安静了几秒,她听到了自己的声音。

音色柔柔的,带着稚嫩,似乎离录音的话筒隔了些距离。按照音频名显示的时间推算,音频里她才十一二岁。

背景音里,有轻风和枝叶摇晃的沙沙声。

她问他:"你今天晚上想听什么?"

"都可以。"回答的是叶雪城,可以想象他青春气盛的少年模样。大概是话筒藏在他身上的缘故,他说话的音量比占薇大很多。

"那我随便弹了哦。"

远远地,飘来钢琴声,从《高山少女之梦》到《小步舞曲》,再到《春之歌》。琴声柔和动听,虽然偶有停顿,但瑕不掩瑜。

直到几曲结束,两人才开始聊天。

"你经常过来,都不需要写作业吗?"

那时的叶雪城正在上高三。

"写完了。"

"这么快!你们的作业是不是太少了?"是羡慕的语气。

叶雪城笑,"比你们小学生多一点。"

音频里除了两人偶尔说几句,大部分时间都被占薇的钢琴声填满了。

占薇长长吐了口气,换了个文件夹,点开第二个音频。

这一次的场景是在占薇的房间里。叶雪城刚帮她看完钢琴,旁边的占薇抬起琴盖,随便按了几个音符。

"真的没问题了吗?"

"已经修好了。"

那时的占薇已经十五六岁了,叶雪城的声音也清润、沉稳了不少。

琴凳被移开,占薇坐在钢琴前,开始弹奏曲子,是《梦幻和小浪漫曲》。柔和舒缓的曲调,像清澈的流水,像皎洁的月光,又像天真的少女在倾吐心事。

背景里安安静静的,一点嘈杂的声音都没有。叶雪城大概在很认真地聆听。

突然,外面传来妈妈韩汐的声音。

"这周末要去外婆家,东西收拾好了没有?"

占薇停下了手中的动作,"已经收拾好了。"

"我要检查一下。"

话筒前的人明显紧张起来，占薇很轻地对叶雪城道："你到浴室里躲一会儿。"

占薇的房间里有个独立的浴室。

随着门被关上，嘈杂被隔绝开来。妈妈进屋了，说话声有些遥远。浴室里的人大概无所事事，查看了一番占薇洗手台上的瓶瓶罐罐，因此传来轻微的响动声。

好像有什么勾起了他的好奇心，他打开了其中的某个瓶子。

然后，是片刻的安静。

她又点开第三个音频文件。那时的占薇已经上高一了。两人是在叶雪城奶奶的旧居里。

轻柔的钢琴伴奏里，占薇在随意哼唱着自己写的歌——

"想念是耳边轻风，
温柔是月光从容，
湖面上微波荡漾，
名字叫情生意动。"

曲子很生涩，没有太多技巧，却温暖动人。

直到一曲结束，叶雪城问她："小鬈毛，你知道什么叫情生意动？"

占薇没吱声，似乎在摇头。

他笑她，"不知道情生意动什么意思，还乱写歌词？"

占薇听了许久，终于关上了音频。

算了算，文件夹里的音频大大小小近三百个，时间横跨七年。知道叶雪城偷偷录下了她的琴声，她的心里除了震惊，还是震惊。

所以这就是证据吗？证明了什么？

占薇的目光，落在最后这个名为"Rose vocal"的文件上。

里面被归类了好几个文件夹。随意点开一个，依然是她的声音。

"今天是二〇××年三月十七日，波士顿多云有雨，出门请带伞。"

这是天气预报。

"水蒸蛋的做法，准备鸡蛋两个，食盐、鸡精、植物油少许……"这是食谱。

"下面是一周要闻回顾，昨晚西甲皇马对阵巴萨……"这是体育新闻。

仔细一听，声音里有让人不易察觉的停顿。占薇过了会儿才想起，这大概是叶雪城语音模仿软件的产物。

声音相似度极高，几乎能以假乱真。

文件夹里类似的音频有几百个，这让她感到错愕。所以他在波士顿的时候，每天便用她的声音来"读"新闻、食谱和天气预报？

她看着文件夹的名字——"Rose vocal"，久久回不过神来。

当初叶雪城写语音合成软件Rocal，它风靡一时的时候，有人采访他，问Rocal是什么意思。他笑而不答。

后来大家纷纷猜测，Rocal是取自Rock的谐音，名字里透着想要摇滚世界的决心。也有人说，叶雪城的英文名是Ryan，Rocal是Ryan创造的意思。

可占薇心里，却有了自作多情的答案。

Rocal，Rose vocal。

蔷薇之声。

占薇的脑海空白了瞬间，她不敢再想下去，好不容易平复下来的心情几乎又要掀起惊天骇浪。

她明明已经说服自己放下了。

是夜，占薇辗转反侧，迟迟不能入眠，直到凌晨，还意识清醒。她想起了叶雪城时常失眠的事，终于体会到漫漫长夜难熬的滋味。

第二天，她魂不守舍地上着课。有个声音反反复复在问，他为什么会偷偷录音？既然录了音，为什么从来没有告诉过她？他说这是证据，是什么证据？还有Rocal的真实含义，是不是真像她猜测的那样，是"蔷薇之声"？

这些疑惑搅得她心神不宁。好不容易建立的防线，因为一盒硬盘，功亏一篑。

她终究是放不下。

中午十二点，她打了辆车，直奔Titan大厦。她刚准备往电梯方向走，却被前台拦了下来。

前台礼貌地微笑,"小姐,请问您有什么事?"

"……我找叶雪城。"

"有预约吗?"

"没有。"

"不好意思,见叶总是需要预约的。"

占薇愣住,有些不知所措。

恰好有一位在三十六楼工作的同事来取快递。他认得占薇,走上前来解了围。两人进了电梯后,占薇在角落里站着,员工跟她有一搭没一搭地说话。

"上次叶总带你来的时候,我就坐在靠左边窗户的位置,还跟你打过招呼。"

占薇笑了笑,"哦,是吗?"

员工又道:"你这时候过来,可能不太方便。"

"他不在?"

"不是,他下午一点跟美国的代理有个视频会议,四点才结束。"员工看了看手表,"现在估计已经开始准备了。"

"没关系。"占薇道,"我等他忙完就好。"

赶到三十六楼时,叶雪城已经进了会议室。

员工将占薇带到休息室。她无所事事地东张西望了几圈,见一旁放着公司年鉴,便拿过来。她一页一页地翻阅着,直到看见了叶雪城的照片。画面里,他似乎在跟人谈合作,他温文尔雅地笑着,一脸成竹在胸。

她感到恍惚,他有这么多张脸——温柔的,冷漠的,真诚的,敷衍的。

到底哪个才是真的他?

翻完年鉴,占薇不知不觉地睡着了。等睁开眼时,夕照正落在玻璃上,晃眼得厉害。她低头看时间,才发现已经四点了。

他应该忙完了吧?

占薇走出休息室。外面有轻微的喧哗声,似乎刚刚散了会。她找到会议室,见叶雪城坐在长桌的尽头,正在跟人打电话。

门口的动静引起了他的注意,他一抬头,便看见了占薇。

停顿了片刻,他回过神来,对电话那头的人道:"我现在忙,等会儿再联系。"

叶雪城领着占薇回到办公室,脸上是她熟悉的不动声色,"有事?"

"嗯。"

他合上门,将深灰色的西装外套扔在沙发上。里面穿了件白色衬衫,搭配着暗红色的条纹领带,端正而禁欲。

占薇开口:"我拿到了硬盘。"

"打开看了?"

她点点头。

叶雪城笑,"被吓到了?"

她一愣,吓到?

"没有觉得我不正常?"

七年的时间,他偷偷录下了几百个音频文件。光是这数量,就已经足够不正常。

占薇看着他,摇头。

叶雪城轻叹了一口气,不知道是不是该庆幸,"所以,你找我是为了这事?"

有一瞬间,她的声音哽在嗓子里。有很多很多话要问,却不知道该从何问起。最后她只是轻声开口:"你跟阿真说,硬盘是证据,什么证据?"

他不答反问:"你说呢?"

他的语气里充满隐忍,试图让自己保持平静。

"我说的话,你不是不信吗?那就是证据。"

他爱她的证据。

一开始他只是随手将她的琴声录下,夜晚偶尔睡不着的时候,会在耳边回放。到后来不知不觉间,录音就成了他的习惯。

这奇怪的举动,实在让人难以启齿。他原本永远都不想让她知道。

"Rose vocal 呢?还有那些合成的声音……"

他打断她,"就是你想的那样。"

空气安静下来。她脑海里回荡着他说的话,十分错愕。叶雪城的心跳,也跟着她的沉默,瞬间停下了。

她会说什么?

会像之前那样，扔下一句"再见"就离开吗？

直到这一刻他才意识到，自己拿她什么办法都没有。

就在他被这种情绪困扰的时候，面前的人突然栽进了他的怀里，紧紧地将他抱住。

她的脸埋在他的胸口，声音哽咽："所以，你说在美国的时候想我想得快疯了，是认真的吗？"

他没有接话，双手抬在半空中，不知道该放在哪里。

"你是真的喜欢我吗？"

"嗯。"

怀里的人声音变得微弱又没有底气："那你知不知道……我喜欢你，都喜欢得快要死掉了！"

那样的感觉，强烈而窒息。强烈到他近一步，便是天堂；他退一步，便是地狱。

叶雪城沉默着，很久后才说出三个字："我也是。"

喜欢她是从什么时候开始的，叶雪城自己都不知道。

从黄石公园的相遇开始，他便注意到了这个一头鬈发、温柔又可爱的女生。作为父母常年不在家的独子，小女孩和她的琴声，填补了他心里那一点儿空虚和寂寞。她胆小、怕事、害羞，却在弹钢琴的时候，焕发出别样的光彩和生命力，让人挪不开眼。

他开始和她进行等价交换。

叶雪城心事重，占薇给他弹琴听，拯救他紧绷的神经；她缺乏听众和修理工，他为她捧场，为她修琴。这是属于他们的简单的快乐。

动起录音的心思，是因为某次占薇去了外婆家，叶雪城整整一个星期没有听到她的琴声。

许久未听见她的声音，在这段空虚的时间里，他在床上翻来覆去。于是他买了支录音笔，每次听琴的时候，就偷偷录音。

后来，叶雪城被同学占菲撞见过一次。

占薇的房间靠近偏僻的角落，以往少有人来。那天他坐在石台上，却看到了抄小路回家的占菲。

黑暗里，对方警惕地问："是谁？"

叶雪城没接话。占菲直到走近了，才看清他的脸。一时间气氛尴尬。面前的人听着头顶传来的琴声，什么都没说，转身进屋。

第二次被撞见，是叶雪城二十一岁、占薇十四岁那年。

叶雪城帮占薇修完钢琴，顺着外面那棵高大的银杏树往下爬。他刚落地，便看见不远处站着的占菲。

她安安静静地，也不知道在一旁观察了多久。

叶雪城觉得耳尖发烫。一个成年男人从少女的房间偷偷摸摸出来，是很容易让人胡思乱想的。

占菲走近了，一字一句地说："她才十四岁。"

道德枷锁瞬间向他拷过来。他第一次感到杀人于无形的压迫感。

"你的口味……也太重了。"

这句话打开了叶雪城的潘多拉盒子。

他原本问心无愧的底气发生了动摇。后来他看到电脑里的音频文件，几年下来攒了好几百个。每次见面时都偷偷录音，怎么都不像正常人会干的事。

因为没有底气，在程行知提到"找小七岁的女朋友"时，他才会敏感又易怒。

他一遍又一遍地告诉自己，占薇是妹妹，只是妹妹。

后来家里发生变故，他去美国留学，临行前拒绝了她的心意。那时他真的以为，自己只把她当作妹妹看待。

直到身处异乡，那些被克制、压抑的思念才变得越发强烈。半个月后，叶雪城开始整夜整夜地失眠。

他想念占薇和她的声音，到了走火入魔的地步。

他身边不是没有优秀漂亮的女生，也曾经被不少人主动追求过，可一个都入不了他的眼。

唯一的解释是，占薇将他的心塞得太满了，没留一点空隙。除了她，什么都装不下。

Rocal 便是他在这种思念成疾的状态下创造的。

为了能听到占薇的"声音"，他创造出通过分析已有音频模仿人说话的软件。经过朋友的修改和完善，Rocal 基本成熟，并成为他事业起步的助力。

而那个远在中国的女孩,大概永远也想不到,一款在欧美甚是流行的语音模拟软件,竟是为她而生。

Rose vocal。

本意为"蔷薇之声"。

毕业后,叶雪城在美国的公司已经初具规模。那天在公司加班,他和程行知、顾远正各自拿着笔记本查看程序。中途喝咖啡的时候,程行知突然八卦了一句:"城哥,你还记不记得占菲的妹妹?"

叶雪城一愣,从电脑前抬起视线。

"就是你语文课本夹的照片上的女生。"

"照片?什么照片?"顾远永远都慢半拍。

叶雪城问:"怎么了?"

程行知说:"上次听我伯父说,她要订婚了。"

他眉头一皱,"订婚?"

"是家里的意思,商业联姻。虽然年纪小了点,不过男的帅女的美,倒是挺般配。"

叶雪城没接话,内心却掀起了滔天大浪。三个月后,他将刚走上正轨的公司转让,决定跟朋友一起回国,重新开始。

一切因她而起。

他为她成魔,也为她成佛。

第十三章
喜欢与你有关的一切

短短一个星期的时间,占薇和叶雪城经历了分手和复合。林希真听了,只觉得无语。

"那几天看你整个人跟丢了魂似的,我还担心你做傻事,结果是我们一群单身狗在瞎着急。"

程乐之在一旁点头,"一来一回地,被你们秀了两次恩爱,精神受到了重创。"

"对,受到了重创。"阿真说着说着激动起来,"亏我还给你当了那么久的挡箭牌!不请我们吃大餐,难平我们心中的怨恨!"

"就是!"

占薇见好友摆出讨伐的架势,有些心虚。

"那个……你们要吃多大的餐?"

面前的两人一听占薇松口,发现有了敲诈的机会,兴致勃勃地搓着手献策献计。

"学校门口那家新开的日料吧?"

"法国菜更贵一点!"

"去吃海鲜大餐,我要吃大龙虾!"

占薇在一旁小声地插话:"我很穷。"

"你穷没关系,"程乐之道,"你不是有个当总裁的男朋友吗?"

"是哦,薇薇!你男朋友都没请我们吃过饭,太不够意思了!"阿真一唱一和,"他也应该见一见娘家人吧?"

在室友们的狂轰滥炸下,占薇无奈地给叶雪城打电话。

"那什么……我室友说,让你请吃饭。"

结果那边的人满口答应下来:"好,什么时候?"

最后请吃饭的时间,定在了下午。

日本料理、法国菜和海鲜大餐都没吃成。一行人被叶雪城领着,去了A大附近的一家私房菜馆。

订的是一个包间,门拉上后,周围安安静静的。叶雪城低头看菜单,他不说话的时候,浑身有股领导的气场,不怒自威。

阿真坐在对面,想起占薇刚跟叶雪城订婚那会儿。占薇接电话的时间明显多了,还经常不在寝室。她心里生疑,问占薇,对方只说交了男朋友。大家也提过让她带男朋友出来见一见,占薇以对方是个很可怕的人,给回绝掉了。

阿真原本对"很可怕"这三个字半信半疑,现在看到叶雪城不苟言笑的脸,开始相信那也许是真的。

她侧头看坐在一旁的程乐之,她的背挺得笔直,也有些紧张。不过班长到底是班长,算见过一些世面,过了会儿主动找起了话题。

"你们……到底是怎么认识的?"

面前的两个人在闪瞎人眼的程度上不相上下,可叶雪城看起来明显比占薇年长几岁,气场上有压倒性的优势。

几乎能想象,占薇肯定是任人宰割的那个。

叶雪城听了,一笑,"我们以前住在一个院子,家里的长辈有交情。后来占薇每天弹琴,我经常去蹭着听,时间一久就认识了。"

原来是因为钢琴认识的……等等,好像哪里不对?

阿真想起了什么,一时激动,脱口而出:"呀,你就是那个说要把占薇当妹妹,亲了她却不负责的初恋渣男?"

她的话说完后,空气安静了。

叶雪城放下手中的水杯，看了眼阿真，又看了看低下头的占薇，"渣男？"

身上的气压又低了几分。

阿真知道自己闯了祸，慌慌张张地解释："我记错了，渣男不是你！"

叶雪城眉一挑，语气更沉了，"还有别人？"

似乎越描越黑了。

既然事已至此，阿真决定硬着头皮，为好朋友伸张一回正义，"本来就是嘛。那时候你亲了她，也没说让她做你的女朋友，不管是谁，都会觉得很渣吧？"

叶雪城看着占薇，一笑，"谁说亲了就要当男女朋友？"

阿真愣住了，没想到对方竟这么没底线。

下一秒便见他嘴唇一扬，笑得迷人，"亲了之后，是要结婚的。"

正如他现在做的那样。

晚上回到寝室，阿真还在为之前的"口误"向占薇道歉。

"薇薇，真是对不起！当时我一个激动，就把'渣男'两个字说出来了……"阿真的声音小小的，"你男朋友是不是生气了？"

"不会。"

占薇回想起下午的场景，叶雪城的脸色是变了，可看后来交谈的情况，应该是没放在心上。

"我当时简直想死的心都有了，感觉坏了大事。对不起，真的对不起。"

"没什么的。"她看着阿真懊恼的样子，忍不住笑。

聊了几句，占薇开始写课程论文。阿真打开电脑，刷起了微博。刷完最近粉上的小鲜肉，她又跑到占薇的个人主页下逛了一圈。

结果她被头像下的粉丝数吓了一大跳。

"薇薇，薇薇——"阿真语气激动。

"怎么了？"

"你的微博粉丝涨到五千了！"

占薇满脸怀疑，"骗人。"

"你不信自己看看。"

乐队的表演照片曝光后,她的微博长了一波粉丝。但照片带来热度的持续时间很短,粉丝数涨到六百后便停滞了。对于阿真的话,她的第一反应是怀疑。

她打开微博界面,粉丝数确实如阿真所说。占薇以为自己眼花,多看了个零头,可下一秒微博便响起了提示音。点开提醒,看见被艾特了近三万次时,她整个人都傻掉了。

三万次?

很快,疑惑就有了答案。

被艾特的消息来自歌手温羽的一条微博。

"经过大半个月的努力,新专辑的第一支单曲《孤勇》已经出来了,正式的MV很快会和大家见面。这段时间非常辛苦,感谢战友@小雅、@陈嘉容和所有加班的工作人员,感谢东家@HT唱片的支持,也感谢@可可薇写出这么好听的音乐。"

微博下面显示着转发三万,评论三万,点赞三万。

占薇见自己"可可薇"的微博名出现在感谢名单里,一时回不过神。她给温羽发去私信询问,那边很快回复了。

"之前看到你表演的照片,顺着评论找到了微博。今天单曲出来了,效果非常不错,一时心情好,就手快艾特了你。希望没给你带来困扰。"

困扰倒不至于,就是有些突然罢了。

占薇沉浸在粉丝暴涨的震惊里。一旁的阿真已经将《孤勇》的试听版找了出来。

"我走过荒无人烟的轨迹,
逆着风等待有你的消息,
一百遍祈祷完美的结局,
为你无所畏惧,为你所向披靡。"

温羽的声音,原本是没有棱角的甜软感,但在唱这首歌的时候,却像一个经历磨难和坎坷的旅者,在表达着对爱人的坚定。

旋律极富感染力，让听的人忍不住揪心。

阿真安静地听了一会儿，问："薇薇，这首歌的词和曲是你写的吗？"

"嗯。"

"真的很好听，"阿真道，"你是怎么写出来的？"

怎么写出来的？

占薇想了想，写这首歌的时候，叶雪城去美国已经两年了。她辗转从姐姐的朋友圈里知道他硕士毕业的消息。她原本满心欢喜地等着他回国，却在他打算继续留在美国时，让希望落了空。

占薇倒不算多伤心，后来一个人独处的时候，写下了这首歌。

真是恍如隔世了。

一转眼就到了 Super Nova 乐队周年庆的日子。

豺哥高中毕业后考不上大学，父母想送他出国，却被他拒绝了。十九岁的他拿着父母准备给他留学的存款，开了 Super Nova 酒吧。转眼间已经八年了。

Super Nova 虽然是一支没什么名气的地下乐队，作为队长的豺哥，却把它当作心血来经营。占薇刚加入的时候，乐队成员在一起拍了张合照。他特地将照片裱了起来，放在酒吧照片墙上最醒目的位置，旁边写着彩色的涂鸦："我们的全家福。"

在这条曲折的小巷里，在那个不起眼的角落，他们邂逅了彼此，这是一件温暖而幸福的事。

在乐队表演的早上，叶雪城开车送占薇回学校提交课程论文，说起了下午的安排。

"我今天都有空，你想干什么？看电影？逛街？"

她稍稍犹豫，开口："今天是乐队的周年庆。到时候会有表演，大家已经准备很久了。"

叶雪城皱起眉头，分明不是待见的神色。

可她依旧鼓起勇气问："如果我邀请你，你会去吗？"

即使在乐队的事情上，叶雪城曾在她面前表现过"妥协"，但这不代表他可以欣然接受。

他沉默了一会儿,开口:"假如乐队和我只能选一个,你会怎么选?"

突如其来的难题,让占薇一怔。她看着他,没回过神来。

"我已经知道答案了。"

又或者,早在之前占薇向他提分手的时候,他就知道答案。再问出来,只是自取其辱而已。

"不是,"占薇见他这样武断地下结论,急忙解释,"我只是觉得,你和乐队根本不冲突。"

"不冲突?"他眉头一挑,"那怎么才算是有冲突?等哪天你在舞台上唱的时候,被人掳走了才叫'冲突'?"

"怎么会……"

"怎么不会?"

见话题陷入了死循环,占薇闭了嘴。

虽然隔阂已经消解,可在某些问题上,两人并没有达成一致意见。这让占薇有些沮丧。

乐队带来的矛盾,就像是卡在喉咙里的一根刺。

到了下午,阿真和程乐之跟着占薇,一起来到了 Super Nova 酒吧。

地下室里,豺哥正叼着烟对账。一旁的林俊宴翻着乐谱,旁边的聂熙则低头玩手机。

阿真看到熟人,兴奋道:"林俊宴,熙熙,我来了,我来了!"

她说话声音大,惹得正聚精会神的豺哥很不快。他忍不住吐槽:"能不能给老子闭嘴!"

阿真被严肃浑厚的嗓音吓了一跳,回过头来,见一个梳着小辫,左脸上有一道浅疤的男人,正凶神恶煞地瞪着自己。

两只手是大花臂,左青龙,右白虎。

男人浑身弥漫着大佬的气质,像电影里的超级反派。

"你是谁啊?"

"你连老子是谁都不知道?"豺哥眉头一挑。

阿真想翻白眼,她为什么要知道?

"我是这家酒吧的老板,大家都叫我豺哥。"

"哦,是……'卖火柴的小女孩'的柴吗?"

"是豺狼的豺!"豺哥的嘴角抽了抽,"你给老子安静点!不然把你扔后面的垃圾堆里去!"

他扔下一句威胁的话,便躲在一边继续算账了。阿真被人莫名其妙地凶了几句,有些蔫。占薇围观了全程,只觉得想笑。

过了一会儿,聂熙拿出手机,打开某个音频文件,是占薇写给温羽的《孤勇》。

听到了熟悉的旋律,占薇感到很意外。

"前几天温羽不是在网上说了新单曲的事吗?网上评价不错。大家发现写歌的人是《时间线》的美腿主唱,就跑到你的微博围观了一圈。现在微博下面的留言已经快上千了,想让你上传更多的视频。"聂熙笑着,"你来之前我们还在商量,以后表演时顺便开直播。"

一旁的程乐之听了,十分赞同:"这个想法不错。"

"可是……"占薇语气犹豫。

阿真道:"薇薇,你怕什么?乐队开直播,多酷啊!"

离表演开场还有四个小时,乐队成员忙着彩排的时候,阿真和程乐之自告奋勇地建起微博账号和直播账号,名字叫"Super Nova 撞地球"。

程乐之琢磨了好半天,又申请了个"Super Nova 全球粉丝后援会"的微博账号。

占薇有点无语,Super Nova 连西柳巷都没冲出去呢,就直接戴上全球的帽子了。

程乐之显然十分乐观,"以后等你们出名了,我做粉丝后援会的会长,阿真做副会长。"

阿真不乐意了,"明明是我先知道乐队的,为什么我是副的?"

两个小时后,"Super Nova 全球粉丝后援会"的粉丝数一共有两位,一个是程乐之,一个是阿真。经过两人的轮番轰炸,占薇才不甘不愿地成了第三位粉丝。

不知不觉间,夜幕降临。

月光洒在沧桑的小巷上,夜灯鳞次栉比地亮了起来。七点多的光景,

Super Nova 酒吧里渐渐热闹了,安静的空间里响起了抒情的背景乐。

乐队排练完后,豹哥从储藏室里找来手机支架,调整好拍摄的角度。程乐之和阿真乐滋滋地在学生群里说着乐队直播的事,号召大家前去捧场。

每个人都在为即将到来的直播兴奋着。

占薇坐在一旁,听着酒吧嘈杂的人声,思绪有些游离。

这时身边的座位被人抽开。她回过头,发现阿勤坐在了右侧。

"是不是有点不可思议?"

不可思议?

阿勤浅浅一笑,"我以前学声乐,最大的愿望是可以留在舞台上演出。后来嗓子里长了东西,做完手术,不能再唱歌剧。为养家糊口,我去了小学当音乐老师。本来以为这辈子跟舞台没缘分,结果豹哥找到我,让我加入乐队。真是没想到,我以这样的方式回到了舞台上。"

占薇静静地听着。

"这就是命运神奇的手。"阿勤说,"每个人都没办法违抗,只能顺着它的指引,到适合自己的地方去。"

酒吧里,淡黄色的光影在头顶旋转。占薇看着阿勤,有些恍惚。

适合的地方——

所以,适合她的地方,是跟他一样的舞台吗?

虽然是周三,但因为周年庆活动的关系,酒吧的人流量不比周末少,台下的座位已经熙熙攘攘坐满了人。豹哥将手机调整了好几个角度,最后决定放在自己的键盘旁边,以便等会儿观察播放量和打赏情况。

乐队的表演晚上八点准时开始。

占薇站在舞台中央,等喧哗声平息下来,开口道:"对我来说,人生中最幸运的事之一,就是一年前跟着聂熙来到了 Super Nova,认识了豹哥、阿勤,还有林俊宴。我们是朋友,是战友,我们为同一件事努力着,变成了更好的我们。今晚的 Super Nova,《唯友谊万岁万万岁》——"

声音落下的瞬间,人群中爆发出了热烈的尖叫声。

贝斯、吉他和键盘的声音响起,占薇循着音乐的节拍,动情开唱。现在的她,已经褪去了最初的自卑和犹豫,在舞台上潇洒又恣意。

豺哥扭头看了眼手机上的直播界面。围观人数不多，一共二十来个，界面却不停地在刷："麻烦这位大叔不要挡住镜头好吗？我们想看中间唱歌的美女。"

豺哥往镜头前凑了凑，比了个中指。

结果被房间的评论炸了一波。

"怎么觉得叔有种萌？"

"恬不知耻。"

"把你的大头移开，移开！"

"咦，表演的不是 Super Nova 乐队吗？竟然开直播了？"

围观人数在慢慢上涨。

占薇浸泡在亮黄色的光线里，细密的汗滴顺着脖子流下，将雪白的皮肤镀上了一层金色的边。这样的她，美得惊心动魄，美得不似在人间。

她用声音在这小小的天地里驰骋，成了每一道目光的焦点。

直到一个身影出现，扰乱了她的理智。

场馆里，沸腾的音乐还在继续，美妙的女声却戛然而止。占薇握着麦克风，动作和思绪同时凝滞。

观众顺着她的视线，齐齐地望向楼梯口处。

西装革履的男人从朦胧的暗色里走来。头顶的彩灯不时打在他身上，将他衬托成这个空间里格格不入的存在。

是叶雪城。

周围的音乐和人声沸反盈天，这一刻占薇却感觉自己什么都听不见了。时间仿佛静止了下来。

主唱突然息声，让吉他手和键盘手疑惑地停下了动作，音乐以突兀的击打声收了尾。底下的人渐渐议论起来，旁边的直播界面整版整版地在刷问号。

房间的观看人数已经涨到了一千。

待叶雪城走到离舞台最近的位置，占薇终于看清了他的脸。面前的人还是波澜不惊的脸，偏白的肌肤在黯淡的背景里显得太过冷清。那双深不见底的眼眸，黑得像月光下的海面。

这一瞬间，占薇感到了自己动荡不安的心跳声。

她轻轻呼了口气，朝阿勤和聂熙递去一个眼神，示意表演继续。长时间的默契，让身边的人很快领会了她的意图。

音乐声渐次响起，现场再次沸腾。

占薇试图忽略舞台下凌厉的视线，沉浸在节奏带来的快感里。她热情地唱着，抱着吉他的身体随着节奏摆动，像微风中轻轻摇晃的花，娇柔又坚韧。

声音是沁入骨髓的性感。

观众们被音乐感染，很快便忘了之前的小插曲。

一曲紧接着一曲。最后的节目，是乐队翻唱五月天的《放肆》。

叶雪城坐在台下，打量着台上的人。

此时此刻，在热闹的人群中，在爆裂的节奏声里，那朵原本只属于他的小蔷薇恣意地绽放着，仿佛汲取了周围所有的光，变得耀眼又醒目。

叶雪城的心跳和呼吸被她的节奏牵引，在胸腔里跳动得更加剧烈。这一刻，他不得不承认，她美得让人害怕。

而台上的她，浅笑吟吟，正沉浸在自己的世界里。

"哥伦布只要有一颗星光，
就胆敢横越大西洋；
我还有一把吉他，我还有一群死党，
为什么还不大声唱。
达尔文假设生命是战场，
就让我基因不投降；
把伤痕装满手掌，把鼓声装满心脏，
把歌声装满肺活量
……
就放肆爱放肆追放肆去闯，
放肆地大闹一场，
不能原谅，

如果很多年后我还是这样。"

现场的气氛被推到了高潮，渐渐地，人群里响起了此起彼伏的"Super Nova"的喝彩声。音乐声结束时，细小的涌动汇合成强大的热流，在酒吧的上空盘旋。

"Super Nova！"

"Super Nova！ Super Nova！"

台上的占薇看着底下骚动的人群，轻轻一笑。直到音乐停歇，她才有勇气看向坐在舞台下的叶雪城。

他的眉眼依旧冷冷清清的，波光里却多了什么东西。

表演已经落幕，乐队成员各自收拾着乐器。豺哥兴致勃勃地刷着直播界面，游客数已经达到三千，大家纷纷留言。

"舔了一整晚屏的我，还想再舔一舔。"

"萌叔，下次什么时候约？"

"那个唱歌的，我敢送你游艇，你敢成为我的女人吗？［并不简单］"

豺哥见了打赏和留言数，心情愉快地给了镜头一个飞吻。

"每周日晚八点准时见。"

空气里的兴奋像潮汐般渐渐散去。客人们开始聊天喝酒，聂熙将吉他装进了琴袋；角落里的林俊宴拿着纸巾擦汗；豺哥在跟直播界面里的游客插科打诨。

"说哥帅，哥让主唱给你们过来打声招呼。"

"我呸！"

"果然越没有什么，就越在意什么吗？"

"从未见过如此厚颜无耻之人。"

豺哥乐呵呵的。这是他第一次玩直播，没想到很快就上瘾了。

他还想卖关子，正准备发话，却看见眼前的留言画风突变。

"萌叔，后面！"

"发生了什么？"

"可怕可怕，不要这样对我的小姐姐！"

豹哥一头雾水。

表演已经结束,安静了一整晚的叶雪城突然朝舞台走去。

占薇静静地看着他。他冷冷的脸上没透露出任何情绪,但是眼睛里闪着光,而且比来的时候更亮一些。

没人知道这个男人想干什么。

他离她越来越近,直到影子将她彻底裹住。占薇仰头看他,一瞬间,胸口有令人窒息的压迫感。

"你怎么……"

话还没说完,叶雪城就一把将她举起,丝毫不费力地扛在肩上,在所有人惊呆了的目光里,带着她走下台去。

然后,他们消失在了楼梯口。

舞台上的成员一个个呆若木鸡。豹哥盯着屏幕上的留言,感到费解。

"主唱被人掳走了!"

"快放开我老婆!"

"弱弱地说一句,刚刚那个男人挺帅的,还有点眼熟……"

豹哥这才回过神来,猛然转头,发现舞台中央已经空空如也。

占薇被叶雪城像小鸡一样拎出酒吧,迎头吹来的凉风,让她不禁打了个寒战。

与其说被叶雪城扛着,不如说被他抱着。

她感到大脑充血,对刚才发生的事似懂非懂。过了一会儿,她拍了拍他的背,"叶雪城,你干什么呀?"

他没吱声,大步向停在路边的车走去。

"你快放我下来!"

一想到自己在众人面前被这样抱着,占薇的脸就热得不行,理智一点一点被羞怯蚕食。她甚至无法分辨,叶雪城的举动是不是因为生气。

高大的男人打开后车门,将她扔了进去。

"你要干什么?"

叶雪城上了车,把车门重重地带上。他脱下了碍事的西装,扔在前面的驾驶座上。

然后他单手支在占薇身旁的皮椅上，像一只气势汹汹的猛兽。

占薇被他吓到了，身体瑟缩着挪到了窗边，便再也无路可退。

下一秒，他朝她俯下身来，手指插进了她的发，以不容拒绝的力度吻下来。他品尝了一番她那让人垂涎的娇艳后，又轻咬了一口。

占薇抱怨："唔……你怎么咬人啊！"

叶雪城没说话，脸上分明是要吃人的表情。

占薇的心脏狂跳起来，她伸手支着他的肩膀，试图让两人保持距离。

"等等，你等等！"

她被这突如其来的动作吓得不行，连声音都在打战。

"嗯？"

"在这里不太好吧？"占薇嘟囔着，"你是公众人物……"

"公众人物被迷晕了，怎么办？"

她不知道该怎么接话。

"还说不会被人掳走，现在不就被我掳走了？"

"你……你不要脸。"

叶雪城没接话，只是一笑，又继续吻她。

占薇被亲得昏昏沉沉的，突然间，她想起乐队表演完后，豺哥用手机跟直播间观众互动的事。

她开始推他，拍他的肩。

叶雪城起初没有在意，直到怀里的人反抗得愈演愈烈，才退开一些。

占薇被他亲得气喘吁吁的。

"那个……"

"什么？"

"公众人物，你可能上直播了。"

第十四章
乐队新成员

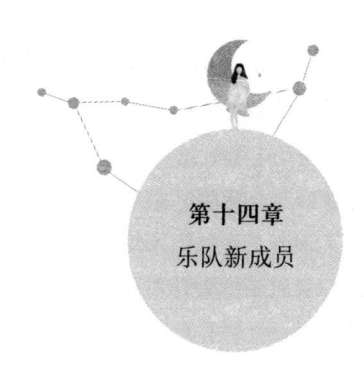

开车回家时,叶雪城的嘴角带着浅笑,心情愉悦,反倒是占薇这个受害者提心吊胆。

半路上,阿真打来了电话。

"薇薇,到底是怎么回事啊?"

占薇看了一旁的人,道:"刚才给你发了短信,我跟男朋友先回家了。"

电话那头的人听上去情绪激动,"你男朋友没打你吧?"

她的声音很大,透过话筒传出来。叶雪城看了眼占薇,眼神是"你到底怎么跟同学形容我"的问号。

"没有。"

"真是太吓人了,我还以为是抢劫呢!我们追出来的时候,人都不见了。还好我哥看见你们在车里,不然只能报警了。"

占薇一愣,什么?刚才她和叶雪城在车里被看见了?

"然后呢?"

"我们知道你男朋友的脾气时好时坏,当然要仔细问一问了。"

占薇脸热了起来,"问了什么?"

"我问,你有没有跟男朋友吵架。我哥说没事,你们看上去感情很好的样子……"

挂断电话，占薇满脑子想的都是阿真那句"感情很好的样子"。

脸似乎更热了一些。

待占薇回到家躺在床上，Super Nova 的表演视频已经被一位小有名气的视频博主传到了个人页面，并很快登上了人气榜。

视频的名字是《超燃的乐队现场，看到结尾我惊呆了》。

占薇打开视频，直接将进度条拖到末尾。果然，叶雪城突然抱起她，走下舞台的画面也在里边。两人离开后，酒吧突然沸腾起来，充斥着此起彼伏的尖叫声。舞台上的其他成员过了一会儿才反应过来，纷纷放下手里的乐器，追了出去。

视频底下的留言在短时间内便破千了。很快，大家认出了视频的女主角，是前段时间给温羽写歌的 Super Nova 主唱占薇。

至于男主角的身份，却扑朔迷离。

"男朋友？"

"开玩笑的吧？"

"感觉是为了配合演出效果。"

没多久，有网友找来叶雪城参加某商业活动的照片，和视频的截图放在一起作对比。

"左边的是 Titan 的老板叶雪城，右边的是视频里的男人。特地选取了一个相似的角度，身型、西装几乎是同款。"

此言一出，一些 Titan 的支持者立马出面反驳：

"真是搞笑，现在一百八十线网红都学会拉人炒作了。"

"叶老板订婚了。"

"叶老板：这锅我不背。"

占薇合上手机，有点头疼。也不知道头疼的是"一百八十线网红"的称呼，还是叶雪城和自己联系在一起时，网友激动的反应。

这时叶雪城洗完澡出来了。他的发梢带着水滴，没穿衣服的上身热气腾腾。他见占薇呆坐着，便问："想什么呢？"

占薇找来叶雪城的照片和视频截图对比，声音闷闷的，"你看……现在好了吧！"

叶雪城将手机扔到一边，似乎没放在心上。

占薇见他嘴角扬着，一脸轻松，忍不住抱怨："你还笑！"

"这事不重要，"叶雪城道，"我有别的事要问你。"

别的事？还有比这更严重的事？

占薇端坐在叶雪城面前，"你问。"

叶雪城声音沉了沉，"我记得，上次你朋友说我是渣男。"

听到"渣男"两个字，占薇忍不住一阵激灵，有了不好的预感。亏她之前还信誓旦旦地跟阿真说，叶雪城没把这事放在心上。

"刚才你朋友又问，我有没有打你。"他轻咳了一声，"你之前到底是怎么看我的？"

占薇感到头疼起来，"是误会，都是误会。"

"嗯？"

"之前他们让你请吃饭，我怕麻烦，就告诉她们你不太好相处。"

"占薇，"他低下头，凑近她轻声唤她的名字，"我让你说实话。"

"嗯？"占薇一愣，她不是在做检讨吗？

"跟我说实话，我才能改。"

占薇见他表情真诚，终于松了口气，认真地想了起来，"其实也没什么要改的。只是有时候你脾气不好，什么话说得不爱听了，就冷着个脸，怪吓人的。还有，你喜欢管东管西，乐队的事要管，交什么朋友要管，太多了。哦，你总是不问别人的意见就擅自做决定，比如说……"

叶雪城虽然是诚心发问，却没想到老实的占薇一打开话匣子，便滔滔不绝地说了起来。

自己的缺点有这么多吗？

他又好气又好笑，见面前的人有数落到天明的架势，抬起手，顺着她脖子的弧线向上走，直到落在耳郭上，"好了，今天就说这么多，不然我记不住。"

占薇停下来，抬眼看他。耳郭被他的指腹摸索着，让人心痒。

明明要反省的人是他，为什么到头来却是她被揪耳朵呢？

"你……你干吗？"

叶雪城认真地看她。面前那双盈盈的鹿眼泛着微光，让人心神荡漾。

"你想要继续待在乐队，是吗？"

占薇点点头。

"可以，不过要答应我两件事。"

又来！

占薇想起前一秒还让她说缺点，她还特地提过"喜欢管东管西"这一点。不过现在耳朵在他的手里，他说什么都对。

"哦，哪两件？"

他看着她，一字一句："第一，以后去Super Nova的时候，必须我在场。"

占薇一愣，过了几秒，才回味过来话里的意思。他每次都在场，怎么可能？

"你那么忙……"

"我会抽出时间，不耽误你们表演。"他说，"但是你不可以自己单独去。"

声音里的不容反驳，让占薇意识到这是他的底线，她闷闷地"嗯"了一声。

"第二，"他清了清嗓子，"离林俊宴远一点。"

"啊？"

"不许再坐他的电动车。"

虽然这一条非常容易做到，可占薇还是忍不住问："我不太明白，你为什么那么不喜欢他？"

"理由我已经说过。"

对于觊觎自己盘子里美味的人，叶雪城自诩有超乎寻常的敏锐。

"可是，"占薇忍不住辩解，"平时大家在一起，交往都很自然，我和他都没单独说过几句话。"

"男人最了解男人。"

占薇听到叶雪城这句高深莫测的概括，眼睛闪了闪，突然有了顿悟。

"你不会是……吃醋了吧？"

"我只是就事论事。"

她笑起来，盯着他渐渐泛红的耳尖，像他那样抬手抚了抚那个耳郭，"可是，这里很烫呢。"

叶雪城以沉默回避了回答。

"你就是吃醋了。"

"随便你怎么想。"

占薇的眼睛眯了起来，抱着叶雪城，将脸埋进了他的胸口，"其实不必这样，认识你以后，我都没再看过别的男生。"

叶雪城是她世界的主角，自带光环的那种。无论是优点，还是缺点，都让人喜欢，谁也比不了。

占薇原本以为叶雪城要求她每次表演时，他必须在场只是句玩笑话。没想到几天后，豹哥约大家去西柳巷附近的夜市摊聚餐，他也去了。

大概刚从公司出来，他穿了件衬衫和休闲裤，清俊而随性。他的双手插在裤兜里，在占薇身边站了好一会儿后，她才回过头来。

亮黄色的灯光混合着烟火气，有些呛鼻。他脸上带着浅笑，像堕入凡间的谪仙。

虽然这张脸不知道被她看了多少次，可这么一个瞬间，这不食人间烟火的气质，还是让她的心狠狠地跳了一下。

一旁的豹哥先反应过来。他乐呵呵地走了过来，朝店里面招呼："老板，加个座位！"

"好嘞！"

服务员搬上椅子，豹哥又热情地将椅子放好，对叶雪城道："请坐，请坐。"

豹哥这狗腿的模样让占薇有点蒙。

她抬头看了看对面的人：聂熙眯眼打量着叶雪城，阿勤神情严肃，只有林俊宴平平静静的，让人猜不透在想什么。

看来大家和她一样摸不着头脑。

豹哥轻咳一声，"来来来，相信大家都已经认识了。这是占薇的男朋友，即将成为我们 Super Nova 的一分子。"

一分子？

占薇一愣,仰头看着身边的叶雪城。他也要加入乐队吗?他能干什么?敲三脚铁?

豺哥看众人疑惑,在一旁解释:"因为看中我们酒吧和乐队的潜力,叶先生决定入股。"

众人看着他,不发一言。

"现在酒吧多出了一些流动资金,大家有什么想法和要求,放开胆,尽管提!"

对面的林俊宴低着头,夹起放在铁板上的烤肉,"架子鼓有点旧了,换吗?"

"没问题。"豺哥心情不错,"乐器是开业那会儿买的,准备全部换新。"

"我的不用。"占薇打断他,"我的吉他用得挺顺手,不用换。"

后来还聊了一会儿。豺哥兴致勃勃地聊起酒吧以后开分店,成立Super Nova连锁集团的事。

回家的车上,占薇问叶雪城:"你到底是怎么跟豺哥说的?"

热情又冲动的豺哥,经叶雪城这个奸商一忽悠,竟被成功洗脑了。

叶雪城道:"我想入伙酒吧,老板不同意。我问他愿不愿意将酒吧做大。Super Nova这种乐队加酒吧的模式,完全可以用来建立连锁企业。他听完我的建议,表示同意。"

占薇回味着叶雪城的话:"可是,我不太明白,你为什么要入伙?"

叶雪城一笑,"你说呢?"

占薇一愣,想起之前叶雪城说每次表演他都要在场的事,软软道:"你不用这样。"

"怎么?"他转动着方向盘,"就准许你发展副业,我不可以?"

"不是……"

"从今天开始,我也是你的老板了。"他笑,"如果不听话,我不仅可以扣你零花钱,还可以扣你的工资。"

占薇抬头,看着身边的人,黑色的眼睛里仿佛有光。

周日晚上乐队表演时,作为主唱男朋友兼酒吧合伙人的叶雪城也在。他点了杯冰水,安安静静地坐在舞台下边。

像无数个经历过的夜晚那样，Super Nova 乐队的成员们在台上挥洒着汗水。叶雪城看着站在舞台中央的占薇，忽然回忆起很多年前，那个从窗台上探出脑袋的可爱姑娘。她羞涩地红着脸，问："我的歌，真的好听吗？"

他因为好奇而接近她，却在不知不觉间，对她形成了依赖。她的声音就像一朵粉色的蔷薇，在他内心的冰天莽原里悄然盛开。

占薇，绽薇。

直到这一刻，他突然领悟，这就是宿命。

占薇唱到一半，目光对上了叶雪城的目光，他的眼睛里装着化不开的深情。她一笑，嘴角弯弯，眼里有星。

豺哥用手机开着直播，房间观看人数已经到达两万。

"今晚的主唱依旧很美！"

"主唱有男朋友了吗？"

"这位挡镜头的大叔，麻烦你不要老是看我们好吗？这样显得很不专业！快让开啦！"

就像每一个能量爆发的夜晚那样。

表演结束，占薇走向休息室，却在半路被一个男生拦住。

男生二十出头的年纪，一副大学生扮相，表情犹豫又羞涩。他不好意思地挠挠头，"那个……我关注了你的微博，乐队每次直播我都看了，我真的很喜欢你的歌。"

这不是第一次被人"表白"，自从乐队开直播后，几乎每次表演都有从直播室过来的粉丝。可占薇还是既激动又紧张，"谢谢。"

"对了，今天是我的生日。"男生知道自己唐突，却还是硬着头皮道，"可不可以让我抱一下你，当作我的生日礼物？"

嗯？

占薇愣在原地。

"就抱一下。"

她有些不知所措。虽然是对方生日，可被红着脸的男粉丝求拥抱，还是让她有些难为情。

她正踌躇着，听见一旁传来脚步声。叶雪城走到她的身边，面无表情地打量起比他矮半个头的男生。

他的声音是冷的。

"我替她抱你,怎么样?"

男生的手僵在半空,愕然地看着面前的人。叶雪城的目光冰冷,浑身弥漫着罗刹的气场。

男生张了张口,没发出声音。

叶雪城又问:"还要抱吗?"

"不用了。"男生尴尬地笑,"不好意思,打扰了。"

然后他火速地逃离现场。

晚上回到家,占薇理所当然地受到了"教育"。

"如果不是我及时出现,你怎么做?"

被突然提问,占薇一时没回过神。

"你会抱他吗?"

"啊,"占薇摇摇头,"不会。"

"真的?"叶雪城的脸上写着怀疑,只感觉自己的女人怎么看都是即使被人强行拥抱,也不会推开的个性。

占薇低着头不作声,一脸委屈。叶雪城这才意识到自己的"占有欲"又上来了。他叹了口气,"唉,算了。"

占薇洗完澡出来,见叶雪城坐在沙发上,眼睛盯着电脑屏幕,似乎在处理公司的事。她想起刚才发生的事,小心翼翼地走近他,坐在他的身边。

"如果枕在你的腿上,会影响你工作吗?"

叶雪城侧头,见她脱下了粉色的拖鞋,头往他的腿靠过来,毛茸茸的脑袋枕着他的大腿,挠得人心痒痒。

她的身子缩成一团,动作小心翼翼的,似乎害怕打扰他。

软绵绵,热乎乎,跟只猫似的。

安静许久后,叶雪城低声说:"对不起。"

占薇闭着眼睛。

"今天看到那人想抱你,我一时冲动没控制住自己的情绪,以后会尽量注意。"

她浅浅地呼吸着,没答话。

他又问:"困了?"

她终于点头。

叶雪城一笑,忍不住揉了揉那头松松软软的鬈发,"怎么不先去睡觉?"

"等你。"声音也是软软的。

叶雪城觉得自己的心像快要融化的软糖,轻轻一叹,"我的小鬈毛都长这么大了。"

就像盘子里的美味,看起来让人垂涎欲滴。

也不怪他"护食"。她的发如柔丝,肤如凝脂,手感极佳。一旦碰上,就让人不想放手了。

第十五章
锋芒乍现

占薇第一次听到正式版的《孤勇》，是在学校食堂旁边的便利店里。

吃完饭出来，林希真拉着占薇去卖零食。正是正午时分，便利店里的人熙熙攘攘，收银台前排了很长的队伍。

占薇在零食区逛了逛，没发现喜欢吃的东西。想起寝室的空调遥控器没电了，于是拿了节电池，准备付账。阿真还在冰柜前犹豫不决，不知道该买哪个牌子的冰激凌。

"薇薇，我请你吃冰激凌好不好？"

占薇摇头，"我已经很饱了。"

"那这样……如果吃不下，我帮你吃一半。"

阿真说完，也没等占薇回话，便一副"就这么愉快地决定了"的表情，喜滋滋地从冰柜里拿出一个草莓味和一个芒果味的冰激凌。

占薇有些无语，想着阿真大概是觉得一口气吃两个甜筒太难为情，才拉她下水的。

付账时，阿真和占薇一前一后地排在队伍里。

两人插科打诨地聊着，不知不觉便到了队伍前头。收银员的头顶上有一台液晶电视，里面播放着午间节目。

突然间，有熟悉的歌声传来——

"我走过荒无人烟的轨迹,
逆着风等待有你的消息,
一百遍祈祷完美的结局,
为你无所畏惧,为你所向披靡……"

头顶的电视播放着歌曲的MV。黄沙大漠里,歌手温羽站在沙丘之巅,迎风而唱。脖子和肩膀上缠绕的红色丝巾,被吹成了张扬的形状。

阿真愣了愣,看见了左下角的那排字——《孤勇》by 温羽。

"啊啊啊,薇薇,你看你看!"

突如其来的声音让旁人纷纷注目。占薇感到不好意思,"怎么了?"

阿真咋咋呼呼的,"你上电视了!"

此话一出,所有人的注意力便转移到了占薇身上。她脸一热,快速替沉浸在激动中的好友付了账,将对方拉出了小卖部。

"你淡定点!"

身边的同学莫名其妙地看着吵吵闹闹的两人,疑惑不解。

《孤勇》正式版MV上线后不久,以少女为目标人群的百优乐护肤品,推出了"清新"抗痘系列。新系列的广告用《孤勇》作为广告主题曲,并采取了狂轰滥炸的宣传模式。广告铺天盖地而来,似乎到哪都能听到温羽的歌声,和那句熟悉的"为你无所畏惧,为你所向披靡"。

网友们表示,这首歌有种让人想单曲循环的魔性,简直快赶上神曲了。

很快,《孤勇》空降AC热歌榜第一,温羽凭着新歌上了微博热搜。之前提到占薇的那条微博被翻出来,一眨眼的工夫,占薇的微博粉丝已经过万。

这天下午,占薇坐在教室里看书,突然收到温羽发来的短信。

"新歌成绩不错,我们准备庆功,老板让我叫上你。来不来?"

占薇一愣,温羽的老板——

那不就是阿真的本命、传说中的歌神 Jefferson?

歌神 Jefferson 是歌坛的神话,不仅每张专辑大卖,也成为第一位凭借中文歌数次进军欧美音乐榜单的男歌手。

他陪伴了一代人的成长。有人说,因为有了 J 神,自己的青春才有了

BGM。

　　Jefferson在自己事业如日中天时，创立了HT传媒，原本是为了经营自己的歌唱事业。这几年Jefferson不如当初活跃，甚至有退居幕后的意思。他陆陆续续地签下一些歌手，温羽便是其中之一。

　　占薇听过不少Jefferson的歌。跟对方最亲密的接触，大概是几个月前的演唱会上，她坐在第一排，看着他走到台前跟歌迷互动。

　　去参加庆功会？

　　占薇有些犹豫。倒是阿真听说了，在一旁极力怂恿。

　　"为什么不去？你可以跟J神见面啊！你不是为自己去的，是为了千千万万个像我这样的迷妹而去的！"

　　占薇被阿真这副激动的模样吓到了，没来得及回话，便见阿真兴冲冲地拿出Jefferson的自传，"喏，给你个任务，帮我要一个Jefferson的签名。"

　　占薇懵懵懂懂的。

　　阿真的语气很坚决："如果没拿到Jefferson的签名，不要回来见我！"

　　庆功会在城南一家五星级酒店里举行。

　　占薇赶到时，庆功会还没开始，但会场里很热闹，台上的背景屏幕上显示着醒目的主题：感谢有你——HT传媒二〇一七年中总结。

　　HT作为一家新兴的娱乐传媒公司，近三个月的战绩十分受同行瞩目。旗下的艺人温羽和凌光初先后登陆AC热歌榜前三，主创的音乐主题电影《旋转的银河》也在前段时间上映，拿下了本月票房最佳。

　　占薇入场后，被温羽的助理领到第二排的位置。

　　先是老板Jefferson发言，然后是温羽团队、凌光初团队和《旋转的银河》主创各自上台总结。占薇看着台上，不知不觉便过了一个钟头。散场时，几位明星早已在保安的护送下提前离场。占薇看着临行前被阿真托付的Jefferson自传，有些沮丧。

　　人群渐渐散去，场内渐渐安静下来，突然有脚步停在了她的面前。

　　她抬起头来，眼前出现了一张素昧平生的脸。男人穿着西装，戴着银边眼镜，狭长的单眼皮里仿佛闪着精明的光。

　　"请问，是占薇占小姐吗？"

"我是。"

"你好,我是陈嘉容,温羽的经纪人。"

占薇一愣,"你好。"

面前的人说:"刚才不方便招呼,对占小姐怠慢了,真是抱歉。现在有时间单独跟占小姐聊一聊吗?"

直到被领进休息室,占薇还没回过神来。她并不是善于交际的性格,觉得有些紧张。

转眼间,陈嘉容已经将面前的门推开。

宽敞的房间里,温羽坐在中间,旁边坐了两位女星和一位男星。占薇觉得脸熟。歌神Jefferson正抱胸站在左边。在占薇踏进屋子的瞬间,所有人齐齐望了过来。

占薇受到了惊吓,说好的"单独聊一聊"呢?

空气安静了几秒。

Jefferson主动走上前来,将里面的人轮流介绍一番。占薇点头向大家一一问好。直到最后,面前的人突然问:"占小姐没有吃饭吧?要不要跟我们一起?"

这是占薇第一次参加有明星的饭局,还一口气来了六个。

温羽坐在占薇的右边,左边是歌手凌光初,Jefferson坐在正对面。还有几个明星和经纪人,占薇叫不出名字。

这是占薇第一次见到温羽本人。女生如之前电话里表现得那样开朗大方,脸圆圆的,笑起来眉眼弯弯的,很有亲和力,做事风格直来直去。占薇一落座,就被她紧紧地拥住了。

"我简直爱死你了!"

女生的清香扑面而来,让占薇猝不及防。

"AC榜第一!第一次!你简直是我的幸运女神!"

占薇的脸有些红。其实她的功劳有限,是百优乐的广告够魔性吧!

上菜前大家聊了几句,期间聊起温羽新专辑的事。Jefferson问占薇:"你是学音乐的?"

占薇回道:"不是。"

声音刚落,左边传来一声嗤笑。

凌光初举着葡萄酒杯，面露不屑，"Jefferson，别开玩笑了！你在这一行待了十来年了，自己也写歌，是不是专业的，会听不出来？"

凌光初今年三十七岁，却拥有一张二十出头的脸，是娱乐圈著名的不老女神。她十六岁便早早出道，发了第一张个人专辑，和占薇的妈妈韩汐是同时代的歌手。早些年因为"音乐才女"的人设，她火了一阵，甚至在当年的音乐盛典上碾压了风头正盛的韩汐。可惜因为在创作上剑走偏锋、曲高和寡，近几年口碑极高，人气却不温不火。

原本看不上温羽这种"傻白甜"的她，近来人气一直被温羽碾压，尤其是她最近登上AC热榜第一，更是咽不下这口气。对于温羽带来的"罪魁祸首"，她自然也没有好感。

此话一出，饭桌陷入了安静。

凌光初继续道："上次那谁拿了首类似的，你不是说，那水平也基本告别音乐圈了？"

占薇的脸有些热，即使再迟钝，也能听出来对方是在贬低自己的作品。

"我觉得歌迷们也不是傻子。"温羽忍不住发话了，"有的歌明明不够专业，可大家就是喜欢，总比有些人格调比谁都高，可就是没人喜欢听要好吧？"

后半句话明显就是针对"著名音乐学院出身"的凌光初。

剑拔弩张的气氛最后被Jefferson打断："专业不专业这种事，本来就是由人定的标准。其实适当的不专业，也可以理解为创新。我个人比较喜欢占薇的风格，无拘无束，没什么匠气。"

凌光初没再接话。

一桌人漫无目的地闲聊，又提到温羽翻唱过的《时间线》。

"我很喜欢那首歌，当初听完就忍不住翻唱了，还被陈叔骂了一顿，说我这算是侵权……"温羽笑眯眯的，"真是可惜了，你为什么不卖？有没有想过录一个专业版的？网上那个视频是在酒吧录的吗？背景太吵了。"

占薇笑了，"因为……歌是写给某个人的，被别人唱总感觉怪怪的。"

"哟——"温羽眨了眨眼睛，"原来占小姐有心上人了啊！"

占薇有点羞涩。

旁边的凌光初听了，问："占小姐是在酒吧唱歌的？"

"酒吧唱歌的"特地被加了重音，有些刺耳。

占薇答："是和朋友组了个乐队。"

凌光初笑，"你们是不是给几十块钱，想让你们唱什么，就得唱什么的那种？"

占薇一愣，没说话。

"对了，我以前认识一个在酒吧唱歌的女生，听说……只要给的钱够多，什么事都干。"

"凌光初！"温羽觉得她的话有些过分，站起来喝断她。

凌光初一脸无辜，"我又没说占小姐，没必要往自己身上联系。只是，在那种地方唱歌，很难不让人产生联想。"

占薇轻轻呼了口气，终于开口："凌前辈……我之所以会唱歌，是因为喜欢音乐，这跟在哪里唱没有关系。我不认为音乐学院的才女唱歌是高尚，而在酒吧唱歌就是低三下四。艺术的本质是让人快乐，在这一点上，我们是平等的。"

凌光初正准备接话，却被Jefferson打断了："光初，你今天怎么回事？为难人家小姑娘，可不是前辈该有的气度。你就自罚一杯吧。"

凌光初见大老板发话，脸上有些不情愿，却还是举起面前的葡萄酒杯，一饮而尽。

Jefferson笑了笑，继续聊起别的话题。

"对了，占小姐，你说你不是学音乐出身，可我看你唱法熟练，有不少专业技巧。难道是找专人指导过？"

占薇一笑，"也不算是。我妈妈是歌手，从小听她的歌长大，稍微耳濡目染了一些。"

此话一出，桌上的人纷纷露出了惊讶的表情。

Jefferson笑着问："哦，你妈出道过吗？"

占薇点点头。

"不妨说说你妈的名字，也许我认识。"

"我妈叫韩汐。"

身边的温羽脸上的表情，已经不能用震惊来形容了，对桌的一男一女看占薇的目光也有些变化。唯独Jefferson俊逸的脸陷入沉思，似乎突然回忆起往事。

"说起来，我和你妈认识。"

占薇意外道："认识？"

"是我刚出道时候的事了。那时候我还没什么名气，有个跨年晚会，因为节目时间的问题，临时要把我的节目拿掉。后来韩汐姐知道了这事，缩减了自己的表演时间，才帮我向导演争取到了上台的机会。"

占薇听了感到意外。在她的认知里，妈妈一直都是严厉、苛刻、精明算计的人，替新人争取机会，不像是她会干的事。

"当初她嫁人退圈，我还觉得可惜。"Jefferson 一笑，"没想到竟然遇到了她的女儿。"

妈妈在娱乐圈的过往，是占薇全然陌生的东西。她没想到，妈妈曾经和 Jefferson 有过这样的渊源。

听到占薇是韩汐女儿后，桌上的人心中都有着隐隐的兴奋。唯独凌光初抱着胸，冷眼打量占薇。

占薇察觉到不友善的目光，并不打算有所回应。恍惚间，手机响起来，是叶雪城打来的电话。

"你现在在哪？"

占薇出门前跟他说了参加庆功宴的事，"我在跟温羽他们吃饭……"

"到几点，我来接你？"

占薇说了个大概的时间，然后给他发去定位。

等她挂上电话，温羽神秘兮兮地凑过来，低声问："男朋友啊？"

占薇点头，"嗯。"

过了四十来分钟，饭局终于散场。一群人来到了酒店门口，明星们纷纷开始打助理的电话。占薇站在角落，安安静静地等叶雪城。已经快入冬，冷风吹来，刮得脸上生疼。

突然间，Jefferson 走到她的身边。

"占薇。"他叫她的名字，声线低沉又性感。

占薇侧头，看着身边的人。歌神看起来有些书生气，却自带沉稳的气场，英俊的脸上和清透的眼里写满睿智和练达。

他向占薇伸手，"这是我的名片。"

她一愣，对男神主动递名片感到受宠若惊，"谢谢。"

她顿了顿，突然想起今晚最重要的任务。

她掏出阿真交给自己的Jefferson自传，"我有个朋友超级喜欢你，可以帮她签个名吗？"

Jefferson拿过书和笔，停留在扉页，"想让我写点什么？"

还可以提要求？

"你可不可以写……'林希真，你这么可爱，一定会找到男朋友的'？"

Jefferson扬着唇，龙飞凤舞地写了一会儿，"你也很可爱。"

面对男神突如其来的夸赞，占薇的心跳得有点快。

"以后想不想进娱乐圈？"

啊？占薇一愣。

男神看过来，重复了一遍："想不想像你妈妈一样，成为专业歌手？"

明明对方只是随口一问，占薇的心却跳得飞快，手心里冒出了细汗。

还没等她来得及回答，一道刺眼的远光灯忽然打来，终止了对话。

黑色的慕尚停在路边，是熟悉的车牌。几秒后，叶雪城从车上走下来，引起了所有人的注意。

站在右边空地的凌光初率先反应过来，道："叶总，这么巧？"

叶雪城看着她，面露不解。

凌光初捋了捋耳边的碎发，笑得谄媚，"我是凌光初，上次还被你们公司邀请，参加了秋季新品发布会。"

"不好意思。"

他不记得了。

叶雪城示意挡在面前的凌光初让一让，然后径直走向占薇。

Jefferson看到来人，显然感到意外，"Ryan？"

Ryan是叶雪城的英文名。

叶雪城报以一笑，"你也在？"

"有个局。你呢？"

"来接人。"叶雪城走近占薇，自然而然地牵起她的手，"我先接占薇回家，有机会再聊。"

"你们……"Jefferson看着面前亲密的两人，有些不解。

叶雪城也不隐瞒："她是我的未婚妻。"

空气安静了一瞬。

温羽一脸惊愕。过了一会儿，她特地转头看了眼身边的凌光初。此时此刻，对方的脸色尤为难看。

回到家，占薇想起叶雪城和Jefferson见面时的场景，心里有不少疑惑。她问："你跟Jefferson认识？"

"嗯。"叶雪城坐在床上摆弄着笔记本。

"怎么认识的？"

"在美国的时候，有一次看Derrick的钢琴独奏会，我身边坐的人恰好是他。"叶雪城波澜不惊地说，"当时有不少华人在，他戴着口罩，差点被几个女粉丝认了出来，是我帮他解的围。后来我回国后，还跟他接洽过代言的事。"

占薇认真地听着他解释，过了一会儿，又觉得哪里不对。

"你……为什么会去听Derrick的演唱会？"

叶雪城打字的动作一顿，凝滞了片刻。

虽然自己的小女人总是傻傻笨笨，反应迟钝，但某些时候，却对问题的关键出奇的敏锐。

他一副无奈的语气，"你说呢？"

占薇安安静静地与他对视。

"因为我突然决定修身养性，陶冶自己的音乐情操。"

"你信吗？"

占薇摇摇头。

"所以，是为了什么？"话说了几句，反倒成了他问她。

"因为……我？"

"不然呢？"

一股热流涌进了占薇的心里。

当初叶雪城一人孤身在美国，特地开车三小时，临时去听了他不感兴趣的演奏会，只因为那是她喜欢的东西。

那时他已经思念成疾，只有接触与她有关的事物，才会觉得自己是真实活着的。

占薇愣了半晌，突然从后面贴近叶雪城的背，双手环抱着他的腰。

她的头抵着他的肩，闷声不语，仔细地听着他的呼吸。

头顶的人问："这算不算证据之一？"

"嗯？"

"爱你的证据？"

占薇闭着眼睛，很久后才回答道："不需要。"

"不需要？"

"你说什么，我都信。"

男人硬朗的线条和荷尔蒙气息，让她微微沉醉。直到这一刻，她突然发现自己在爱他这件事上，已经无怨无悔。

无论前面是鲜花还是深渊，是真实还是谎言，她都愿为他赴汤蹈火。

周一回到学校，占薇顺利完成好友交代的重任，将带有歌神Jefferson签名的自传，交到了林希真的手里。

课间她拉着占薇问东问西。

"所以你真的和一群人吃饭了吗？"

占薇点点头。

"啊，有没有拍合照！"

"没有……"

"这么宝贵的机会都没有把握住，"阿真恨铁不成钢地说，"薇薇，你到底是不是猪脑子？"

Jefferson、凌光初、温羽同时出现已经很夸张了，何况另外几个占薇不熟的明星，也是炙手可热的新人。

占薇认真回想了一番吃饭时的场景。Jefferson的运筹帷幄，温羽的开朗大方，凌光初的针锋相对，温羽和凌光初之间的剑拔弩张……实在不是适合拍照的场合。

阿真让占薇讲细节，不知不觉间，便聊到了凌光初故意针对她的事。

好朋友听了，为占薇打抱不平，"没想到她平时在粉丝面前装端庄大方，其实心眼这么小！"

占薇摇摇头，表示无奈。

"等等！"阿真似乎突然想起什么，低头掏出手机，在搜索栏里输入了几个字。过了会儿,她一脸的恍然大悟。

"果然!"

阿真打开了一个叫《娱乐圈的那些事儿》的帖子,将内容摊在占薇面前。里面是韩汐和凌光初的过往。

当年韩汐还没嫁给占薇爸爸的时候,在娱乐圈风头正盛,被业界一致看好。也许是少年成名,又顺风顺水的缘故,韩汐心高气傲,直来直往,得罪了不少圈内人,却也因为耿直的个性,收获了不少粉丝。

那时的凌光初,和韩汐在同一家经纪公司。因为她是音乐专业出身,加之背景强大,刚出道时便受到公司力捧。韩汐作为高人气前辈,自然也肩负起了提携凌光初这位后辈的任务。

韩汐比凌光初大七岁,也不介意提携新人,每次上综艺都会捎凌光初露个脸。后来韩汐发新专辑,由凌光初创作的主打歌《橙色》大热。有了音乐方面的合作后,公司更是将"姐妹情深"作为两人的宣传点。

可没过多久,便有凌光初的闺蜜兼助理向八卦杂志爆料,韩汐的单曲《橙色》是从凌光初手里"抢"来的。爆料人还透露,韩汐仗着前辈的角色,在公司里拿走了凌光初不少资源。两人表面上姐妹情深,背地里,韩汐却处处欺压凌光初。

媒体出现了许多关于韩汐的负面报道:音乐车祸现场、尬舞以及跟几位当红小生的独处照片。一时间,"没实力""爱装""集邮"等标签齐齐聚在韩汐一人身上。她的声誉一度跌入谷底,甚至那一年原本众望所归的"星耀奖"最佳女歌手的头衔,都被凌光初顶了。

那时候,韩汐已经跟占薇的爸爸恋爱一年又余,恰逢有了占薇,她便顺水推舟,退出了娱乐圈。

好几年后,网络文化更加发达,才有人再次讨论当初的细枝末节。有人找出了韩汐当年提携其他新人的事例,又找来韩汐现场表演的视频,说明至少她在"人品"和"实力"方面,不容置疑。

至于她和凌光初的那些纠葛,后来也有"知情人"透露,是凌光初凭借家里的实力,花了很大的力气抹黑韩汐,目的就是要得到当年的"星耀奖"最佳女歌手。

占薇看完阿真找来的帖子,心里久久不能平静。妈妈从来只告诉占薇,音乐圈不适合占薇，却从来没有说过自己经历过的这些。也许，妈妈是在用自己的方式保护她吧。

再次见到妈妈韩汐，已经是周末了。

原本只是很平常地回家吃饭，到了家，占薇才发现姐姐占菲也在。两姐妹坐在客厅里，气氛有些微妙。

占薇时不时看看姐姐，她和自己有几分相似的脸蛋上摆着冷漠和倨傲，发型又换了，改成了一头干净利落的短发。大概是前段时间去某个热带小岛度假的缘故，皮肤黑了一圈。

占菲突然问："听说你组了个乐队？"

占薇一愣，想想乐队在网络上的知名度，姐姐知道也并不稀奇，于是点头，"是的。"

对方嗤笑了一声，"真像是你能干出来的事。"

分明是瞧不上的语气。

占薇想了想，反问："姐姐，你最近辞职了，是吗？"

她看见了占菲最近的微博。金融市场从年底便开始不景气，在好几个项目失手后，占菲从原来的投行辞职，试图休整一段时间。

"怎么？觉得自己在网上有点小名气了不起，想嘲笑我？"

"不是，"占薇语气平和地说，"只是想告诉姐姐，先管好自己的事。"

……

没过多久，叶雪城也到了。一家人吃着饭，气氛安静而奇怪。韩汐一贯和气的脸色不见了，浑身上下都散发着难得的严肃。

吃完饭，母亲把占薇和叶雪城叫到跟前。

占薇再看到母亲，心情复杂。她想起阿真给自己看的帖子，想起母亲曾经受到的莫须有的诋毁和污蔑，有些心疼。

母亲不让她沉迷音乐，大概也是怕自己会经历那些不愉快的事。

叶雪城问："妈，什么事？"

韩汐也不看他，目光紧紧地盯着占薇，开门见山道："乐队是什么时候组的？"

占薇一愣，想了想，老老实实地回答："一年前。"

"所以这一年来，你就成天和不三不四的人混在一起？"

"妈妈……"

韩汐转过头,看着一旁的叶雪城,"你也知道这件事?"

叶雪城沉默了一会儿,才道:"是。"

理解了母亲,占薇对于她的反应并不感到奇怪。可她没想到母亲的下一句话便是:"你给我退出乐队。"

"为什么?乐队里都是非常好的人,网上有很多喜欢我们的粉丝……"

韩汐打断她:"我让你退出,听到没有?"

母亲的坚决让占薇措手不及,甚至没有一丝回旋的余地。

她轻轻吐了口气,"妈妈,这次我可能不会听你的了。"

韩汐不敢置信地看着她。

"我不会退出乐队的。"

她的声音刚落,面前的人便抬起右手,重重地扇在了她的脸上。空气里响起了清脆的耳光声。

占薇脑子里一片空白,紧接着,脸颊传来火辣辣的痛。

一旁的叶雪城也感到吃惊。他的神色不悦,作势回应,下一秒却意识到面前的人终究是长辈,这才放弃了警告的动作。

"你以为自己有了几个所谓的追捧者,就很了不起是不是?告诉你,我就是从那个圈子走过来的。像你这样的,根本不适合在圈子里混!"

"你知道那个圈子有多可怕,水有多深吗?像你这样的性格,进去除了被人利用和踩踏,还能干什么?"

"你到底知不知道自己几斤几两?"

果然。因为怕女儿重蹈覆辙,她希望女儿可以走一条更容易的路。于是在女儿表现出音乐方面的天分时,她便下意识地遏制了。

可有些事,越是遏制,越是蓬勃发展。

"妈妈,即使发生那些你担心的事情,我也不怕。"占薇一字一句、斩钉截铁地说,"我不会退出乐队的。如果有可能,音乐这条路我会一直走下去。也请你不要因为自己的恐惧和担忧,试图改变我的人生……"

猝不及防地,是母亲再次挥来的耳光。声音十分响亮,听得让人心颤。

"我再说一次,退出乐队!"

占薇的眼神异常坚定,"不可能。"

见母亲再次抬起手来,占薇闭上了眼睛。她没想到自己被轻轻一拉,叶雪城挡在了她身前。

随着清脆的响声落下,叶雪城的脖子上烙上了一片清晰的指印。

韩汐愣住了。

叶雪城面不改色,"妈,如果你觉得打人解气的话,就打我吧!"

"你也跟占薇一起胡闹,是吗?"

"不是胡闹。"他一脸认真,"只是想让她做自己喜欢的事。"

韩汐看着两个忤逆的孩子,被气得不轻。

"还有,"叶雪城继续道,"至于你担心的事,我可以给你保证。"

"你能保证什么?"

"至少能保证,有我在,没有人可以伤害她。"

离开家后,两人坐在车上。借着晦暗不明的光,占薇看见叶雪城脖子上的红印旁有被指甲刮破的浅痕。

她用手指碰了碰伤口边发红的皮肤,"疼不疼?"

叶雪城笑了,"这话应该我问你。"

……

"来,让我看看。"

叶雪城伸手抬起占薇的下巴。即便光线昏暗,还是能看清她美丽的脸蛋已经微肿。

他笑了,"刚才你妈打你,也不知道躲一躲。"

"躲了她会更生气的。"

"你还真是够笨的。"

叶雪城低下头,轻轻地吻着她被打过的地方,"我的小女神,真是不容易。"

占薇被他亲得有些痒。

"所以,是不是当初被反对得强烈一点,那些歌我就听不到了?"

"不知道。"

占薇是真的不知道自己会不会坚持下来。

安静了好一会儿,他才开口:"你妈那边,你不用管,专心做自己的事。如果有问题,我帮你顶着。我们以后再找机会,再慢慢跟她解释。"

她轻轻靠在叶雪城的胸口,浅浅地呼吸着,"叶雪城,谢谢你。"

"谢我干什么?"

"谢谢你刚才为我挡了那一下。还有,如果没有你,我可能很早以前就不会再写歌了。"

无论如何,叶雪城是第一个发自内心鼓励她、喜欢她的音乐的人。

他只是一笑,"怎么?你以前的歌一直藏着,从来没有给人听过?"

占薇摇头,"给家里人听过。"

她第一次试图写歌是在八岁那年。姐姐占菲过生日,她想不到什么有新意的礼物,便尝试着用磁带录了一首自己写的歌,送给对方。

结果——

"姐姐说我的歌超级难听。"

从那以后,占薇因为怕丢人,很长一段时间都没再尝试写歌。

"是哪首?我听过吗?"

占薇点点头,"你听过,叫《小花朵》。"

叶雪城想了起来。《小花朵》是一首儿歌,曲风也十分幼稚,却意外地让他感到可爱。

原来写这歌的时候占薇才八岁。

他低低地笑着,"怎么会难听?明明很好听。"

"是吗?"

"嗯,特别好听。"

即使遭到反对,占薇还是一如既往地参加每次乐队表演。

周日的晚上,酒吧里来了一位特别的客人。

表演结束后,乐队走下台来,酒吧渐渐恢复了吵闹。从酒吧的后排冒出一位穿着黑色夹克的男人。男人戴着黑色的口罩,挡去了大半边脸。在酒吧昏暗的灯光下,辨不清模样。

见男人径直朝占薇走去,叶雪城警惕地起身。

他将对方拦下来。

"你好,请问有事吗?"

男人的动作一顿,眼眸闪了闪,有意外,也有欣喜。这神情、动作与叶雪城记忆中的一部分重合起来。

接着传来熟悉的声音，"Ryan？"

叶雪城一惊，"是你？"

男人将口罩取下，露出了那张俊雅的脸。是歌神Jefferson。

两人还来不及寒暄，乐队成员已经走近了。占薇最先看到站在叶雪城身旁的人。

"Jer……Jerfferon，你怎么来了？"

其他乐队的成员同样一脸惊讶。Jerfferson在歌坛里是神一样的存在，几乎无人不知，无人不晓。

对于突然莅临的"神"，大家感到惊喜又意外。

Jefferson礼貌地一笑，"是这样的，那天吃完饭后，我又回头搜了几个你们乐队表演的视频，觉得无论你个人的表演能力、音乐才华和歌唱实力，都十分看好。所以你想要加入我们HT传媒吗？"

这席话让所有人都很惊讶，而其中最惊讶的，要数占薇了。

她看看叶雪城，又看看Jefferson。加入HT传媒，就是作为歌手、正式出道的意思？

音乐作为占薇的爱好，从很久前便以自娱自乐的方式坚持下来，能成为乐队的成员，已经是她生命里的惊喜。至于歌曲广为流传，并被大众喜欢，都是预料之外的事。

她根本没有成为专业歌手的奢望。

"我从来没有想过……"

Jefferson一笑，洞悉了她的措手不及，"没关系，我可以给你时间考虑。我只是认为，你的歌非常优秀，如果不能被更多人听到，实在是太遗憾了。"

占薇看着他。

"上次见面，我给你的名片还在吧？"

"在。"

"你如果想好了，随时给我打电话。"

从酒吧出来，冬日的寒风吹过，占薇忍不住一阵战栗。叶雪城取下自己的围巾，在她裸露的脖子上严严实实地绕了几圈，"你在这里等着，我把车开过来。"

她乖巧地点点头，"嗯。"

回家的路上，两人聊到猫。

叶雪城道："我在美国的时候养过一只。"

占薇感到意外，她没听叶雪城提起过这事。在她眼里，看上去冷淡而不苟言笑的叶雪城，一直是宠物这类萌物的绝缘体。

"什么样的猫？"占薇问。

叶雪城的嘴角勾起来，似乎陷入了回忆中，"路边捡到的白猫，不知道是什么品种。刚养的时候才一两个月大，很黏人。我给它取了个英文名，叫 Rose。"

叶雪城独自在外的时光里，小白猫缓解了他不少寂寞。刚开始养猫时，大概是缺乏安全感的缘故，小家伙黏人得厉害。晚上，叶雪城坐在书桌前编写程序，小猫静静地窝在他的笔记本旁边，毛茸茸的身体缩成一团，闭着眼睛，不声不响地睡觉。好几次，叶雪城把它抱下来放进猫窝里，它又轻手轻脚地爬上书桌，老老实实地在叶雪城的手边待着。

有时候晚上睡觉，它也会不客气地爬上床来，窝在叶雪城冰凉的脚边，帮他取暖，可爱极了。

叶雪城继续道："中文名叫薇薇。"

占薇一愣，竟跟自己重名了。

她顿了顿，问："那后来呢？"

猫去哪儿了？

"后来？"叶雪城面无表情，"猫走丢了。"

……

"有一天我从学校回来，发现它不见了，然后它再也没有出现过。"

因为这事，叶雪城的心情低迷了很长时间。直到很久后的今天，他还在隐隐地担心这件事有什么不祥的暗示。

占薇静静地听着，也不知道该怎样安慰他。

他突然话题一转，"说实话，我不想让你进娱乐圈。"

圈子太大、水太深，他怕她像当初那只和她同名的小猫一样，走丢了，就再也找不回来。

"不过，如果你很想加入，我也会支持你。"

占薇一愣，侧头看他，内心激荡，却只是很轻声地啜嚅道："其实，我不会随便走丢……"

车子停在了家门前那条安静的路上，叶雪城熄了火，侧头看着她。

占薇又重复了一遍，"我不会像猫一样走丢的，我保证。"

她想了许久，终于下定了决心。她倒不是对于功成名就有多么渴望，只是希望自己的音乐可以被更多的人听到，被更多的人喜欢。

叶雪城看着她，"嗯。"

隔天，占薇拨通了歌神 Jefferson 的电话。

"喂？"那边传来一个沉稳的男声。

"请问是 Jefferson 吗？你好，我是占薇。"

那边的人一笑，"你好。"

"关于那天的事，我仔细想了想。您说得没错，作为一个音乐人，当然希望自己的作品受到更多人的喜爱。"

"所以，你同意加入我们公司了？"

占薇犹豫了一会儿，开口道："如果我加入的话，可不可以提条件？"

Jefferson 也没想到占薇会主动提要求，"什么条件？"

"我想请您答应一件事。"

周末上午，乐队成员在酒吧的地下室会面。

人到齐后，豹哥斜靠在软软的沙发上，看着占薇，"哥正好有事想问你。"

占薇听着。

"上次 Jefferson 让你加入 HT 的事，答应了没？"

"我……"

她正犹豫着怎么把话说出口，豹哥便打断她："你得给哥答应了。"

"你到时候成了专业歌手，一定要给我们争口气，听到没？"豹哥一股脑儿地说道，"你什么都不差，就是经常会犯怂。在这件大事上，哥得看着你点。"

占薇瞄了眼旁边的阿勤、聂熙和林俊宴，想了想，"其实我是来问问你们，想不想跟我一起？"

所有的人同时愣住了。

"我想和大家一起加入 HT 传媒。如果一个人，总感觉有什么不对……"

空气里除了沉默，还是沉默。

豹哥突然用力地拍了占薇的后背一巴掌。

"我们去干什么？拖后腿？你看看，就我和阿勤这种形象，不是给乐队招黑吗？"

阿勤安静地坐在旁边，一脸躺枪的无辜表情。

占薇的声音小小的，"直播的时候，还有人说你萌吗……说明豹哥你虽然不好看，还是有市场的。"

……

耿直的回答，让豹哥无言以对。

"而且，"占薇道，"现在市场上，我们这样的原创乐队不多。Jefferson 也觉得，如果以乐队的形式出道，会有不错的效果。"

占薇十分诚恳地看着大家，"所以，请你们和我一起，好吗？"

第十六章
海的女王

很快,乐队便和 HT 传媒签下合约,正式出道。

HT 公司为乐队安排了一位叫谢泽的经纪人,不算是业内顶尖的,却也有丰富的经验。年底时,谢泽提出了下一年的计划,让大家好好休息,待寒假结束后再开始干活。

占薇算是彻底闲了下来。

叶雪城还是一如既往地忙着。离 Titan 科技的春季新品发布还有两个月的时间,他每天都奔波在公司和工厂之间,电话和视频会议无数。有次半夜两点多,他还特地起床,给美国那边的代理打电话。

对比起来,占薇简直太闲了。每天睡到自然醒,然后看电视,写歌,心血来潮的时候便在家里做饭,一天便过去了。

想到叶雪城的辛苦,她心里有了罪恶感。

这天占薇披着件居家服便下了楼。到厨房打开冰箱,拿出了鸡肉和香菇,按照食谱上的步骤煮了一小锅香菇鸡肉粥。叶雪城不喜欢香料的味道,她只洒了一点姜丝去肉腥味,又另外煎了两个鸡蛋。

等把煮粥的食材统统放进锅里炖上,占薇看了看时间,已经七点半了。

她上楼回到卧室。

叶雪城问她:"刚才去哪儿了?"

"嗯?"

"去洗手间找了,没看见你。"他说,"我还以为你掉进厕所了。"

占薇笑了笑,凑过去看着他闭着的眼睛。他的皮肤就像他的名字一样,雪白雪白的。

占薇问他:"后来一直没睡吗?"

"嗯。"

"是我吵到你了?"她的动作明明很轻。

"你走了就睡不着。"

占薇想起困扰叶雪城已久的失眠。自从两人住在一起,倒是感觉他睡得安稳了不少。

恍然间,她有了被人撒娇的错觉。

占薇心情极好,忍不住伸手,在他的侧脸上轻轻捏了捏。

"你造反了是吗?"

叶雪城说着,一把将她托举起,抱在身上。脸凑在她的脖子间,左闻闻,右闻闻。

"叶雪城,你在干什么呀?"

"我在吸猫。"

"嗯?"

叶雪城笑了笑,说占薇"简直跟只小猫似的。"

占薇不满地拍了拍他的脑门,"你不睡了?"

叶雪城没接话。

"不睡就快点起床吧,我给你做了早餐呢。"

叶雪城洗漱完毕,下了楼,发现占薇已经在餐桌上摆好了盛着粥的碗,中间还放了个小碟,里面装了一些开胃菜。

占薇指着粉红色的食物,"如果没什么胃口,可以吃点萝卜丁,是我自己用醋泡的。只有一点点辣,很健康的。"

面前的人大概没想到自己的女人如此"多才多艺",既意外,又欣喜。萝卜酸甜爽口,热粥散发着香菇与鸡肉的鲜香,很合他的口味。

"所以你一大早起来,是为了给我做早餐?"

占薇眼巴巴地望着他,"好吃吗?你可以点餐的,明天想吃什么?"

叶雪城认真地想了想,"简单点,吃面吧。"

第二天，占薇起了个大早，熬了浓浓的鸡汤，给叶雪城煮了美味的鸡汤面。

　　第三天做了现包的馄饨。

　　如此坚持了一个多月。

　　只是很快，寒假结束了。

　　收假后，经纪人谢泽做的第一件事便是将大家召集起来，商量年后的第一件工作——发专辑。

　　虽然只是试水，乐队成员仍然拿出了十二万分认真的态度。算上占薇的家当和乐队其他成员写过的歌曲，一共六十多首原创。最后由团队商量，从里面挑出来七首。

　　筹备新专辑的时候，占薇飞速地忙碌起来。

　　那时的她，和乐队成员一起奔走于录音棚之间，每天几乎工作到凌晨。开始的那段时间，叶雪城为了接她回家，常常在楼下等到一两点。

　　占薇体谅叶雪城等待至深夜的辛苦，不久后干脆和聂熙睡在了录音棚旁的休息室里。

　　两人的见面时间变得少之又少。

　　那天晚上，她和豺哥、阿勤围成一圈，一起吃着泡面。占薇正用手机刷微博，突然看到叶雪城为了宣传Titan春季发布会，正接受电视专访。

　　里面聊到了他的感情状态——

　　记者问叶雪城："关于已经订婚的事，对您来说已经不是什么秘密了，对吗？"

　　他答道："是的。我已经订婚一年了，等时机成熟就会结婚。"

　　"对于网友们'你的未婚妻一定是上辈子拯救了银河系'的说法，你怎么看？"

　　叶雪城笑了笑，"我怎么觉得这话说反了。我反而认为，我才是上辈子拯救银河系的那个。"

　　"在你眼中，另一半有这么好？"

　　"我也不知道怎样算是好，只是两个人在一起的状态非常舒服。而且，我一直有非常严重的失眠，但是跟她在一起就不会。如果离开家去外地出差，我会睡不好。"

主持人笑,"你的未婚妻还有这么神奇的作用?"

"是挺神奇的。"叶雪城坦然道。

"其实大家都特别好奇,能收服您的,到底是什么样的女人。介意跟我说一说吗?"

叶雪城想了想,"我也说不好。没办法界定她到底是什么类型的。我喜欢那种小鸟依人的女人,希望她能待在家里,但她有自己的追求。最近她事业在起步,我们也有很长一段时间没有见面了。"

"所以是聚少离多?很长一段时间是多久?"

"一星期吧。"

记者为他口中界定的"很长一段时间"失笑,"叶先生,我们已经感受到你的思念了。所以你对另一半有什么期待,不妨在这里说说?"

叶雪城几乎是不假思索地说:"希望两人能经常在一起,希望可以快点结婚。"

记者笑了起来。

"开个玩笑,其实……是希望她能够得偿所愿吧。"

三个月后,新专辑的主打歌录制完毕,是当初乐队的网络成名曲《时间线》。

因为 Jefferson 和公司对整张专辑很看好,在发行前便给足了宣传。歌曲不仅在各大电台榜单被推荐,还成了某当红电视剧的主题曲。

优美动听的歌词和旋律,加上足够的曝光,让《时间线》这首歌推出的第二周,便空降 AC 热歌榜,排名第二。

有人甚至将当初温羽在微博视频里唱的版本找了出来,做了分析和对比。Super Nova 的版本里,哪里是气声和胸音的转换,什么时候用了转音和颤音,都一一列举出来。而温羽唱歌的过程却始终平铺直叙,技巧乏善可陈。

最后他做出总结:"如果不是听了原作者的版本,我可能以为《时间线》就是市场上千篇一律的口水歌。在这一局较量里,Super Nova 完胜。"

一周以后,《时间线》登上了 AC 热歌榜第一名。新专辑的歌曲陆陆续续被推出,成绩斐然。Super Nova 一时间成了歌坛炙手可热的组合。

可随着名气而来的,是各种捕风捉影的八卦。

《时间线》荣登 AC 热歌榜后,便有不少人问占薇,歌是不是为喜欢的人写的。占薇很大方地回答了"是"。

渐渐地,大家猜测起可疑对象。

有个博主开始分析起占薇的歌词,"眼角有痣,手背有胎记,名字还得像诗一样。纵观整个娱乐圈,满足这个条件的没有。但是圈外人,倒是有一个。"

评论区立马炸开了锅。

"解密,解密!"

"求告知歌词男主角。"

"如果他长得丑,建议博主你别说。不要毁了我对这首歌的观感。"

两天后,博主一口气发了三条微博。

第一条是一段短视频。画面里,占薇站在酒吧的舞台上,突然被一个男人拦腰抱起。视频末尾附上了截图,和叶雪城出席某签约仪式的官方照作了对比。视频中的男子,身上穿的西装和叶雪城的是同款。

此微博一出,底下一片骂声。

"这件事我们都已经知道了,叶老板是'嫌疑人'的证据不足,请不要炒冷饭。"

"我们叶老板都已经订婚了,和未婚妻感情很好。没想到还有十八线小明星拿他炒作,也是无语。"

"请放过叶老板这个技术宅好吗?我们不约!"

占薇的粉丝听到后,不满意了。

"什么叫十八线小明星?十八线小明星的新歌能空降 AC 热歌榜第一?我只想送你两个字,呵呵。"

"别说得我们倒贴你们那什么老板似的,一个快三十的老男人,我只能想到老牛吃嫩草几个字。"

"作为 Super Nova 亲卫队成员,我根本不想和你们约!"

就在两边吵得如火如荼时,微博博主又发了一条微博。

一共有两张图。

第一张是叶雪城的近照。博主特地用红色的边框圈住了叶雪城额角的位置,旁边附注了一句占薇的歌词——"你眼角的痣。"

第二张是叶雪城摸下巴思考的模样，手背的心形胎记赫然在目。旁边附注："手背的胎记都是喜欢的样子。"

最后博主得出结论，"人设基本符合。"

这条微博发出来后，不管是占薇的粉丝，还是叶雪城的支持者，都纷纷表示震惊。

见一石惊起千层浪，爆料的博主一鼓作气，发出了最后一条微博。

"当初温羽《孤勇》发行的时候，Titan官微在底下点过赞，而且占薇的微博'可可薇'，是Titan官微关注的为数不多的微博之一。虽然事后Titan官微取消了点赞和关注，但已有细心的网友截图。"

微博附上的，便是截图。

网友表示不解。

"所以，这两人有'奸情？'"

"传说中的第三者？"

"这个博主发的东西都是捕风捉影，没有实锤的。不管怎么说，我还是等当事人澄清吧。不是谁的粉，只是单纯喜欢听Super Nova的歌，感觉能写出那种音乐的，不会是下作的人。"

就在占薇的粉丝和叶雪城的粉丝吵得不可开交的时候，占薇遇到了一位故人。

那天经纪人谢泽提到，有电影想要和占薇谈合作主题曲的事。

新人导演凌寒处女作大卖十亿票房，声名大噪。如今他的第二部电影《何处寻芳迹》已经拍摄过半，目前正在挑选电影的主题曲，并向Super Nova抛出了橄榄枝。

凌寒除请Super Nova献唱电影的主题曲外，还希望占薇能够作曲一首，由他亲自填词。

见面的那天下午，乐队成员在HT传媒二十楼的会议室里准时出现。

Jefferson和公司的副总都来了，一同到场的是《何处寻芳迹》剧组的导演和制片人。大家围成一桌，谈了谈电影的宣传策略和计划表。会议整整持续了一个半小时。

期间，Jefferson把乐队的人向凌寒介绍了一番。

轮到占薇时，原本一脸慵懒的凌寒眼睛亮了起来。他看上去比之前成熟了一些，头发很短，是清爽干净的模样。脸生得俊俏，有一双深邃的桃花眼。

凌寒朝占薇一笑——

"好久不见，占薇。"

在场的其他人感到很意外。

占薇轻轻呼了口气，回了句："好久不见。"

她和凌寒已经有三年没碰面了。

散场后，凌寒约她去公司附近的西餐厅吃饭。两人面对面坐着，凌寒那双好看的眼睛直勾勾地看着她，让她有些难为情。

他说："没想到，你最后当了歌手。"

占薇脸一热，"我也没想到……你真的成了导演。"

"你说，如果被别人发现，以前我们是那种关系，是不是挺劲爆的？"

占薇吓了一跳，"什么关系？"

"未婚夫妻的关系啊。"还特地加了重音。

占薇低头，看着面前的牛排，想了想，"我之前听说，原本凌光初想争取《何处寻芳迹》的主题曲，被制作方拒绝了。"

"所以呢？"

"你们为什么会找上 Super Nova?"

凌寒目光定定地看着占薇，神色暧昧，"你说呢？"

"我不知道。"

"因为……"凌寒一笑，"我想报恩啊。"

当初凌寒想报名学电影，却遭到家人反对。多亏了占薇这个"未婚妻"的配合，才使得他这个爱好得以进行下去。

"报恩？"占薇有些错愕，"哪有这么夸张？"

"我反倒是觉得不够。"

"不够？"占薇不懂他的脑回路了。

"嗯，"凌寒笑眯眯地看着他，吊儿郎当的公子哥儿，脸上却出现了少有的认真，"你对我这么大的恩情，当然要以身相许才够。"

占薇被呛到了。

她原以为凌寒说的只是句玩笑话，可当天回家后，就发现凌寒发了一条微博，是占薇《时间线》里的歌词——

"手背的胎记都是喜欢的样子。"

底下附了张图，拍的是他的手背。照片里，他的无名指下方，有一块浅浅的、椭圆形的褐色胎记。

此图一出，粉丝们陷入一团迷雾之中。

"什么情况？"

"难道凌导是传说中的《时间线》的男主？"

"眼角的痣呢？眼角的痣呢？"

没多久，有眼尖的网友找出了凌寒妹妹三年前发在微博的照片。照片上，占薇坐在钢琴前，认真演奏着。凌寒坐在她的旁边，微微侧耳倾听。阳光从左侧的落地窗照进来，将两人的身影镀上了一层金灿灿的暖光。

青春少男少女，美得简直就像一幅画。

不明真相的群众霎时间激动起来。

"青梅竹马配一脸！"

"所以，凌寒是《时间线》男主这事坐实了？"

"在一起，在一起，在一起！"

直到阿真特地打电话过来，占薇才知道自己在微博上已经被人强行配了CP。

阿真一副幸灾乐祸的样子，"小薇薇，你就等着回家跪搓衣板吧！"

占薇苦想了很久，试图在微博里澄清。

"《时间线》确实有男主角，但不是凌寒导演。那张弹琴的照片是很久以前的事了，当时在场的还有凌寒的妈妈和妹妹。后来他去美国留学，我们就没有再联系过。大家不要胡乱猜测了。[笑脸]"

明明是简单清晰的解释，两边的粉丝却更兴奋了。

"破镜重圆？"

"没想到你们这么早就已经见过家长了！"

"女神，要不要认真考虑一下？你和凌寒真的超级配啊！"

底下一水站凌寒和占薇CP的粉丝，而且有越来越多的趋势。

一个月后，电影《何处寻芳迹》的拍摄进入末尾，电影组也渐渐进入了影片的宣传期。月底，制作方将插曲《林间风》的录音棚版放了出来。

《林间风》是一首偏温柔的中国风歌曲。由占薇作曲，凌寒作词，乐队成员阿勤负责编曲。视频的背景选用的是电影高潮部分，男主角得知女主角正在跟杀人凶手同处山间别墅时，疯狂向目的地奔跑的场景。

"你回望一眼，便是倾城，

我错过一瞬，便是一生，

愿从此告别，寂寞清秋冷，

自在苍竹下，花与月与灯。"

一帧一帧的画面里，林间的绿树随风晃动着。缱绻低柔的音乐，伴着占薇那略显空灵的女声，空旷、寂寥、动人。

很快人们便发现，在歌曲视频开场右下角的位置，赫然写着——作曲：占薇；作词：凌寒。

这让双方的粉丝沸腾了。甚至有不少粉丝跑到占薇微博下留言，一条条道出凌寒导演的优点。

"我们家凌导虽然有点孩子气，但是人超级暖的。上部电影大爆之后，他捐了很多钱呢。"

"凌导百看不厌。"

"听说凌导在追你是吗？考虑考虑吧，绝对值得拥有！"

原本只是粉丝们无厘头的联想，结果连媒体都凑起了热闹。在一篇"娱乐圈十大羡煞旁人的情侣"软文里，占薇和凌寒的CP竟然位列第一。

情况失控了。

这天，占薇、聂熙和林俊宴三人赴外地某省台做综艺节目。

到了正式演播时，中间有一个环节是童话新编。算是即兴表演，每组嘉宾根据选定的关键词，将著名的童话以全新的方式演绎出来。

环节开始前，男主持人分别对嘉宾提问。

轮到占薇时，他问她："小时候最喜欢的童话是什么？"

占薇认真想了想，"应该是《海的女儿》吧。"

一旁的女主持有些意外，"《海的女儿》是悲剧唉！故事到最后，王子都没有爱上为他付出的小人鱼，而是娶了邻国的公主。"

占薇笑了笑。

"所以，如果占薇你是小人鱼的话，会怎么办？"

怎么办？

占薇还真从来没有思考过这种假设。

顿了顿，她轻轻一笑，回答道："也许，我会努力地让自己成为海的女王吧。"

如果没有资格和你比肩，那么，就让自己变得更强大一点。至少，可以站得离你更近。

这档综艺节目是现场直播。占薇说这话的时候，叶雪城正躺在沙发上，看着节目里可爱的自家女人。

当听到"海的女王"四个字时，他忍不住笑了。

一时心血来潮，叶雪城拿起手机，登录了 Titan 科技的官方账号，发布了一条微博——

"如果，王子从一开始就爱着小人鱼呢？"

原本是让人摸不着头脑的话，可网友们联系叶雪城跟占薇似是而非的绯闻以及综艺节目和微博微妙的时间差，顿悟了。

有人在 Titan 科技这条微博底下留言。

"叶老板这时候凑什么热闹！"

"场外答题，犯规！"

"所以这是男方坐不住，将两人的关系彻底公开了？"

占薇直到从演播厅里出来，才知道叶雪城发微博的事。她给叶雪城打电话。

"……我看见你用 Titan 官微发的微博了。"

叶雪城稍稍沉默，"嗯。"

"所以，王子是从一开始就喜欢上了小人鱼，对吧？"

面对没头没脑的提问，叶雪城错愕，随即一笑，"你没生我的气？"

"我为什么要生气？"

"因为……"

叶雪城语带犹豫。因为他没有经过她的同意，便擅自发表了引人遐想的内容，也许这会给她带来无法预计的麻烦。

占薇没等他说完，便接着道："我高兴还来不及呢。"

……

"唉，你说——"占薇走到窗边，看着远方明亮的满月，"如果王子喜欢小人鱼，为什么不早点告诉她？"

叶雪城忍不住笑了，"王子可能觉得，自己喜欢上一条那么小的鱼，是不正常的吧？"

叶雪城和占薇的关系进一步曝光，让粉丝们激动起来。

大家纷纷到两人的微博底下求证。

占薇的粉丝分了两派，一派认为叶雪城长得正，没污点，又有个人魅力，自家女神跟他不亏；另一派则将他划入了黑心算计的商人之列，因为以前占薇和叶雪城到底是谁配不上谁的问题，他们就和对方的支持者吵得不可开交。

如今两人关系坐实，让互掐的粉丝陷入了尴尬的境地。

"我不想相信这是真的！"

"女神出道之前，就跟叶雪城订婚了？"

"完全不搭调的两个人，如果不是因为之前的绯闻，谁都不会将占薇和叶雪城想到一块儿去。"

"所以，看上去那么有内涵的叶老板，也是颜控吗？"

接下来的好几天，占薇对微博留言格外关注。评论里除了送祝福的粉丝，仍然有一些"求分手"和"请慎重考虑凌导"的CP粉。另外，还有一些对两人的关系感到莫名其妙的围观群众。

一个写歌、唱歌的音乐人，一个技术宅男，怎么就稀里糊涂地订婚了？

因为绯闻的事，占薇身边的娱乐记者很是活跃了一阵，不仅在HT公司门口围堵，还一路跟踪至小区外。记者们在得知小区的房产归属叶雪城后，第二天便发布了吸引眼球的话题——《男方斥资千万豪宅备婚房，占薇和叶雪城目前同居已证实》。

经纪人见占薇正处于绯闻的旋涡中心，便让她将工作放一放，在家里待几天避风头。

突然有了假期，占薇乐得清闲。对她来说，每天的生活便是做做饭、写写歌，偶尔给阳台上那些可爱的多肉浇水。

微博的粉丝们依然热闹地讨论着。关于两人到底谁配不上谁的论战，还在继续，甚至有粉丝劝她：音乐生涯才刚刚开始，不要为了来自老男人成熟多金的诱惑,轻易迷失了自己。

那个下午,占薇酝酿了很久,发表了一篇陈述和叶雪城关系的长微博——

"看到很多小可爱在疑惑,我到底是怎么跟叶雪城在一起的。我也觉得奇怪呢,一转眼,我竟然认识他这么多年了。

"也许大家已经看出来了,我是那种非常内向和害羞的女生。虽然我从小就喜欢音乐,也经常唱唱写写,可因为极度不自信,从来没有在别人面前展示过。如果不是十年前的某个夜晚,叶雪城出现在我的窗台底下,不小心听到了我写的歌,也许作为我一大爱好的音乐,早已被我放弃了。

"很长的一段时间里,叶雪城是我唯一的观众,他一直包容我、鼓励我,无时无刻不在给予我关注。也正是因为他带来的正面支持,才使得我有勇气一如既往地坚持下来。

"之前大家一直猜测的《时间线》男主角,就是叶雪城。眼角的痣是他,诗一样的名字是他,手背让人喜欢的胎记也是他。我们初相识是在黄石公园,那时便有了'高原上吹过的风';正如他所说,Titan 科技,是他在富士山脚跟我打电话时,我随口取的,于是就有了那句'富士山下约好的誓'。因为长久以来对他心动,我才会有源源不断的倾诉和创作的欲望。可以说,如果没有遇见他,我不会变成今天的我。

"这大概就是我为什么会那么那么喜欢他的原因吧。"

长微博的末尾附上了一句歌词,是改编自《时间线》的最后一句——

"你成全了我的每一句歌词,

遇见你是我最幸运的事。"

第十七章
捕风捉影

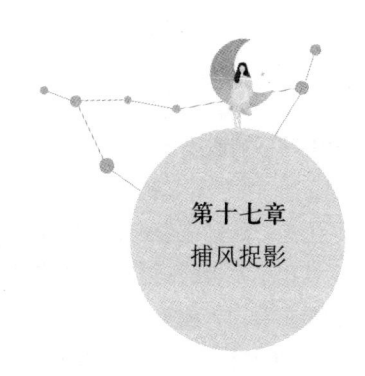

电影《何处寻芳迹》首映之后,占薇和凌寒还约过一次饭。

叶雪城也去了,坐在占薇的左边。她抬头看看对面泰然自若的凌寒,又看看身边冷着脸的叶雪城,莫名有些心虚。

凌寒倒一脸不以为意,"所以,你们订婚了?"

占薇还来不及回话,便被一旁的叶雪城抢答:"是的。"

"什么时候的事?"

"两年前。"

凌寒仔细想了想,"那时候我和占薇约会,你鬼鬼祟祟地跟在旁边,我还以为是跟踪狂呢。"

叶雪城端起面前的咖啡,"你见过跟踪狂这么光明正大的?"

声音淡淡然,却不怒自威,让凌寒微怔。

"而且,请你明白,你们那时候不算约会。"

凌寒回味着对方的话,感觉到酸味,终于知道眼前这个难缠的人的弱点是什么。

他故意戳对方痛处:"说起来,当年如果我跟占薇订婚了,是不是就没叶先生什么事了?"

叶雪城不语。

"这么说来,"他看向占薇,"叶先生算是替补,还是备胎?"

这么一个烫手的山芋突然扔过来,让占薇一愣。

"我一直都喜欢他啊……"

一直老实害羞的占薇,突然当着别人的面说"喜欢",简直超出了凌寒的认知。

叶雪城扬起了胜利的笑,"所以不知道凌导明白了没有,你那种角色,在电影里边,不过是个龙套而已。"

所幸,服务生此时将菜端了上来,这剑拔弩张的场面才结束了。

饭吃到末尾,邻桌有位女生认出了吃饭的三人,特地跑过来要签名。

她拿出包里的小本子,翻到最末页,"能不能麻烦在这里签个名?"

凌寒对这样的场景并不陌生。事实上,上一部电影走红以后,便有不少女粉丝偶尔会在路上要求合照、签名。他正准备拿过笔,却听女生道:"不好意思,我是想找……"

见女生的目光看向这边,占薇一愣。难道对方是自己的粉丝?下一秒,便见女生鞠了个躬,越过自己,十分虔诚地将笔送到叶雪城手上,"叶老板,您能帮我签个名吗?我是你们家电子产品的重度粉丝,还有之前研发的 Rocal note,真的非常好用。"

叶雪城的嘴角一扬,在笔记本上龙飞凤舞地写了几笔,有意无意地抬头看了吃瘪的凌寒一眼。

占薇只觉得自己的认知受到了严重冲击。

看来网络上帮叶雪城说话的不是水军,他真的有粉丝啊!

后来,一位 Super Nova 的歌迷将乐队所有的歌整理了一番。这位大仙做出神总结——

"占薇发出的歌看似杂乱无章,其实有迹可循。《时间线》应该是对两人的过往进行的总概况。《发什么脾气》是中途闹矛盾的时候写的,能看出来那时候叶雪城的一举一动对占薇的影响非常大。另一首有提示意义的歌曲《孤勇》,内容是占薇认为叶雪城不喜欢自己,却誓死坚持这段苦哈哈的暗恋……说到这里,我也很意外,竟然是女神先暗恋!

"最让人惊讶的莫过于《逆风》和《不想怀念》了。这两首歌表达的感情非常低沉,特别是《逆风》里有一句歌词,唱的是'你消失在时间的荒原里,让人无法释怀',说明两个人曾经分开过。我查了叶雪城的个人履历,在女神十七岁,也就是写这首歌的那一年,他正在美国上学。

"通过分析歌词,两人的故事线就非常清楚了。女神暗恋坐实,两人中间有过分开的经历,疑似女神被甩,然后就是欢欢喜喜复合的大团圆结局啦。"

占薇将长微博从头读到尾,内心止不住地惊叹。没想到网友们抽丝剥茧的能力堪比大侦探,仅仅靠几首抽象的歌词,就将她的故事猜到了大概。

这天,叶雪城是晚上八点回来的。洗完澡后,两人靠在沙发上。占薇正准备跟他分享网友们的神总结,突然觉得哪里不对。她转过身,手贴着他的额头。

叶雪城不解,"怎么了?"

占薇感受着手心的温度,又摸了摸自己,"你……是不是发烧了?"

尽管叶雪城矢口否认,占薇仍旧给他量了个体温。他躺在沙发上,胳肢窝里夹着体温计,手却没闲着,时不时撩一撩面前的人。

五分钟后,占薇拍开他拨弄她头发的手,拿出体温计看了看,三十九度。难怪刚才被他抱着的时候,整个被贴着的后背都是火辣辣的。

占薇忍不住埋怨道:"昨天晚上让你盖厚被子,你还说没事,现在呢?发烧了吧?"

叶雪城难得看见占薇教训人的模样——她就像一只毫无杀伤力的小猫,露出了自己的小爪子。不仅不可怕,反而让人想要逗一逗。

他问她:"那怎么办?"

"你躺在沙发上别动,我上次的退烧药还有一点,去给你找。"

过了五分钟,占薇从楼上下来,手上端着一杯温水。她倒了退烧药让叶雪城喝下,又拿来被温水浸过的毛巾,擦着叶雪城的额头和脖子。

叶雪城闭着眼,皮肤上传来柔软的触感,让他觉得舒服极了。

晚些时候,叶雪城担心把感冒传染给占薇,一个人跑到另一间卧室睡了。谁知半夜,占薇又悄悄爬到了他的床上,挤进了他的被窝里。

他没有翻身,背对着她,"你来干什么?"

"看你好点了没有。"说着,占薇用手探了探他的额头,"怎么还是这么热啊!"

叶雪城没接话。

占薇想起他之前疏忽大意的样子,既生气又心疼,恨恨地用食指戳了戳他的背,"没想到你这么弱。"

叶雪城一动不动。

即使被人说"弱",叶雪城也毫无反应,这简直太不正常了。

"喂——"占薇又戳戳,没话找话,"你干吗老是背对着我?"

"怕传染。"

"啊?"

"传染给你怎么办?"

占薇笑了笑,"不会的。"

叶雪城没接话。

"你转过身来!"

他没搭理。

她拍拍他,"你快点转过身来!"

"你想干吗?"

"亲你……"

过了一会儿,面前的人岿然不动。占薇索性爬到叶雪城的另一边,捧着他的脸,作势要强吻。

还没等她得逞,躺着的人突然直起身来,将占薇的睡衣掀了起来,遮住了她的大半张脸,吓了她一大跳。

紧接着,占薇感到隔着薄薄的睡衣,嘴唇上炙热而温柔的力度。叶雪城的吻如蜻蜓点水般,落下又离开。

她还没回过神,叶雪城便躺下,翻了个身。

"亲完了,快睡觉!"

转眼到了八月,第二张专辑进入了紧张的筹备阶段。这天,乐队正在录音棚听着刚录的新歌,经纪人谢泽突然走了进来,带给大家一个消息。

星耀奖评选在即,作为年度最权威的音乐盛典,深受瞩目。Super Nova凭着上一张专辑和在《何处寻芳迹》中的音乐,一口气入围了年度最佳专辑、年度最佳单曲和年度新人三个奖项。

这是乐队每个成员都未曾预料过的佳绩。

占薇事后在网上搜索了星耀奖的官网,"最佳专辑"这个奖项被提名的一共有五位,除了Super Nova的《时间线》,还有跟他们同一公司的歌手——凌光初的《流光》。

官网给每个奖项页面底下,都设置了网友投票。年度新人的比拼中,Super Nova稳稳当当地坐在第一的位置。最佳歌曲则和另一名歌手的歌旗鼓相当。而在最佳专辑这一项里,Super Nova这个新人乐队,甚至超越出道多年的前辈,票数甩开其他几位一大截。

这样的人气,让媒体和乐评人始料未及。

于是很快传来了质疑的声音。

有其他歌手的粉丝表达不满,"一群在酒吧里混出头的乌合之众,凭什么超越我们家男神?"

"这样披着乐队外衣的小清新,乐坛里我能找出一打。"

"你们不觉得那个占薇其实很下作吗?靠男朋友上位,却不公开关系;拉着凌寒导演炒作,蹭一大波人气,等乐队人气上来了,又把凌导一脚踢开。这种操作我表示服气。"

"心疼所有被占绿茶蹭过的男人。"

即使那些网友的话如刀锋一样,占薇依然强迫自己不要细想。

更晚一些,入围星耀奖"年度专辑"的明星中,网友投票排名最末的凌光初的粉丝也带了一波节奏,参与到卓扬粉丝发起的负面评论风潮里。

"仔细想一想,Super Nova才发了一张专辑,实力根本配不上它的知名度。说白了,它的名气不就是主唱一天到晚炒绯闻炒起来的?"

"她和叶老板真的是青梅竹马的关系吗?两个人在一起虽然颜值登对,但看上去挺不搭的。"

"听说占薇是从她姐姐手里抢来的未婚夫……"

"从亲姐姐手里抢男人?这还是人吗?"

很快,有人专门针对占薇"抢亲姐姐男人"这一条,整理出一条长微博总结。

微博附的第一张图是姐姐占菲两年前发布的隔空表白微博,底下的评论纷纷猜测,对象是Titan公司的老板叶雪城。

第二张图是占菲高中的毕业照。照片里,占菲和叶雪城的脸被特地圈了出来。虽然两人没有互动,但是叶雪城就站在占菲后排的位置,忍不住让人浮想联翩。

第三张是波士顿华人新年聚会的合照。站成一排的中国人里,占菲在从左数第二个位置,叶雪城站在她隔壁的隔壁。大家勾肩搭背,笑得灿烂。

博主说道:"大家如果感兴趣,可以翻占薇和占菲的微博。虽然两人是亲姐妹,但既没互相关注,也从来没有过互动。博主据可靠消息得知,姐妹两人的关系并不好。为什么会这样呢?博主唯一能想到的原因就是叶雪城了。

"占菲和叶雪城是高中同学,年纪相当,两人大学毕业后一同赴波士顿留学。很有可能那时候,这两位才是真正的情侣关系。加上占菲那条表白的微博,她和叶雪城的关系坐实。至于最后为什么是占薇和叶雪城在一起,那就要问你们的女神占薇了,她就是一个不要脸的、抢姐姐男人的小三。"

这条微博因为被凌光初的粉丝转发,很快上了热门,并引来一大波不明真相的围观群众。持中立态度的路人们看到了"小三"两个字,忍不住从情感上偏向"被劈腿"的姐姐占菲和摆事实的博主。

一群人纷纷开骂的同时,只有占薇的粉丝在底下据理力争。

"你所谓的表白微博,不过是发了一条'想看雪'的文字。人家占菲也许是真的想看下雪呢。

"根据占菲和叶雪城一起去波士顿留学,就猜测两人有不一般的关系,你确定你不是在搞笑?这两个人一个去的哈佛,一个去的麻省理工,都是顶尖的学府。这就好比高中班上有两个学霸,毕业后男学霸上北大,女学霸上清华,然后你说这两人都去了北京,是有奸情的表现。呵呵,真是笑死我了。

"心疼薇薇,因为在星耀奖的最佳专辑里投票排名第一,竟然被这样疯狂抹黑。"

晚些时候,占薇看到这条关于她和姐姐占菲的微博以及下面的评论后,想了一会儿,就跑道占菲的微博底下逛了一圈。

占菲刚回国那会儿,凭着美貌独立的女性人设,在网络上火了一阵。随之而来的是不少财经类节目的邀约,让她在大众面前露了不少脸,知名度与日俱增。很长一段时间内,她都认真地经营自己的微博,时不时发一些动态或观点,微博的粉丝慢慢地涨到了二十多万。只是年前几个投资项目失败,从原公司辞职后,她便变得格外低调起来,连之前一直活跃的微博都已经停更了。

占薇在占菲的页面里,看到她那条最近的那条微博,上面拍了一大桌子美食,文字只有六个字——"今天回家吃饭。"

她轻轻叹了口气,将手机扔在一旁。

晚一些,经纪人谢泽打电话过来,跟占薇商量对策。

"现在网上抹黑 Super Nova 的人越来越多了,不知道是其他入围歌手的粉丝,还是凌光初那边买了水军。其实这次星耀奖,凌光初的团队很早就放话说,要拿下年度最佳专辑。估计她见我们挡了道,花了血本想要黑我们。"

占薇愣了愣,过了一会儿才轻轻说:"对不起。"

说来说去,那些被人反复提起的黑点,全都是因为她的个人感情问题。

"你不用道歉,"谢泽道,"这样,你在微博下面放一部分新歌的 DEMO,借此转移一部分视线。我联系粉丝团和公关那边,看看还有没有别的办法。"

"嗯,好。"

叶雪城因为出差的缘故,跑了趟 G 市。原计划在当地多待一天,后来无意间听助理钟泽提起 Super Nova 被恶意攻击的事,就改签了当晚九点的机票。一阵劳碌奔波下来,到家已经凌晨了。

让他意外的是,一贯入眠很早的占薇,直到这时候还没睡。

卧室的灯是亮着的。叶雪城走进去时,看见占薇从床上坐起来,分明是被吓到了的模样。

他浅浅一笑。

"你怎么回来了?"占薇不解。

"事情办完,就回来了。"

"至少应该跟我说一声。"占薇下了床,踩着拖鞋走到他的身旁,帮他挂外套,"吃晚饭了吗?饿不饿?我给你去煮点吃的?"

叶雪城原本没想法,听占薇这么一说,一天积压下来的疲惫突然化成食欲，还真的有了点饥饿感。

他道："好。"

厨房亮白色的灯光里，水蒸气弥漫，让这方小小的空间里充斥着人气和温馨。占薇将面条下到锅里，听身后的人问："怎么这个时候还没睡？"

她犹豫了一会儿，才轻声说："睡不着。"

"是因为想我？"

占薇没说话。

叶雪城走上前去，双手轻轻绕在她的腰上，"你也太老实了，就不能撒个谎骗骗我？"

占薇回头看了他一眼。即使他的眼睛里带着象征操劳的血丝，那张清俊的脸依旧笑得从容，明亮的灯光渲染了他的每寸肌理，怎么看都是让她心动的模样。

这一瞬间气氛太好，她一点也不想让那些糟心的事缠绕他。

她一个人暗自纠结就够了。

占薇回了一个浅笑，轻柔地拍拍他的手，"你去坐着，很快就好了。"

"不，"叶雪城索性将头埋进她的肩窝里，"就这样抱着。"

"你这样，我的手脚施展不开。"

叶雪城没应声，只是凑到她的颈间，吻她的皮肤。

"再这样下去，面都要煮煳了……"

一碗面煮得一波三折，总算端上了桌。

占薇做的是青菜鸡蛋面，煎得金黄的鸡蛋，绿油油的蔬菜，再配上漂浮在汤上的一层薄油，让人看起来非常有食欲。

叶雪城低头尝了几口。

占薇只是看着他。

"好吃吗？"她问。

"好吃到想把煮面的人立马娶了。"

占薇弯了弯嘴角。

也许是占薇表现得异常低落，叶雪城很快就发现了她的异常。他稍稍犹豫，便开口问道："是因为网上的那些评论睡不着？"

占薇有些意外，"你看到了？"

"嗯。"

她眉眼低垂,"其实也没什么,谢泽他们已经在想办法了。估计是因为星耀奖的事,等过段时间就好了。"

明明眉眼里装着落寞,表情却还是一副无所谓的模样。叶雪城看着,只觉得有点揪心。

"我会帮你想办法。"

占薇抬眼看着他,眸中闪动。

"对于你遭遇的这些事,我并不意外。"他道,"你有没有听过一句话?'木秀于林,风必摧之'。"

她不解。

"有时候,太过优秀也不见得是好事。"

她认真地听着,没有说话。

"可是,当你经受住了风雨的摧残和磨砺,一定可以成为最粗壮的那棵树。"

"所以……"占薇望着面前的人,"以前的你,也是这样过来的吗?"

叶雪城给了她肯定的答复,"是。"

占薇入睡后,被叶雪城紧紧地抱在怀里。她仿佛回到了安全领域,只要感受到他的体温,她便可以什么都不去猜,什么都不去想。

第二天,在叶雪城的帮助下,和Super Nova相关的不良信息被撤下了热搜。谢泽那边联系了公关公司,开始发表澄清的微博。

然而关于占薇如何作为第三者,抢了姐姐占菲男朋友的话题,人气和热度一直居高不下。

大概是因为话题太过敏感,激起了不少女性网友的关注。有些路人不分青红皂白,便开骂——

"最恨第三者,从此路转黑。"

"不就是个靠男人上位的女人?以后不会再听她的歌。"

"对于这种人品有问题的歌手,星耀奖可以考虑把她从入围名单里剔除吗?"

即便有关话题在微博上的活跃度降了下来,但是相关内容还是被广泛地在各大论坛和贴吧转发。网友的话越骂越难听,有很多占薇从来没想过可以用在自己身上的词，一股脑儿地向她抛来，简直让人大开眼界。

占薇整整一星期不敢登录微博，害怕看见网友们发来的骂她的私信。那些充满杀伤力的话中，有些是针对她本人的，有些连带着把叶雪城也卷了进去，要多恶毒有多恶毒。

眼看事情逐渐要脱离占薇的控制，事件的另一位主角突然更新了她荒废近半年的微博。

那天下午，姐姐占菲发了一条文字说明。

"最近看到很多人发同情我的留言，让我感觉自己身为女人的魅力受到了藐视。从小到大，我还没有失恋过［笑脸］。我和叶雪城没有你们想象中那么熟，也对妹妹的男人不感兴趣。大家还是关心一下自己这个月的工资有多少，暑假作业写完了没有吧。"

占薇一愣。

所以，姐姐这是在……帮自己？

占薇来来回回琢磨着占菲微博的内容以及底下粉丝的评论，心里像是潮水一样，起起落落。

关于他们三人之间关系的问题，占薇和叶雪城都在微博上解释过，网友们该信的还是信，该不信的还是不信。在很大一部分路人的眼里，她和叶雪城仍旧是嚣张的第三者和渣男，而姐姐占菲却是沉默又无力反击的受害者。

占薇从来没有想过，一直心高气傲的姐姐，会为此发声。

姐姐不是一直都很讨厌自己的吗？

她为什么说这种帮忙解释的话？

过了几分钟，占薇按捺不住心底的躁动，给占菲打去了电话。

响了好几声，电话才被接起。

那边直接问道："什么事？"

占薇轻轻吐了口气，"我看到你那条微博了。"

"所以？"

"谢谢你。"

"谢我？我有什么好谢的？"占菲却像是听到什么好笑的事，极具讽刺地笑了一声，"别以为我帮你，是因为姐妹情深。"

占薇不解。

"你那个未婚夫来来回回给我打电话,又是威逼,又是利诱,烦人得要命。"

占薇有些意外。

"不过我不怕他,对他给的那些条件也看不上。这次发的这条微博,就当是给你们的结婚贺礼吧。"

"姐姐……"

占菲轻轻一笑,补充道:"哦,前提是你们能顺利结婚。如果你们哪天分手了,这话当我没说。"

没等占薇来得及回应,占菲便"啪"地挂上了电话。

一直到晚上,占薇还在迷迷糊糊地想着这件事。

因为姐姐发声,这段疑似三角恋再次掀起了热浪。众网友纷纷跑到姐姐的页面底下,围观这位"受害者"。

"是给封口费了吗?"

"你们这群黑粉,是准备黑到底了吗?人家当事人都说了不是三角关系,你们真当造谣不用担责?"

"就知道我们家薇薇是清白的。"

至少因为姐姐的话,不明真相的路人不再一边倒地辱骂占薇和叶雪城。

更晚一些,叶雪城回来了。在朦胧的夜色下,冷峻伟岸的男人穿着笔挺的衬衫走进来,即使一脸风尘仆仆的疲态,仍旧英气逼人。

到家的第一件事便是告诉占薇,他饿了。

占薇有些意外,看了看墙上的挂钟,已经近八点,"怎么这个时候还没吃饭?"

"七点开了个会。"

"那之前呢?"

"不是没回家吗?"

占薇微微皱起眉头,对他这不良的生活习惯有些不满意,"你这样会把胃弄坏的。你办公室的冰箱里不是有吃的吗?或者可以点外卖。"

"对外卖没有兴趣。"叶雪城抬着下巴,面带笑意地看她,"我想吃你煮的面。"

占薇对他这样随便的态度生气,又心疼他的胃,只是简单说了两句,便乖乖地进厨房煮面了。

和上次煮的青菜鸡蛋面不同。这次她预先煲了鸡汤,盛了一些出来,准备做鸡汤面。

叶雪城坐在旁边的凳子上,一动不动地打量着眼前为自己忙忙碌碌的小女人。

煮着开水的锅里不断冒着蒸汽,那张美丽而娇嫩的脸在雾气里若隐若现。她耳边有一缕头发垂下来,落在脸上,显得温柔又娴静。

明明是平平淡淡、不以为意的模样,却让叶雪城一阵恍惚。

几年前,他在异国他乡的那段时间,心里的担忧像鬼魅一样,时刻萦绕着他。他害怕她没有长大,却又害怕她太过早熟,害怕在他准备好,重新出现在她的面前时,她已经被别的男人拐走了。

所以此时此刻,她这样安安静静地站在他的面前,认真为他煮面的场景,才显得弥足珍贵。

叶雪城吃面的时候,占薇坐在他的面前,细细地看着他。

等他吃了几口,她问他:"你之前联系过我姐姐?"

叶雪城握着筷子的手一顿,轻轻应了声:"嗯。"

"你怎么跟她说的?"

叶雪城不答反问:"你也联系她了?"

占薇点点头。

这似乎是叶雪城意料之中的事,他扬唇一笑,"网上那些关于你的言论,我想了很久,无论是你还是我发声,都不如你姐姐的话有说服力。"

占薇静静地听着。

"所以我直接给她打电话,让她帮我们这个忙。"

帮忙……

占薇想起之前电话里,姐姐说的"威逼利诱"四个字,只觉得这和自己想象中的有很大的出入。

叶雪城却敏锐地察觉到她愣神了,问道:"怎么,你吃醋了?"

"啊,"占薇一惊,"没有,没有。"

"是吗?"

占薇忙点头。

过了一会儿,叶雪城放下手里的碗,"我很久之前就在想,我对你都这么上心了,你竟然以为我喜欢的是你姐姐。这真是让我……"

叶雪城的声音在这里顿住了,琢磨了一会儿,才想到了一个词。

"……情何以堪。"

占薇连忙解释:"不是的。之前因为经常看到你和她在一起,朋友也说你俩是一对。还有,你们参加过一个课题小组呢。"

这不是很容易就被人带偏吗?

叶雪城看见她这副较真的模样,忍俊不禁:"你也不想想,谁是她的妹妹?"

"啊?"

"我不天天往她家里跑,能见得着你吗?"

占薇听他这么说,心里有些小雀跃,"那……那你干吗不直接来跟我搭话?"

"你的意思是,让我一个大学生跟小学生搭讪?"

他不要面子?

还是让他一出场就扮演怪哥哥的形象?

占薇想要反驳,却又觉得叶雪城的辩白无从反击,只是憋红了脸。

"再说,"叶雪城一笑,"最后,我还不是被你勾引走了?"

叶雪城说到"勾引"两个字的时候,声音里带了些暧昧和轻佻,听得占薇心一颤。

"我哪里勾引过你?"

"你没有?"叶雪城幽黑的眼睛饶有兴味地盯着她,目光灼灼。

"没有。"

"钢琴声勾引不算勾引?"

这也可以?

占薇知道自己说不过面前的人,转身收拾碗筷,"随便你怎么想。"

叶雪城脸上带着笑,扯扯她的衣袖,"怎么,生气了?话都不愿意和我说了?"

"我去洗碗。"

"我来吧。"他自然而然地拿过她手上的东西,"你去洗澡,记得要洗干净了。"

占薇不解地看着他。

叶雪城一本正经的脸上浮出暧昧的笑,还带着些蔫坏,"洗干净了,才好把你吃掉。"

看网上关于 Super Nova 和占薇的负面评价少了一些,乐队成员和经纪人谢泽都暗自松了一口气。

转眼到了八月底,又是学校报名的日子。让程乐之和林希真都没想到的是,她们竟在寝室看到了久违的另外两名室友。

彼时两人正从食堂打饭回来,看到坐在上铺玩手机的聂熙,和坐在许久都没有人气的书桌前收拾的占薇,惊讶得差点把饭盒掉在地上。

阿真连话都说得不太连贯了,"你……你……你们俩来了?"

聂熙笑着看了底下的人一眼,"怎么?不欢迎?"

"欢迎,太欢迎了,"程乐之道,"简直蓬荜生辉,不胜荣幸。"

聂熙及时打断她:"程乐之,你少给我说那些有的没的。"

说起来,占薇和聂熙两人自从乐队发行专辑、走上正轨后,便很少出现在寝室了。平日里,如果有工作,上课时间也得请假。学校知道两人的情况后,对于这种年轻人追求梦想组建乐队的事情,倒是格外支持。两人咬着牙修满了整个大三应该修的学分,算了算,毕业倒是问题不大。

不过稍微让人苦恼的是,每次来学校,就像是经历九九八十一取经那样困难。

Super Nova 因为高质量的音乐和积极健康的形象,年轻粉丝日益增多,其中不乏在校大学生。

占薇还记得,为了新专辑的宣传活动请了半个月假,第一次回到学校上课,仅仅是课间上厕所的路上,她便被邀请拍了好几次合照,更别提逃课在窗户外面围观的别班同学了。

甚至有老师笑称,让占薇选自己的课程,是提高上座率的最佳途径。因为,一些粉丝会事先打听消息,特地跑来蹭课。

"哦,对了对了,"程乐之突然想起了什么,拿出抽屉里一张 Super Nova 的海报照,把笔递给一旁的占薇,"上次答应了学生会长的,他老人家的妹妹是你们乐队的粉丝呢。来来来,帮我签个名。"

占薇看了她一眼,低下头,签上了龙飞凤舞的名字。

程乐之看得津津有味,"嘿,还签得挺专业呵。"

"喏,笔给你。"

程乐之又望向坐在床边、腿随意耷拉在扶梯上的聂熙,"你也来写一个呗。"

聂熙没搭理程乐之,兀自从床沿上一跃而下,吓了程乐之一大跳。

她转过头,从包里抽出两个信封,递到面前的人手上,"拿着。"

程乐之疑惑道:"这是什么?"

"邀请函。"

程乐之和阿真的脸上仍然打着问号。

"星耀奖的邀请函。"聂熙道,"我和占薇找公司多要了两张,到了那天,你跟着我们的工作人员一起进去就行。"

室友们静默了一会儿,然后,几乎同时爆发出欢呼声。

"就知道你们有良心,有好事没忘了我们!"

"星耀奖啊!也就是说,我能看到歌坛的半壁江山啦?"

"是不是要准备晚礼服之类的?都没有合适的衣服。"

占薇在一旁笑了笑,"如果需要,我可以借给你们。"

阿真激动得差点直接抱上了,"小薇薇,你对我们实在太好了!"

星耀奖颁奖的日子渐近,Super Nova之前因"插足姐姐感情"的负面传闻,降低的人气有所恢复,在所有提名的三个奖项中,年度最佳专辑、最佳新人奖,均遥遥领先其他入围的艺人。

所有人都在等待新人乐队Super Nova凭借第一张专辑《时间线》创造历史。

连占薇自己,也从内心深处抱着美好的期待。

这张专辑凝聚着她从小到大的感悟和心声,不仅是她成长之路的缩影,也是她和叶雪城故事的见证。

在占薇的微博底下,越来越多的粉丝留言,期待自己的偶像摘得桂冠。

"超级想听《时间线》的现场!"

在这条留言底下,紧跟着有人回复:"不过比起听乐队唱这首虐狗歌,我更想听故事的男主角本人唱。[笑脸]"

"哈哈哈,那效果听起来应该会很自恋。"

"你们是嫌我们这群单身狗还不够虐吗?"

隔天,这条热门评论不知道怎么被叶雪城看到了,他用新近申请的个人微博回复道——

"好,占薇得奖了就唱。"

歌迷们看到这条微博时,起先还认为是"冒充的"。跑去发言博主的页面逛了一圈,赫然看见了"Titan创始人"的认证标签,大家立马又怀疑对方是不是被盗号了。

占薇也看到了叶雪城的回复,她向他问出心底的疑问。

面前的人看着她,顿了顿,说:"是我"。

空气沉默了好几秒。

然后占薇噗地笑出声来。

叶雪城冷着脸看她,"你笑什么?"

占薇摆摆手,"没什么。"

"你敢笑我?"

"不是,不是。"占薇笑得眼泪都快出来了,决定好言相劝:"你……确定你要唱吗?"

叶雪城的嘴角抽了抽。

没想到他唱歌五音不全的破事,她到现在还记得。

他一脸义正词严地告诉她:"人是会变的。"

第十八章
吸引力法则

颁奖礼的前一天,乐队成员和经纪人谢泽一起坐飞机赶往星耀奖颁奖礼举办地——A市。

途中两小时的路程,占薇旁边坐着豺哥。飞机起飞后的半个小时,豺哥支着下巴,眼睛望着窗外湛蓝的天空不发一言。

占薇感到奇怪,她很少看见豺哥露出这副安静的模样。

发呆的豺哥突然叫她的名字:"占薇。"

"嗯?"

"你想象过这一天吗?"

占薇没接话。

"从你加入我们乐队的那天开始,你想象过这一天吗?"

……

"或者说,从你写第一首歌开始,你想象过自己有一天能站在星耀奖领奖台上吗?"

占薇摇摇头。

音乐对于她而言,就像是吃饭、睡觉一样自然,成了她简单生活中的基本诉求,她很少想从喜欢的东西里获得什么回报。

"我想过。"

占薇有些意外。

"我高考失败那年,我爸让我去复读。我记得是一个晚上,窗外有很吵的蝉声,我妈在厨房里炒菜。我一个人坐在客厅里看电视,想着补习学校的事,还有做不完的试卷,想着我用尽所有力气勉强自己,也不过会成为像我爸妈那样挣扎的普通人,突然觉得生活很没意思。"

她静静地听着豺哥回忆往事。

"然后,我调台时不小心看到了星耀奖的颁奖礼。我记得很清楚,那时正好Jefferson获得了年度最佳单曲。我看见他站在台上,笑得意气风发,忍不住幻想,如果站在舞台上的是自己,会是什么感受。"

豺哥说着闭上了眼睛,"奖杯是金色的,握在手里很沉,女主持人和我拥抱,台下有粉丝在尖叫。让我没想到的是,光是想象那个场景,我就觉得通体舒畅,无比幸福。"

"我突然做了决定,与其苦苦挣扎,来换取自己并不满意的人生,不如放手一搏,追求自己想要的东西。"

占薇听着,联系起自己的经历,不免有些触动,"所以后来你攒钱建了酒吧,组了乐队?"

"嗯。"豺哥笑了,"我一直觉得自己是幸运的,后来才知道有一个词叫'吸引力法则'。"

"吸引力法则?"

"如果你想要什么,那么就在心里拼命想象你得到后的感受,那件事就会被你吸引,从而变成现实。"

占薇感觉毫无逻辑,却莫名让人忍不住相信。

她知道内心和意念的力量有多强大。

就像她曾经在叶雪城离开的无数个夜晚,会幻想他怀里的温度——可能并不暖和,却让人意外地安心。

她很庆幸自己已经实现了夙愿。

"虽然我们不一定能得奖,但是能够出现在那个改变我人生的舞台上,我已经很感激了。"豺哥一笑,"谢谢你,占薇。如果没有你,乐队不会走这么远。"

占薇的脸热了热,"我应该谢谢你们才对。"

"?"

"如果没有你们,对我来说,这一切根本不会发生。"

如果没有他们的支持和鼓励,音乐不会像此刻这般,带给她巨大的快感;她仍是畏畏缩缩的小女生,即使得到了叶雪城的爱,她也无法给予他平等的回馈。

现在的她,已经长成了初夏时节在暖风中轻轻摇摆的小树,虽然不够高大,却枝繁叶茂。

一觉醒来,飞机平稳地降落在了 A 市。

阿真和程乐之也到了,占薇和聂熙为两人单独订了间房。夜里十点,占薇正躺在床上,想着明天的流程。星耀奖颁奖礼中间加了歌手表演节目这一项,如果能得到最佳单曲或最佳新人奖,乐队需要表演一到两首歌曲。

Super Nova 预备的节目是《时间线》的现场版。乐队在出发前几天排练了好几遍,原来的编曲和节奏有些改动。此时占薇的脑海里正一遍又一遍地回响着那熟悉的旋律。

过了一会儿,她听见敲门声。

阿真和程乐之正乐呵呵地站在外面。两人也没经过占薇同意,就大大咧咧地穿着睡衣走进来。

"你们怎么过来了?"占薇问。

"我们过来检查一下。"程乐之一本正经地说。

"检查?"

"明天如果得了奖,你们准备怎么致谢?"

说到这个,占薇还真准备了小纸条。

乐队之前商量过一番,一致推举由占薇发表获奖感言。所以占薇冥思苦想了一夜,总结出了几句话。

"感谢我们的朋友和家人,感谢HT传媒能给我们乐队创造这样的平台,感谢一直以来支持我们的粉丝,感谢星耀奖。"

程乐之看了以后,频频摇头,"写得毫无特色!"

占薇不解。

"你这个致辞,可以套用在其他所有的艺人身上。"

占薇看了看旁边同样一脸懵懂的阿真,"那……要怎样才算有特色啊?"

"你忘了感谢一个很重要的人！"

占薇一脸问号。

"叶雪城！"

……

"忘了他，你就不怕回家让你跪小搓板？"

话是没错，但是把叶雪城放在和大家一起致谢的发言里，总感觉有些怪怪的。

"他不是在家人那一类里面吗？"

三个好朋友横七竖八地躺在床上聊了一会儿，渐渐有了困意。想到彼此很久没有在一起好好待着了，于是大家决定一起睡。

夜里十一点，外面突然响起了门铃声。

占薇有些意外，她趿拉着拖鞋，懒洋洋地走去开门。

这个时候敲门的，也许是服务生吧。

从猫眼往外看了一眼，赫然看到一个穿着深色西装的男人。熟悉的轮廓让占薇一惊。

"叶雪城来了。"

被窝里的另外两位小伙伴一惊，纷纷裹紧了被子，脸上露出了被抓奸在床的紧张感。

"我开门跟他说一声，然后让他回避一下。你们别出来哦。"

程乐之和阿真用力点头。

门打开，男人醇厚的气息，混合着清淡的风信子香袭来。

占薇还来不及反应，面前的人便伸手将她抵在门上，用力地吻。

他修长的手指插进了她松松软软的鬓发里，口齿间是男人的味道，温柔地冒犯着她。

她的理智卡带了几秒。

直到他放开，她趁着喘气的间隙，才拍拍他。

"怎么？"叶雪城抽离开来，笑着看她，"害羞了？"

占薇不住地喘气。

"我确认过了，走廊上没人，没关系。"

她终于能发出一点声音，"走廊上没人，可是……房间里有人。"

叶雪城一愣，回过头，这才看见阿真和程乐之。两人正伸长脖子望着这边，那吃瓜的表情，就像两只看见什么了不得事件的树懒。

阿真和程乐之最后是灰溜溜地离开的。

占薇躺在床上，还跟叶雪城闹了一会儿脾气。自从两人关系公开以来，对方更加没有节制起来，仿佛随时随地都会做出亲密的举动。

这实在让人很困扰。

叶雪城躺在占薇身后，单手支着侧脸，有一下没一下地撩她的头发。

"我大老远这么晚地赶来，就这么对我？"虽然是生气的话，声音中却带着笑意。

占薇没应声，过了一会儿才道："叶雪城，你以后能不能注意点！"

"不能。"

……

"亲一下怎么了？我们可是正当关系。"

占薇有些郁闷，"你怎么突然来了？"

"怕自己睡不着。"

"嗯？"

"一天不见，就会很想你。"

他的声音很醇厚，撒起娇来也很好听。

占薇一滞。想了想，拉拉他的手，"叶雪城——"

"嗯？"

"等星耀奖结束后，我们就结婚吧。"

"好。"

星耀奖的颁奖礼在第二天晚上七点开始。白天，乐队成员在酒店里熟悉颁奖礼流程，中途经纪人谢泽过来了一趟，带给大家一个消息——

乐队十拿九稳的年度最佳新人奖，颁奖嘉宾极有可能是歌手凌光初。

经纪人谢泽之前听说过占薇母亲和凌光初的恩怨，也知道她在针对占薇。他打听到消息后，便第一时间来通知，让所有人做好心理准备。

"为什么是她？"

"估计星耀奖这边也是为了效果。凌光初在歌坛资历老，又跟占薇有那样的渊源，不仅合情合理，又充满爆点。"

占薇静静地听着。

"上次乐队和占薇被黑的事,我找人联系过营销号,最后打听出来,让他们造势的就是凌光初的经纪人。

"再结合凌光初之前放话年度最佳专辑非她莫属以及她的粉丝的行为,这个人很可能认为乐队对她有威胁,就故意针对我们。

"颁奖的时候,你们留个心眼,小心别让她挖坑。"

是夜。

星耀奖正式开始之前,各路明星聚集在会场外的红毯边。Super Nova 乐队穿着学院风的服装,在争奇斗艳的美色当中,成为了独树一帜的存在。

占薇身穿一条暗红百褶裙,上身是定制的雪纺衬衫,微露后背,亮白的肤色恰到好处地勾起别人的遐思。她和一旁穿着白色西装的聂熙背靠背站在红毯上,供一旁的媒体拍照。

被这么多目光注视着,她的内心紧张得要命。

聂熙似乎发现了她的紧张,不经意地轻轻捏了捏她的手指,朝她使了个眼色。

"别怕。"

占薇听到后,深深吸了口气,一笑,迈步向前走去。

占薇和聂熙的合照很快便被传到了网上。充满青春活力的女生站在一起,一个美丽娇艳,一个爽朗帅气,很快招来了一群兴奋的粉丝。

"如果不是知道占薇有男朋友了,我一定会想歪。"

"其实占薇和聂熙也很配啊。"

"占女神今晚美炸!"

直到在会场里坐定,大家才看到了这张照片。很快,相关的微博被 Super Nova 全球粉丝后援会转发了。

乐队成员很快加入到恶搞行列里。

首先是聂熙转发并@占薇:"今晚,她是我的女人。"

豺哥立马凑热闹:"今晚,我们三个都是电灯泡。"

粉丝中除了表示"哈哈哈哈哈哈"和"坐等乐队得奖"的,还有一些看热闹不嫌事大的,跑到叶雪城微博底下留言:"叶老板,有人跟你抢女人。"

叶雪城只是回复道:"没事,我盯着她。"

占薇看到这条留言时,微微一愣,下意识地往周围看了一圈,并没有看见叶雪城的身影。

她刚给那边发了条短信,头顶的灯光突然一暗,颁奖礼开始了。

温羽坐在占薇旁边,两人身处同一个公司,彼此关系不错。主持人说了几句后,两人便开始有一搭没一搭地聊开了。

其间温羽说到曾经在某场庆功宴上,嘲笑占薇是酒吧歌女的凌光初。

"你不知道,年度专辑投票被你们乐队压了一头后,凌光初简直快气死了!"

占薇一笑。

温羽继续道:"她那人不是自视甚高,谁都看不起吗?上个星期我碰到她,问她有没有看见网上的投票,网友对她的专业水准好像不是特别感冒。她翻了个白眼,理都没理我就走了……笑得我呀。"

事实上,在入围的五张专辑里,凌光初的投票数最低。

"我真希望你们得奖。她不是说你们不专业吗?得奖以后,她如果还敢拿乔显摆,我用这事嘲笑她一辈子。"

占薇笑了笑,没接话。

她对拿下年度专辑这事并没有抱太大的信心,提名的除凌光初以外,还有两位歌坛的老前辈,虽然音乐不如其他几人流行,但在业内却口碑极佳。更何况,投票情况在最后评奖过程中会被参考,但并非决定性因素。

星耀奖的奖项逐渐揭晓了。

很快便到了众人期待的"年度最佳专辑",乐队成员屏息以待。

主持人的声音一顿,故意停顿几秒后,念出了那位歌坛老前辈的名字。

乐队成员们相视一笑,大方地送上了掌声,倒也不觉得可惜。一些人回头往他们这边望了几眼,大概是在遗憾:他们势头这么火热,却最终没能创造历史。

Super Nova 的官微沉寂了二十来分钟,直到"年度最佳歌曲"这个奖项揭晓后,才再次沸腾起来。

"啊啊啊,《时间线》得奖了,女神简直不能更赞!"

"叶老板为我国的流行乐坛做出了不可磨灭的贡献。"

"他的事迹被人广为传唱,却不是因为他主导研发的任何一款电子产品,而是因为他交了个会写歌的女朋友。"

"哈哈哈哈哈。"

上台领奖的占薇好一会儿才冷静下来,待说完预先想好的台词,便匆匆忙忙地下了台。

到"年度最佳新人"奖揭晓的时候,颁奖嘉宾凌光初在主持人的邀请下走上舞台。女人穿着银色的长裙,高贵而优雅。她从主持人手里接过红色信封,拆开念道:"获得本年度最佳新人的歌手是——"

说这话的时候,她的嘴角带着浅笑,眼睛里似有冷光。

"Super Nova 乐队!"

虽然乐队成员们对此有九成的把握,可在听到得奖后,还是感到了十足的欣喜。大家在舞台站定,女主持人为了活跃气氛,问身边的凌光初:"听说 Super Nova 是你的同门师弟、师妹,作为一位前辈,对他们有什么想说的吗?"

凌光初扬起火红的嘴唇,"如果一定要说些话,我只想说,无论是'年度最佳新人',还是'年度最佳单曲',他们都不配。"

她的话刚说完,一旁的主持人愣住了。

台下安静了好几秒后,才响起闹哄哄的议论声。

占薇站在舞台中央,沉甸甸的话筒握在手里,只感觉从四面八方涌来的喧闹声越来越大。头顶的镁光灯明亮而炫目,她的大脑一时之间被空白占据了。

乐队的其他成员似乎对这个"评价"也感到措手不及。

在星耀奖这样的年度盛典上,无数双眼睛和镜头注视着他们。被人说"不配",无异于一记响亮的耳光扇在他们脸上。

一旁的男主持过了几秒才做出了反应,试图打圆场,开玩笑道:"为什么说不配呢?不会是觉得我们星耀奖配不上 Super Nova 吧?"

凌光初并不打算顺着主持人给的台阶下。她顿了顿,义正词严地开口:"我知道现在是个快餐文化时代,很多人为了追求名气,一直在尝试走各种各样的捷径。炒作、不公平竞争、买粉丝和水军,可能在我们这个圈子已经不再陌生。然而作为一个音乐人,我真的很痛恨这些行径,也非常希望能够保持音乐文化的纯粹性。Super Nova 最开始是从网络上火起来的,又很幸运地通过和一些知名人士传出的绯闻，得到了更广泛的关注。在我的眼里，他们是现今浮躁的风气最直接的受益者。他们的获奖，也是对音乐纯粹性最大的讽刺。"

她的声音落下后，会场里鸦雀无声。空气让人窘迫的窒息感一时达到了顶点。

这一刻，连主持人都不知道该说些什么来缓和这尴尬的气氛。男主持往旁边的乐队扫了一眼，以占薇为中心的五人笔挺地站着，脸上是问心无愧的神色。

所有人都把目光移向拿着话筒的占薇，期待着来自Super Nova的回应。

占薇轻轻吸了口气。

"作为Super Nova的主唱，我想代表乐队说几句。"她不疾不徐地开口，即使心绪沸腾，脸上还是维持着平静、从容的风度，"关于刚才凌前辈的话，我不接受。"

眼看气氛剑拔弩张，男女主持在一旁都冒出了汗，生怕台上的局面一发不可收拾。底下的媒体却翘首以待，纷纷举起镜头，准备将这人气乐队主唱与乐坛前辈的正面交锋记录下来。

占薇看向凌光初，眼睛温和平静，"听刚才凌前辈说的话，她似乎认为能和一些知名人士炒绯闻是幸运的事。很抱歉，我和我的朋友们从来没有这样认为。出道以来，我们乐队成员一直在为各种各样的传闻感到困扰，希望通过努力，让歌迷可以把注意力集中在我们的作品本身。从事实看来，我们的努力是有成效的，不管是《一面》《林间风》的榜单成绩，还是《时间线》的提名，都是对我们乐队努力的肯定。凌前辈或许有她不一样的见解。但是我希望你作为一个前辈，不要因为个人情绪，而随便否定别人的努力。至于Super Nova配不配得上星耀奖，我们还是凭实力说话吧。"

此时灯光落在占薇身上，映得她原本无瑕的皮肤呈现出耀眼的白。美好的脸庞和玲珑的身段上散发着一层浅浅的光，炫目又神圣。

从来都是娇弱、柔和的她，第一次发出这样掷地有声的话。认真而严肃的表情，让那张我见犹怜的脸上多了一份铿锵的性感。

仿佛瘦瘦弱弱、经不起风吹雨打的小蔷薇，突然长出了让人敬畏的刺。

舞台底下一片寂静。就连一旁的始作俑者也不发一言。

主持人趁着这个沉默的时间，插话想结束这一尴尬的僵局："既然要凭实力，那么就请 Super Nova 带给大家他们的成名曲——《时间线》吧！"

舞台上的灯光渐次暗淡下来，无关人员退场，只剩下 Super Nova 五名乐队成员站在中央。

舒缓的节奏轻轻响了起来，原本一首充满少女心的欢快曲调，被改成了抒情的慢摇版本。在空旷的舞台上，孤零零的吉他声轻奏着，回响仿佛来自时间深处。

占薇安安静静地站在亮起来的灯光下。沉浸在音乐里的她，收起了前一刻身上竖起的刺，浑身上下洋溢着安详与柔和。

在这一刻，她和那些音符是一体的。

现场的明星和观众，都因她此刻散发出的宁静的美，忍不住凝神屏息。

Super Nova 出道不过半年，除了出过一张专辑和两首电影主题曲，为了宣传参加过不少综艺，真正广为流传的现场表演却屈指可数。虽然人们认可占薇的才华，但之前也有传闻说，乐队的表演仿佛车祸现场。

直到这一刻，占薇轻声开口——

细腻的女声伴着节奏传来时，柔和的气声混合着毫不矫揉造作的蝶窦共鸣，让观众感觉像是夏夜吹来了一阵凉风。音质里的清新舒爽，沿着全身各处的脉络，直达灵魂深处。

曾经那些被强烈的节奏掩盖的优点，此刻完完全全显现出来。简简单单的声音，听上去除了干净，还是干净。

她像一个未经事的少女，坐在时光的角落里，静静地唱着属于她和爱人的时间线。

"听说，
你藏了他的照片，
偷偷地放在枕边，
梦里嘴角带着甜；
听说，
你偷偷写下想念，
努力地变好一点，

希望他可以看见。
你朝他奔跑的样子,
有可爱动人的固执——"

直到这一刻,柔和的气声伴随着婉转流畅的转调,化为了胸音。放开的声线与激荡的乐器声混合在一起,歌唱者饱满的情感和爱意也随之喷薄而出。

"他眼角的痣,
诗一样的名字,
手背的胎记都是喜欢的样子,
高原上吹过的风,
富士山约好的誓,
愿时间可以重来一次,
或从此静止。"

原本听起来简单不过的曲调,却在创作者的演绎下一波三折。观众完完全全沉浸在她带来的听觉盛宴里,浑然忘我。

她出道以来,大家一度被她的绯闻和八卦干扰了视线。直到这一刻,所有人才意识到,除去她的外貌和才华,占薇还是一名歌手,一名拥有着不逊于她的颜值和才华的歌手。

至少这一刻,耳朵不会骗人。

有些人,就是为音乐而生的。

占薇表演时,身后的大屏幕上,网友的留言正疯狂滚动着。

"我们占女神用实力歌喉说话。"

"凌光初说 Super Nova 不配星耀奖,这脸打得啪啪的。"

"现场打脸。"

现场此时给了凌光初一个镜头,她正皱眉看着左边的网友留言,神色尴尬。

表演结束后,占薇回到座位上,不小心看到了后面的阿真和程乐之。

她们疯狂地朝这边挥手,然后给她比了个心。

看见好朋友耍宝的模样,占薇忍不住笑了出来。

星耀奖颁奖礼直到晚上九点才结束。乐队成员准备去喝酒庆祝,占薇想到叶雪城还在酒店等着,就提前离开了。

正厅里盘踞着不少娱乐记者。人群里最受瞩目的便是凌光初了,她被结结实实地绕了一圈。占薇路过的时候,听到有个记者在问:"对于刚才说 Super Nova 配不上星耀奖,网友认为乐队通过表演进行了有力反驳,你本人怎么看?"

凌光初带着尴尬的回答,淹没在周围沸腾的人声中,占薇没有听清。

很快,有记者发现了走过来的占薇,然后一群人都围了上来。

"Super Nova 作为新人,出道第一年便得到了这么多人的肯定,你有什么想说的吗?"

"听说下半年乐队还会发行第二张专辑,除此之外,你们有没有别的计划?"

"有很多您的粉丝叫您占女神,说您形象气质俱佳,考虑过进军影视圈吗?"

一连串气势汹汹的发问,让人难以招架。好在占薇已经见过类似的场面,即便已经感到疲惫,仍然微笑着礼貌作答。

她回应了好几个问题,记者对脾气好、又平易近人的占薇已经颇具好感,气氛也渐渐变得轻松起来。

有人随口问:"占女神怎么不跟乐队其他成员一起离开呢?"

"啊,"原本还端端正正的姿态,突然带了些少女的羞赧,她的脸微微红了红,不好意思地一笑,"因为我有别的事。"

记者听了开始套话:"是准备和叶老板单独庆祝吗?"

占薇确实是因为叶雪城,才提前回酒店的。她犹豫了一会儿,正想着要不要说实话,便听到不远处一个清润的男声替她回答:"是。"

她惊愕地循着声音传来的方向望去。

金黄色的水晶吊灯下,那个一直让她心心念念的男人,正穿着端正优雅的深灰色西装向自己走来。温和又不失凌厉的脸上,是坦然潇洒的风度,仿佛从欧洲中世纪油画里走出来的贵族。即便在喧闹的环境里,那样卓然俊雅的气质，依然有着毫不费力就吸引所有注意力的气场。

占薇看着和自己只有几步之遥的他，忍不住地心动。

身边的娱乐记者鲜少有人和他打过交道，却纷纷不约而同地注意到了这个醒目的存在。一个从来只出现在商界和科技版面的人物，突然出现在歌坛的年度盛典上，吸睛程度非同一般。

等叶雪城站到占薇身边时，周围大部分的镜头已经对准两人。

占薇和叶雪城的恋情不是新鲜事，在网上也被翻来覆去地讨论过。但在之前大大小小的活动里，两人从未同框。唯一一个模模糊糊的影像资料，还是在Super Nova酒吧的那晚，占薇被一个疑似叶雪城的男子掳走的视频。

一个音乐奇才，一个科技大佬，怎么想都让人感觉不般配。

然而这一刻，两人亲昵地站在一起时，叶雪城随意地轻轻揽着占薇的腰。占薇踩着五厘米的高跟鞋，头顶的高度恰好与叶雪城的耳际齐平。她似乎比之前笑得更甜一些，眉梢眼尾多了几分女人的娇俏与性感；叶雪城一贯清冷的表情里也多了几分随和，眼里尽是温柔。

娇小的女人和可以为她遮风挡雨的男人，这简直是再和谐不过的画面。

直到他们真正一同出现在镜头前，所有人才知道，他们看上去是那样般配。般配到无论将其中一方换成谁，都少了两人在一起的惊艳。

闪光灯疯狂闪烁的间隙里，叶雪城看了眼脸红的占薇，发话道："各位介不介意从现在开始，把占薇的时间借给我用一用？"

后面有个年轻记者开玩笑地回应道："叶老板说什么借，她本来就是你的。"

人群发出一阵笑声。

叶雪城的神色温柔，"因为今晚还有很重要的事，如果需要采访的话，恳请各位以后有机会再联系。"说着，便拉着占薇准备离开。

身后有记者不死心地插话："还有什么重要的事呢？不会是求婚吧？"

听到"求婚"两个字，叶雪城的脚步顿了顿，占薇疑惑地望向他。

叶雪城只是回答："如果日后我们结婚，一定提前通知各位。"

回到酒店，占薇打开手机，发现网络上发生了两件大事。

第一件是凌光初在三个月前某晚会上的表演视频，被人翻了出来。发视频的网友备注："这才是真正的车祸现场"。很快便引来了不少回应——

"就这种唱功水平,还好意思说 Super Nova 没实力……"

"凌光初的原唱很惨的,上次'歌王争霸'那么火的节目邀她,都被拒绝了,因为现场完全不能听。一上节目,才华型原创歌手的人设就崩塌了。"

"说到才华,也不见得有多少吧?不是之前还有人爆料,说她很多所谓的原创歌曲都是买来的吗?"

凌光初的"车祸现场"视频引起了一阵小风波,有不少非 Super Nova 乐队粉丝的路人,也对凌光初在颁奖礼上随口诋毁他人的行径感到不满,自动站到了 Super Nova 的阵营。

一时间,为 Super Nova 说话的声音占了绝对上风。

第二件事是在星耀奖颁奖礼上,叶雪城被人偷拍的图挂在了网上。照片里,他正襟危坐着,眉头微蹙,异常认真地看着舞台。网友配上的文字是:"占女神在舞台上领奖的时候,我们的叶老板认真得像一位听老师划考试重点的小学生。"

占薇把图片放大再放大,对着那张脸看了好半天。

叶雪城恰好从浴室里出来。

占薇笑着问他:"今天颁奖礼上,你一直都在?"

叶雪城擦干了头发上的水,将毛巾扔在一旁,"怎么?"

"你如果提前告诉我,我还能托人照顾你一下。"

叶雪城一笑。

他此番过来的目的,虽然是为了占薇的星耀奖,却并不是完全为了这事。下午三点,他去城西见了 Titan 公司的一名客户,回来的时候便直奔星耀奖会场了。邀请函是很早以前让助理联系好的,开场后,他如同一名普通观众,安安静静地坐在台下,看着心爱的人在舞台上的风光。她出没于掌声和鲜花里,人群在为她尖叫,镜头在为她闪烁,整个夜晚都在为她疯狂着。然而她却安静地站在台上,心无旁骛地唱着属于他们的歌,那一刻,他感受到一种深切的美好。

她被那么多人注视和拥戴,然而她却只属于他。

这种满足感让人难以言喻。

叶雪城没接话,只是轻轻地将占薇抱在怀里,额头抵在她的颈窝,许久没有说话。

空气里都是她身上淡淡的香味。

这让人魂牵梦萦的味道,似乎从很久以前就镌刻在了他的生命里。

占薇看见叶雪城像个小孩似的伏在自己肩上,心里有了被撒娇的幸福感。她揉了揉他的头发,小声问:"对了,今天你跟记者说有重要的事,是什么?"

叶雪城没有立即回答,似乎酝酿了好一会儿才道:"占薇,我似乎没有向你求过婚?"

占薇一愣,啥?

"虽然顺序有点不对,但是我想现在把仪式补上。"

关于"求婚"的事,叶雪城想了很久。按照占薇的性格,她不喜欢过于张扬,也不希望自己的感情生活再次被人怀疑是炒作。他冥思苦想很久,终于想到了一个足够低调,却又充满诚意的方式。

他轻轻抱着占薇,在她耳边低声唱道——

"我眼角的痣,
诗一样的名字,
手背的胎记都是你喜欢的样子,
你成全了我的每一句情诗,
遇见你是我最幸运的事。"

叶雪城在占薇面前唱歌的次数寥寥可数,且走调程度令人"触目惊心"。然而对于《时间线》,叶雪城不仅唱对了每一个调,还自己改动了歌词。

他的声音很好听,像高山流水般清冽,配上精准的音调和字音,听上去不失为一种享受。

占薇忍不住问他:"这首歌你学了多久?"

"大半年吧。"

事实上,他第一次听到这首歌的时候,就开始不由自主地跟着哼。时间一长,旋律就刻在了脑海里。

这大概是他这辈子唱着不跑调的唯一一首歌了。

占薇感觉心里有什么沸腾着。

他继续道:"看在我这么努力的分上,你能嫁给我吗?"

她终于忍不住笑了起来。

"嫁不嫁?"

占薇还在憋笑。

叶雪城终于失去了耐性,将占薇压在床上,朝她白皙光滑的脖子吻了下去,还扔了句——"不嫁也得嫁。"

缠绵了一夜,第二天直接睡到大中午。占薇拿起手机,才发现早上姐姐打来了五个电话。

她拨回去。

占薇问:"姐姐,什么事?"

"你快点回来,你妈前天生病住院了。"

他们坐的是下午最早的一趟航班,下飞机后直接赶往医院。充斥着淡淡消毒水味的病房里,母亲韩汐在病床上睡着了,旁边不远处的座椅上,姐姐占菲一个人在那儿发呆。

就在占薇启程去C市参加星耀奖颁奖礼那天,母亲韩汐一个人晕倒在了厨房。经过检查,医生说是一过性的脑缺血,没有大问题。

叶雪城和占薇进屋,占菲随意找了个借口,便走出了房间。

后来占薇是在长廊的尽头看见占菲的。她斜靠着窗户,两眼无神地看着外边,手里夹着一根抽了一半的烟。

占薇有些意外,在她眼里,姐姐一直是优秀、传统的完美形象,占薇从来没有把抽烟和姐姐联系在一起。

那头的人听到脚步声,往这边冷淡地望了一眼,吐了个烟圈。

占薇站到她的身边,"爸呢?"

"昨天早上去了D市。"

占薇并不感到奇怪,"那边的工程出问题了吗?"

"快收尾了。"占菲对着手里的烟深吸了一口,"他去结清款项,办完手续后,可能就会退休。"

"退休"两个字让占薇一愣,从来野心勃勃、不达目的不罢休的父亲,竟然会在不到六十的年纪提前结束商业规划,这不符合她对他的认知。

"也是时候退休了，我和你妈也早在劝他。"占菲说得云淡风轻，"现在地产生意不如之前景气，就拿之前那个工程来说，耗了三年，资金断了两次，如果不是因为有叶雪城帮他顶了一段时间，凭他欠的那个数目，早就被关进去了。"

占薇听着，没说话。

"所以啊，你妈才火急火燎地想把你嫁给叶雪城。"

占薇回想着姐姐的话，听到父亲"退休"的消息，她莫名地松了一口气。

也许从今以后，和叶雪城之间不再是索取和给予的关系，她才能更心安理得地待在他身边吧。

占薇突然对身边的人说："姐姐，谢谢你。"

占菲像是听见了什么好笑的事，轻轻嘲弄地笑了一声："你谢我什么？"

"我听护士说，是你把我妈送到医院的，这几天也一直是你在医院里照顾。"

"谢就不必了。"占菲一点也没领情，"你妈虽然不是我亲妈，但我也不是没良心的人。"

这些年占菲一直都清楚，虽然韩汐和自己没法像亲生母女一样亲昵，但无论是物质还是精神的关注，那个女人给自己的和给占薇的都是平等的。

占菲就一点都没被打动吗？

她不知道。

她只依稀记得，母亲过世之后，自己经历了一段暗无天日的日子。整个童年里乌云密布，好像身处在望不到尽头的极夜里。直到有一天，爸爸带着一个陌生又美丽的女人回家，告诉她，那个女人可能成为她的新妈妈。

五岁的占菲并没有排斥她。女人温柔又亲切，陪她做游戏，给她做好吃的点心。她懵懵懂懂的心灵，很快便被长久以来缺乏的母爱给笼络了。

就在她满心期待完整的家庭给她幸福时，突然有一天，爸爸告诉她，对方将会给自己生个弟弟。

那是占菲噩梦的开始。

曾经非常疼爱自己的爷爷、奶奶，突然被这个"弟弟"夺去了所有的关注；把自己捧在掌心的爸爸，也开始给予"弟弟"越来越多的爱；身边所有人的注意力都被那个"弟弟"吸引了。起初，占菲对此并不理解。直到有一天,一位不怀好意的大人告诉她,只有弟弟才有资格继承爸爸的财富,她住的房子、她所有的玩具,以后都是弟弟的。一旦弟弟出生,她就会被所有人遗忘和放弃。

正因为如此,才六岁的占菲,每天都生活在"弟弟"要出生的巨大恐惧里。

直到那一天到来后,占菲才听说继母生出来的是个妹妹,听说奶奶和姑姑连孩子面都没见,就冷漠地离开了,她终于松了一口气。

她和占薇的梁子,是在对方还没出生的时候便结下了。可在遭受亲情冷漠的这件事上,她们又意外地有些同病相怜。

手里的烟已经燃到了尽头,被占菲随手扔进了一旁的垃圾桶。

占薇看着空气里剩下的一点余烟说道:"其实我妈出事那天,你就应该打电话给我了。"

"你妈不让我告诉你。"占菲道,"她之前虽然不让你唱歌,可是知道你获了那什么破奖,还挺高兴的。昨天晚上,她一个人看颁奖典礼看到很晚。"

"是吗?"

沉默了一会儿,占菲从随身的包里掏出了第二支烟。

占薇问道:"烟瘾这么大?"

"这算什么!之前赶项目的时候,我一天能抽一包。"

占薇没接话。

占菲突然问她:"你和叶雪城,真的要结婚?"

占薇抬眼,似乎在疑惑她为什么这样问。

占菲稍作解释:"我看到你和叶雪城的合照了,那些记者说,你们很快就要举行婚礼。"

占薇想了想,那天最容易让人捕风捉影的一句,不过是"结婚的时候通知各位",没想到也能被曲解成自己宣布婚讯的意思。

"我也是真没想到。"占菲继续道。

占薇一笑,事实上,最开始连她自己都没想到。

"叶雪城那个人吧,城府深,心机重。我跟他认识那么久,从来都不知道他的心里在想什么。这么复杂的男人,不太适合你。"

占薇倒是反驳得迅速:"适合不适合,我自己知道。"

"嗯,你开心就好。"占菲说完,将烟头摁灭,转身朝楼梯口走去。

占薇还在回味姐姐的话,看见对方转身离去,下意识地叫住她:"对了,还有一件事,我想问你。"

"什么?"

占薇稍作迟疑,"之前你说叶雪城向你求过婚,到底是怎么回事?"

占菲像是听到什么有趣的事情一般,轻轻一笑,"怎么?在想这事?"

……

"这么想知道,为什么不去问你的男人?"

"他说他当时喝醉了,不记得了。"

占菲不屑:"男人犯了错,就把责任推到酒身上,这毛病真是什么时候都改不了。"

和占菲道别后,占薇讪讪地回到病房里。她从一开始就知道,求婚是叶雪城已过去的往事,然而内心深处总有一个地方叫嚣着,想要知道答案。

母亲韩汐已经醒来了,她看着占薇,"回来了?"

"嗯。"

"得奖了?"

"嗯。"

韩汐声音极轻地叹了口气,"没想到,你真的做到了。"

她一直关注着女儿在音乐之路上的成长,也看到了网上的攻击。那些攻击的恶劣程度,丝毫不亚于她当年所承受过的一切。直到这一刻,她才知道自己一直误解了女儿。

占薇看起来很软,可是却带了韧性。她心里对音乐的爱给了她足以克服一切的坚强。

"如果以后还有表演,妈妈想去现场看。"

占薇一笑,"嗯。"

网络上,凌光初在星耀奖颁奖礼上抨击 Super Nova 乐队的话题,持续发酵着,一些为乐队鸣不平的网友,不仅找出了凌光初曾经多次演唱的"车祸现场"的视频,还翻出了她"买歌"当原创的不利传闻。

事情持续发酵了近一个礼拜,几个小有名气的原创歌手纷纷发表微博,证实了买歌传言。至此凌光初音乐才女的人设彻底崩塌。

星耀奖结束后,Super Nova 第二张专辑制作也进入尾声。在一阵短暂的忙碌后,占薇迎来了一个小假期。

那天她正在窗台旁写歌,突然接到了阿真的电话。

对方听上去很激动的样子。

占薇问:"怎么了?"

"哈哈哈,叶雪城在他的微博上唱《时间线》,底下的评论简直快炸掉了!"

占薇也看到了那条微博。

放出来的视频里,叶雪城并没有露脸。画面里是一棵高大的银杏树,金灿灿的树冠在阳光下熠熠生辉。风吹过来,金黄的叶子抖落一地。枝丫的缝隙间露出熟悉的窗台。

占薇愣了愣,终于认出就是自己卧室外的那棵银杏树,视频拍摄的角度,则是叶雪城曾经无数次偷听自己弹钢琴的位置。

叶雪城为视频的备注是:致吾爱。

底下的网友简直快疯了。

"啊啊啊,不小心被塞了一嘴狗粮。"

"叶老板,什么叫'你成全了我的每一句情诗',请不要擅自改歌词好吗?"

"五音不全的叶老板为女友倾情献唱。"

占薇来来回回看着视频的画面,忍不住发呆。

那一瞬间,她好像回到了故事开始的位置。黑漆漆的秋夜,天上有星,她懵懵懂懂地探出头来,看着银杏树下站着的少年。

少年眼神清澈,问她:"为什么不弹琴?"

"啊?"

"你害我失眠了,你知道吗?"

她和他的时间线曲折蜿蜒,与怀疑和失去交错。庆幸的是,终于走到了圆满的终点。

尾声
遇见更好的自己

两人宣布婚礼的消息时,得到了许多人的祝福,媒体和网络为此沸腾了好一阵。

十一月下旬,叶雪城赴美国商业谈判,并计划回国后同占薇领证结婚。

当初在波士顿的几个华人校友,为叶雪城特地组织了一场聚会。在美国的最后一天,大家选在中国城一家有名的餐馆,庆祝多年之后的重逢。

一群人聊着,不知不觉便提到了叶雪城结婚的事。

有个女生道:"没想到你的未婚妻是占薇,我之前还看过她的视频呢。"

叶雪城笑了笑。

旁边的胖子有些激动,"占菲?你跟占菲真的要结婚了?那次新年聚会,你向占菲求婚的视频,我到现在还留着呢。"

气氛陡然间尴尬起来。

女生笑呵呵地打圆场:"小胖哥,你是不是耳朵不好使?是占薇,不是占菲。"

"占薇?"

"是占菲的妹妹。"

小胖哥一愣,忙讪讪地向叶雪城解释:"这两个字听起来差不多。我错了,不该提往事,我自罚一杯。"

待小胖哥喝完酒,叶雪城若有所思地问:"你说的求婚视频,是怎么回事?"

"没什么。那天聚会的时候,我也拿着手机在拍,不小心就把你和占菲……的那一段给录进去了。"

"可以把视频拷给我一份吗?"

晚上回到酒店,叶雪城打开邮箱,看到了那人发来的视频。

已经是近三年前的事了。

那年的冬天似乎比以往更冷。临近春节的日子,中国城挂出了红彤彤的灯笼,在异国渲染出了思乡的气氛。在波士顿的 A 大校友有近百余人,大家在校友会会长的带领下,租下一处会场,准备举行春节庆祝活动。

叶雪城对这次活动的印象并不清晰,只朦朦胧胧地记得,那天他的心情并不好。

出国后他一直间接地打听占薇的消息,甚至会隔三岔五地访问占薇母亲的个人空间。头一天晚上,他在对方的相册里看到了几张新近上传的照片。占薇坐在钢琴前,手指放在琴键上,似乎在凝神静思,在她的不远处,还是俊朗少年模样的凌寒微微侧着头,看着阳光下美好的少女,眼神里柔波荡漾。

占薇母亲对此的文字注释是:"女儿和她的新朋友。"

那一刻,叶雪城看着这柔和恬静的画面,有些恍惚。

明明是他因为不明确自己的感情,离开了。可这一刻,看到别人坐在那个曾经属于自己的位置上,他开始感到慌乱。

叶雪城终于明白,对于占薇而言,谁都可以成为听众;可对于自己而言,能奏出与他灵魂契合的音乐的人,只有她一个。

占薇对于他而言,是独一无二的。

整个聚会,叶雪城脑海里都想着对占薇的事。她已经高中毕业,也满十八岁了,他终于可以毫无顾忌地回到她的身边,光明正大地爱她。

可是,还来得及吗?

叶雪城整个晚上都沉浸在对于未来的迷茫和担忧里,不知不觉间,红酒一杯一杯下肚,渐渐侵蚀了他的理智。

后来，叶雪城的意识变得迷迷糊糊，隐约知道大家开始了饭后的游戏。他趴在桌上，因为酒精，陷入了半梦半醒的状态。

游戏玩到一半时，对面那桌成了输家，派出占菲接受惩罚。

大家纷纷起哄，提出各种迥异的整人方式。一贯严肃清冷的占菲笑了笑，说："要么，我给大家唱个歌吧？"

众人回应——

"唱歌有什么好听的？"

"能整个有新意的吗？"

占菲一笑，"这首歌大家应该没听过，是我妹妹八岁的时候写给我的，叫《小花朵》——"

旁边有人开玩笑，"占女神是不是想家了？"

她大方地回答："是啊。"

然后，占菲循着记忆中的曲调，轻轻唱起来——

"你是甜蜜芳菲，
我是小小蔷薇，
我们都是小花朵，
可爱的小花朵。
……"

叶雪城做梦做到一半，听到了这曲调，蓦地惊醒过来。他抬头，幽黑的眼睛望着歌声传来的方向，眸光闪动。

这首歌对于他而言，太特别了，他只听一个人唱过。

他抬起步子，在会场所有人的注视下，向对面的人走去。

歌声还在继续。

既然只有她唱过，那么现在唱歌的人，就是她吗？

他走近了些，眼眶因为激动，泛出了薄薄的眼泪，让原本模糊的视线变得更加模糊。

他站在唱歌的人面前，企图看清这张脸。

歌声渐渐停了下来。

所有人都望向这边,没有人知道叶雪城想要干什么。

占菲看着面前的人,变得紧张起来。她还没来得及反应,突然被他一把抱住,死死地按在怀里。

他说:"我很想你。"

占菲一愣,开始挣扎,"叶雪城,你发什么神经!?"

他不为所动地抱着她,"我想你想得快疯了!"

"神经病!"

"我们结婚吧!"

"你放开我!"

"不放。"叶雪城的手越来越紧,"你不要以为你长大了,我就认不出你来了。"

占菲一愣,终于明白过来,无奈一笑。

"你还真是……不正常。"

叶雪城回国那天,天气预报说有雪。

占薇把自己捂得严严实实的,一大早就在机场等着。叶雪城到了以后,远远看见心上人站在人群后,把自己包裹得像一个粽子。

那个懵懂可爱又纯真的女生,好像一直在蜕变,又好像一点也没变。

回去的路上,天下起了雪。

占薇一路都在跟叶雪城说准备结婚的事。

因为听到司机急着去学校接小孩,占薇又恰好想看雪,两人就提前下了车。雪势已经由小雪变成了鹅毛大雪,周围是一片白色,冷冰冰的风一下一下拍在脸上,却一点也不觉得冷。

占薇把手伸进了叶雪城的口袋里。过了几秒,叶雪城的手也伸了进来。两人的十指紧紧握在一起。

占薇因为看到雪太兴奋,走起路来不自觉地一蹦一跳。

"你小心点!"

占薇笑了笑,"我给你做了你最喜欢吃的土豆烧牛肉,还有焦糖布丁。"

"我最喜欢吃的不是这些。"

"啊？"

"是你。"

"……臭流氓。"

雪一直在下，地上有浅浅的四行脚印。

整个世界都是温柔的沙沙声。

占薇拉着叶雪城的手，感受着他掌心的温度，突然想起那句关于爱情的阐释。她这才意识到，原来对她而言，叶雪城一直是那个对的人。

因为他，她才有了追寻自我的勇气；有了不惧的未来，无悔的过去；还有因为他而得到的——更好的自己。

全文完